In seinem ersten, 1894 vollendeten Roman ›Almayers Wahn‹ schildert der große englische Erzähler Joseph Conrad den allmählichen Abstieg und moralischen Verfall des Handelsvertreters Almayer in der feindlich tropischen Inselwelt Borneos. Durch geschäftliche Mißerfolge ruiniert, vereinsamt er in der maliischen Umwelt. Nur noch zwei Dinge halten ihn aufrecht: der Wahn, den Goldschatz seines Vorgängers zu finden, und der Traum, mit seiner Tochter Nina als reicher Mann nach Europa zurückzukehren. Als Nina sich von ihrem schwachen, träumerischen Vater lossagt, brechen Almayers Wunschvorstellungen zusammen. Er sucht Vergessen im Opiumrausch und stirbt.
Conrads erzählerische Kraft, die aus vertrauter Kenntnis geschilderte Exotik der Inseln des malaiischen Archipels und das unerbittliche Schicksal, das sich dort am Menschen vollzieht, machen die Lektüre dieses Romans zu einem spannenden Erlebnis.

Joseph Conrad (eigentlich Jósef Teodor Konrad Nalecz Korzeniowski) wurde 1857 als Sohn polnischer Landedelleute in der Ukraine geboren. Er besuchte das Gymnasium in Krakau und ging mit siebzehn Jahren nach Marseille, um Seemann zu werden. Als britischer Kapitän befuhr er die Weltmeere und bereiste den Kongo und die Malaiischen Inseln, Schauplätze seiner späteren Romane. Schon als Seeoffizier begann er zu schreiben. Als ein tropisches Fieber ihn zwang, den Seemannsberuf aufzugeben, ließ er sich 1894 als freier Schriftsteller in England nieder. In den folgenden dreißig Jahren entstanden – oft unter großer materieller Not – die berühmten Romane und Geschichten dieses Autors, der, obwohl er die englische Sprache erst als Erwachsener erlernte, zu den großen Meistern der englischen Literatur zählt. Er starb 1924 in seinem Landhaus in Canterbury.
Im Fischer Taschenbuch erschienen außerdem ›Der Nigger von der »Narzissus«‹ (Bd. 11059), ›Der Freibeuter‹ (Bd. 2055), ›Der Verdammte der Inseln‹ (Bd. 2056), ›Die Rettung‹ (Bd. 2058), ›Die Schattenlinie‹ (Bd. 2059), ›Sieg‹ (Bd. 5352), ›Spannung‹ (Bd. 5355), ›Gaspar Ruiz und andere Erzählungen‹ (Bd. 5358), ›Geschichten der Unrast‹ (Bd. 5724), ›Über mich selbst‹ (Bd. 5725), ›Mit den Augen des Westens‹ (Bd. 5780), ›Nostromo‹ (Bd. 5781), ›Zwischen Land und See‹ (Bd. 5826), ›Der Spiegel der See‹ (Bd. 9550), ›Die Rückkehr‹ (Bd. 9309) und ›Jugend‹ (Bd. 9334).

Joseph Conrad

Almayers Wahn

Roman

Aus dem Englischen von
Günther Danehl

zum Titel cf. hier S. 44

gelesen auf Mallorca
u. auf der „Vistamar" –
Kreuzfahrt Sept./Okt. 2010

Fischer
Taschenbuch
Verlag

Dem Andenken von T. B.

Qui de nous
n'a eu sa terre promise
son jour d'extase
et sa fin en exil

Amiel

Einmalige Sonderausgabe
Veröffentlicht im Fischer Taschenbuch Verlag GmbH,
Frankfurt am Main, Mai 1993

Lizenzausgabe mit freundlicher Genehmigung des
S. Fischer Verlags GmbH, Frankfurt am Main
Die englische Originalausgabe erschien 1896
unter dem Titel *Almayer's Folly – A Story of an Eastern River*

Umschlaggestaltung: Balk/Heinichen/Walch
Umschlagabbildung: Wassily Kandinsky,
»Pfeilform nach links«, Mai 1923
Privatsammlung. Foto: Jean Dubout, Paris

Druck und Bindung: Clausen & Bosse, Leck
Printed in Germany
ISBN 3-596-11902-2

Gedruckt auf chlor- und säurefreiem Papier

VORBEMERKUNG DES AUTORS

Wie ich höre, hat eine in Literatenkreisen berühmte Kritikerin bei der Besprechung jener Literatur, die von fremden Völkern und fernen Ländern handelt und im Schatten der Palmen, in der schutzlosen Grelle verdorrter Küstenstreifen, unter ehrlichen Kannibalen und den weltgewandteren Vorkämpfern unserer ruhmreichen Tugenden spielt, ihr Mißfallen in die Worte zusammengefaßt, Erzählungen dieser Gattung seien ›unzivilisiert‹. Und mit diesem Urteil werden, wie ich fürchte, nicht nur die Erzählungen, sondern auch die fremden Völker und die fernen Länder endgültig einem von Abneigung und Verachtung diktierten Schuldspruch unterworfen.

Wahrlich, das Urteil einer Frau: intuitiv, gescheit, trefflich formuliert – unfehlbar. Ein Urteil, das mit Gerechtigkeit nichts zu schaffen hat. Die Kritikerin und Richterin scheint zu glauben, daß in jenen fernen Ländern Freude nichts ist als Gebrüll und Kriegstanz; Pathos nichts als Gejaul und gräßliches Blekken abgefeilter Zähne; und daß dort alle Probleme ihre Lösung im Lauf eines Revolvers oder durch die Spitze eines Assegai finden. Und doch ist es nicht so. Immerhin mag die irrende Richterin zu ihrer Entschuldigung auf die irreführende Art des Beweismaterials hinweisen.

Dort wie hier ist das Gemälde des Lebens mit den gleichen Details, in den gleichen Farbtönen ausgeführt. Nur übersieht das geblendete Auge in der grellen Heiterkeit des Himmels und dem gnadenlosen Glanz der Sonne die Feinheiten, nimmt es nur die groben Umrisse wahr, und erscheinen ihm die Far-

ben im starken Licht roh und ohne Abstufung. Gleichwohl ist es dasselbe Bild.
Und zwischen uns und jener so fernen Menschheit gibt es ein Band. Ich rede jetzt von Männern und Frauen – nicht von den bezaubernden, anmutigen Schemen, die sich in unserem Matsch und Qualm bewegen und so gesättigt sind von allen unseren Tugenden, daß ein sanfter Glanz von ihnen ausgeht; denen sämtliche Verfeinerungen, jegliche Empfindsamkeit und alle Weisheit eignen – die aber, eben weil sie bloße Schemen sind, kein Herz besitzen.
Deren Mitgefühl gilt (vermutlich) den Unsterblichen: den Engeln über uns und den Teufeln unter uns. Mir genügt es, mit den gewöhnlichen Sterblichen zu fühlen, sie mögen leben, wo sie wollen – in Häusern oder Zelten, in nebelverhangenen Straßen oder in den Wäldern hinter dem schwarzen Streifen düsterer Mangroven, der die endlose Einsamkeit des Meeres säumt. Denn das Land jener Menschen liegt – ebenso wie das unsere – unter dem unergründlichen Blick des Allerhöchsten. Ihre Herzen müssen – gleich den unseren – die Last der Gaben des Himmels tragen: den Fluch der Gegebenheiten und die Segnungen der Illusionen, die Bitterkeit der Erkenntnis und die täuschende Tröstung unseres Wahns.

1895 J. C.

I

»Kaspar! Makan!«

Die wohlbekannte, schrille Stimme riß Almayer aus seinen Träumen von einer glänzenden Zukunft und versetzte ihn zurück in die unangenehme Wirklichkeit der gegenwärtigen Stunde. Auch die Stimme war unangenehm. Er hatte sie nun viele Jahre lang vernommen und schätzte sie von Jahr zu Jahr weniger. Gleichviel; dies alles würde bald ein Ende haben.

Er trat mißmutig von einem Fuß auf den anderen, beachtete den Ruf aber nicht weiter. Beide Ellenbogen auf das Geländer der Veranda stützend, fuhr er fort, auf den mächtigen Fluß zu starren, der gleichgültig und rasch vor seinen Augen dahinströmte. Gegen Abend sah er gerne hinaus auf den Fluß; vielleicht weil die Sonne im Untergehen oft einen Schimmer von Gold über das Wasser des Pantai legte und Almayer sehr häufig an Gold dachte; an Gold, das zu erlangen ihm nicht gelungen war, an Gold, das andere – selbstverständlich auf unredliche Weise – in ihren Besitz gebracht hatten, oder auch an Gold, das er auf ehrliche Art mühsam für sich und Nina noch zu gewinnen hoffte. Er versenkte sich in seine Träume von Reichtum und Macht, er sah sich fern von dieser Küste, an der er so viele Jahre verbracht, und er vergaß Mühsal und bittere Plackerei vor dem Traumbild einer großzügigen und glänzenden Belohnung. Er und seine Tochter würden in Europa leben, reich und geachtet. Ihre große Schönheit und sein ungeheures Vermögen würden jedermann vergessen lassen, daß sie ein Halbblut war. Ihre Triumphe mit anzusehen, würde ihn selbst wieder jung machen und die fünfundzwanzig qualvollen Jahre auslöschen, die er wie ein Gefangener an dieser Küste geschmachtet hatte. Dies alles war zum Greifen nahe. Wenn nur Dain erst wieder da wäre! Dain mußte endlich zurückkommen – in seinem eigenen Interesse, seines eigenen Anteils wegen. Er war nun schon eine Woche überfällig. Vielleicht würde er heute abend eintreffen.

Das waren Almayers Gedanken, während er auf der Veranda seines neuen, aber schon verfallenden Hauses stand – dieses letzten Fehlschlags seines Lebens – und auf den breiten Fluß hinausblickte. An diesem Abend lag kein Gold auf dem Wasser, denn der Fluß war durch die Regenfälle angeschwollen und schoß wild und schlammig unter Almayers zerstreuten Blicken dahin, Treibholz, große tote Stämme und gesunde entwurzelte Bäume samt Ästen und Blättern mit sich führend, zwischen denen das Wasser wütend gurgelte und brauste.

Einer dieser dahintreibenden Bäume stieß nahe beim Haus gegen das vorspringende Ufer; Almayer schüttelte seine Träume ab und sah ihm mit träger Anteilnahme zu. Die strudelnden, schäumenden Wasser drückten den Baum allmählich herum, sie erlaubten ihm, vom Ufer freizukommen und seine Fahrt stromab fortzusetzen, wobei er sich sachte herumwälzte und einen langen, kahlen Ast emporstreckte wie eine Hand, als erflehe er den Beistand des Himmels gegen die brutale, unnötige Roheit des Flusses. Almayers Interesse am weiteren Geschick des Baumes nahm schnell zu. Er lehnte sich hinaus, um zu sehen, ob er die niedrige Landzunge umschiffen werde. Das geschah. Almayer trat zurück, und in dem Gedanken, daß die Fahrt nun frei sei bis zum Meer, beneidete er dieses unbeseelte Ding, das in der vorschreitenden Dunkelheit immer kleiner und undeutlicher wurde, um sein Los. Als er den Baum ganz aus den Augen verloren hatte, begann er darüber zu grübeln, wie weit hinaus ins Meer er wohl treiben werde. Würde die Strömung ihn nach Süden oder nach Norden tragen? Wohl nach Süden, vermutlich bis Celebes, vielleicht sogar bis nach Makassar!

Makassar! Almayers belebte Phantasie eilte dem Baum auf seiner gedachten Reise weit voraus, weil seine Erinnerungen aber zwanzig Jahre oder noch länger zurücklagen, erblickte er auf der staubigen Pier von Makassar einen jungen schlanken Almayer, bescheiden und ganz in Weiß, der mit dem holländischen Postdampfer gekommen war, um sein Glück in den Warenspeichern des alten Hudig zu machen. Es war ein wichtiger Abschnitt in seinem Leben gewesen, der Beginn einer neuen Existenz. Sein Vater, ein untergeordneter Bediensteter in den botanischen Gärten von Buitenzorg, war zweifellos entzückt darüber, seinen Sohn in einer solchen Firma unterbringen zu können. Auch der junge Mann selbst war mit Vergnügen bereit, die verpesteten Küsten Javas und das unbehagliche Elternhaus hinter sich zu lassen, wo der Vater den lieben langen Tag über die Dummheit der eingeborenen Gärtner klagte und die Mutter aus der Tiefe ihres Lehnstuhles hervor die verlorenen Herrlichkeiten des heimatlichen Amsterdam und den Verlust ihrer gesellschaftlichen Stellung als Tochter eines ortsansässigen Zigarrenhändlers bejammerte.

Almayer hatte sein Heim mit leichtem Herzen und noch leichteren Taschen verlassen. Er sprach gut Englisch und verstand sich aufs Rechnen. Er war bereit, die Welt zu erobern, und zweifelte keinen Augenblick daran, daß es ihm gelingen werde.

Wie er nun zwanzig Jahre später in der drückenden, erstickenden Abendhitze von Borneo stand, erinnerte er sich mit wehmütigem Bedauern an Hudigs hohe, kühle Speicher, wo Ginkisten und Stoffballen in langen Reihen aufgestapelt waren; er erinnerte sich der großen, lautlos auf und zu schwingenden Tür; des Halblichtes, das so wohltuend war nach der Grelle der Straßen; der kleinen abgeteilten Plätze zwischen den

Warenstapeln, wo chinesische Schreiber adrett, kühl und traurig dreinblickend schnell und stumm die Federn führten, während Arbeiter lärmend Fässer rollten oder zum Takt einer gesummten Melodie, die in einem wilden Aufschrei endete, Kisten umstellten. Am oberen Ende, gegenüber dem großen Tor, befand sich ein weiterer, gutbeleuchteter, abgeteilter Raum; hier war der Lärm durch die Entfernung schon gedämpfter, und man vernahm das leise, unausgesetzte Klirren silberner Guldenstücke, die von anderen schweigsamen Chinesen gezählt und aufeinander gehäuft wurden – unter Aufsicht von Mr. Vinck, dem ersten Kassierer, der rechten Hand des Prinzipals.

In diesem abgeteilten Raum arbeitete Almayer an seinem Tisch nicht weit von der kleinen grüngestrichenen Tür, neben der stets ein Malaie mit roter Schärpe und Turban stand und mit der Regelmäßigkeit einer Maschine an einer dünnen Schnur zog. Diese Schnur betätigte eine Punkah auf der anderen Seite der grünen Tür, wo sich das sogenannte Privatbüro befand, in dem der alte Hudig – der Prinzipal – thronte und lärmende Empfänge veranstaltete. Gelegentlich wurde die kleine Tür weit aufgestoßen und gab dann der Außenwelt den Blick durch bläulich ziehende Tabakswolken auf einen langen Tisch frei, der mit Flaschen von verschiedensten Formen und hohen Wasserkaraffen beladen war, auf Rohrsessel, in denen sich schwadronierende Männer räkelten, während der Prinzipal, die Hand auf der Türklinke, den Kopf hinausstreckte und vertraulich mit Vinck flüsterte; gelegentlich rief er dann wohl auch einen Befehl in den Speicher oder erspähte einen zögernden Fremden, den er gutmütig brüllend begrüßte: »Grüß Gott, Gapidän! Wo gommen Sie her? Von Bali, was? Haben Sie Bonies? Ich brauche Bonies! Ich gaufe jede Menge! Ha, ha, ha. Gommen Sie rein!« Dann wurde der Fremde unter einem wahren Platzregen von Grußworten hereingezerrt, die Tür schloß sich, und die gewohnten Geräusche erfüllten wieder den Speicher: der Gesang der Arbeiter, das Rollen der Fässer, das Kratzen eiliger Federn, und über allem das melodische Klingeln großer Silberstücke, die unaufhörlich durch die gelben Finger aufmerksamer Chinesen glitten.

Um jene Zeit war Makassar voller Leben und Geschäftigkeit. Hierher zog es alle jene kühnen Geister, die ihre Schoner in Australien ausrüsteten und auf der Suche nach Geld und Abenteuern in den malaiischen Archipel vordrangen. Diese Männer waren mutig und bedenkenlos und überdies geriebene Geschäftsleute. Sie schreckten nicht vor einem Gefecht mit den Piraten zurück, die noch an vielen Küsten zu finden waren, und kamen schnell zu Geld. Und alle trafen sie sich in der Bucht von Makassar, um Geschäfte zu machen und sich zu amüsieren. Die holländischen Kaufleute nannten jene Männer englische Hausierer; es gab darunter aber zweifellos Herren, für die diese Art des Lebens einen besonderen Reiz besaß. Die meisten waren Seeleute, und der erste unter ihnen war Tom Lingard, er, den die Malaien – Ehrenmänner oder Betrüger, friedliche Fischer oder Desperados – als den »Raja Laut«, den König der See anerkannten.

Noch ehe er drei Tage in Makassar gewesen war, hatte Almayer von Lingard gehört, von seinen geschickten Transaktionen, seinen Grillen und seinen verwegenen Kämpfen mit den Sulupiraten. Bei dieser Gelegenheit erfuhr er auch die romantische Geschichte von einem Kind – einem kleinen Mädchen –, das der siegreiche Lingard an Bord eines Piratenschiffes gefunden hatte, als er es nach langem Kampf enterte und die Besatzung über Bord gehen ließ. Es war allgemein bekannt, daß Lingard dieses Mädchen adoptiert hatte, daß er sie in einem Kloster auf Java erziehen ließ und von ihr als von »meiner Tochter« sprach. Er hatte sich hoch und heilig verschworen, sie noch vor seiner Rückkehr mit einem Weißen zu verheiraten und ihr all sein Geld zu hinterlassen. »Und Kapitän Lingard hat viel Geld«, pflegte Mr. Vinck dann nachdrücklich mit seitlich geneigtem Kopf zu erklären, »viel Geld, mehr als Hudig!« Und nach einer Pause – in der sich seine Zuhörer von ihrem Erstaunen über eine so unglaubliche Behauptung erholen durften – fügte er dann flüsternd die Erklärung hinzu: »Er hat nämlich einen Fluß entdeckt.«

Das war es! Er hatte einen Fluß entdeckt! Dieser Umstand stellte den alten Lingard hoch über die gewöhnliche Masse seefahrender Abenteurer, die bei Tage mit Hudig Geschäfte machten und des Abends auf der großen Veranda des Sunda-Hotels Sekt tranken, spielten, grölten und mit den halbblütigen Mädchen tändelten. Diesen Fluß hinauf, dessen Einfahrt nur er selbst kannte, brachte Lingard seine Fracht von Stoffen, Messingbecken, Gewehren und Schießpulver. Seine Brigg *Flash*, die er selbst führte, verschwand bei solchen Gelegenheiten unauffällig im Dunkeln von der Reede, während Lingards Kumpane noch die Folgen des nächtlichen Zechgelages ausschliefen. Lingard pflegte jeden einzelnen von ihnen unter den Tisch zu trinken, ehe er, dem kein Quantum Alkohol etwas anhaben konnte, an Bord seiner Brigg ging. Viele versuchten, ihm in jenes gelobte Land zu folgen, wo es Kautschuk und Rohr, Perlmutter, eßbare Vogelnester, Pech und Damaragummi in Hülle und Fülle gab, aber die kleine *Flash* war in jenen Meeren das schnellste Schiff. Einige der Verfolger wurden an Korallenriffen oder versteckten Sandbänken zuschanden und retteten gerade noch das nackte Leben aus dem grausamen Klammergriff dieser sonnigen, heiteren See; andere verloren den Mut, und viele Jahre lang wahrten die grünen, friedfertig aussehenden Inseln, welche die Zugänge ins gelobte Land bewachten, ihr Geheimnis mit dem ganzen unbarmherzigen Gleichmut der tropischen Natur. So ging und kam Lingard bei seinen offenen oder geheimen Expeditionen. Die Kühnheit und die enormen Profite seiner Unternehmungen machten ihn in Almayers Augen zu einem Helden, und wenn er ihn durch den Speicher herankommen sah, wenn er hörte, wie Lingard dem Kassierer Vinck ein »Wie geht's« zuknurrte oder Hudig, den Prinzipal, mit einem polternden »Guten Tag, alter Seeräuber! Noch immer am Leben?« begrüßte, ehe er sich hinter der kleinen grünen Tür an die Geschäfte begab, dann hielt er ihn für einen großen Mann. Wenn Almayer des Abends in der Stille des nun verlassen liegenden Speichers seine Papiere wegräumte, ehe er mit Vinck, bei dem er wohnte, den Heimweg antrat, hielt er mitunter inne, um einer erregten Auseinandersetzung im Privatbüro zu lauschen: das tiefe, tonlose Knurren des Prinzipals und die hervorgebellten Einwürfe Lingards glichen dem Geraufe zweier Bullenbeißer um einen Markknochen. Für Almayers Ohren klang das jedoch wie das Streiten von Riesen, wie ein Kampf zwischen Göttern. Nach einem Jahr etwa faßte Lingard, der bei der Abwicklung der Geschäfte häufig mit Almayer zu tun hatte, eine überraschende und der Umwelt nicht ganz verständliche Neigung zu dem jungen Mann. Im geselligen Kreis beim Abendtrunk im Sunda-Hotel pries er Almayer in den höchsten Tönen, und eines Morgens versetzte er Vinck in große Aufregung durch die Erklärung, er müsse »diesen jungen Burschen als Lademeister, als eine Art Kapitänsschreiber haben. Er soll den ganzen Papierkram für mich erledigen.« Hudig stimmte zu. Auch Almayer, mit der Sehnsucht der Jugend nach Veränderung, zauderte keinen Augenblick, sondern packte seine geringe Habe zusammen und unternahm auf der *Flash* eine jener langen Reisen, in deren Verlauf der alte Seemann beinahe jede einzelne Insel im Archipel anzulaufen pflegte. Monate vergingen, und Lingards Zuneigung schien noch zu wachsen. Oft, wenn er mit Almayer an Deck der Brigg auf und ab ging, die vor der schwachen, von den süßen Düften der Inseln schweren Nachtbrise sanft unter dem friedlichen, glitzernden Himmel dahinglitt, öffnete der alte Seemann sein Herz dem wie verzaubert lauschenden Zuhörer. Er sprach von der Vergangenheit, von bestandenen Gefahren, von großen Profiten beim Handel, von neuen Plänen, die für die Zukunft noch größere Profite in Aussicht stellten. Dabei tat er oft seiner Tochter Erwähnung, jenes Mädchens, das er in der Prau der Seeräuber gefunden und von dem er stets mit einer merkwürdig väterlichen Zärtlichkeit sprach. »Sie muß nun schon ein erwachsenes Mädchen sein«, pflegte er dann wohl zu sagen. »Ich habe sie seit bald vier Jahren nicht mehr gesehen! Der Teufel soll mich holen, Almayer, wenn wir auf dieser Reise nicht Surabaya anlaufen.« Und nach einer solchen Verlautbarung verschwand er jedesmal blitzschnell in seine Kajüte, wobei er vor sich hin murmelte: »Es muß was geschehen! Es muß was geschehen!«

Mehr als einmal setzte er Almayer dadurch in Verwunderung, daß er schnell auf ihn losging, sich mit einem mächtigen »hm« räusperte, als beabsichtige er etwas zu sagen, sich dann aber scharf abwandte, stumm über die Reling lehnte und stundenlang unbeweglich den schimmernden Glanz des phosphoreszierenden Meeres betrachtete. Endlich, am Vorabend seiner Ankunft in Surabaya, war diesen Versuchen, ein vertrauliches Gespräch zu beginnen, Erfolg beschieden. Nachdem er sich geräuspert hatte, sprach Lingard, und er hatte etwas ganz Bestimmtes im Sinn. Er wünschte, daß Almayer seine Adoptivtochter heirate. »Und sträube dich nicht, bloß weil du weiß bist!« rief er zu guter Letzt, noch ehe der überraschte junge Mann Zeit gefunden hatte, ein Wort einzuwenden. »Davon will ich nichts hören! Kein Mensch wird die Hautfarbe deiner Frau sehen, weil sie nämlich unter einem Berg von Goldstücken verborgen ist! Und laß dir sagen, daß dieser Berg noch größer werden wird, ehe ich sterbe. Millionen werden das sein,

Kaspar! Millionen! Und alles für sie – und für dich, wenn du tust, was man dir sagt.«

Von diesem unerwarteten Vorschlag überrascht, zögerte Almayer und blieb eine Minute lang stumm. Er verfügte über eine starke, rege Phantasie und sah in diesem kurzen Zeitraum, wie von einem grellen Blitz erhellt, Berge von glänzenden Guldenstücken und alle die Möglichkeiten, die der Wohlstand eröffnet. Das Ansehen, das träge, untätige Leben – für das er sich so recht geschaffen fühlte –, seine Schiffe, seine Warenschuppen, seine Handelsgüter (der alte Lingard konnte ja nicht ewig leben), und als Krönung des Ganzen leuchtete in der fernen Zukunft wie ein Märchenschloß das Stadtpalais in Amsterdam, diesem irdischen Paradies seiner Träume, wo er, durch das Geld des alten Lingard zum Herrscher über seinesgleichen geworden, seinen Lebensabend in unbeschreiblicher Pracht hinzubringen gedachte. Was nun die Kehrseite der Medaille betraf – den Bund fürs Leben mit dem malaiischen Mädchen, dieser Hinterlassenschaft der Besatzung eines Seeräuberschiffes – so war er sich nur ganz unklar eines Schamgefühls bewußt, weil er als Weißer... immerhin, eine vierjährige Klostererziehung... vielleicht war sie ja auch so freundlich, zu sterben. Er hatte doch stets Glück, und Geld ist mächtig! Man konnte es wohl wagen. Warum nicht? Es kam ihm der verschwommene Gedanke, sie irgendwie, ganz gleich wie, aus seiner glanzvollen Zukunft auszusperren. Schließlich war es einfach genug, sich einer Malaiin zu entledigen, die, seinen östlichen Vorstellungen gemäß, letzten Endes nur eine Sklavin war, mochte sie nun im Kloster erzogen und ihm ehelich angetraut sein oder nicht.

Er hob den Kopf und stellte sich dem besorgten, doch gleichwohl wütenden Seemann.

»Ich... selbstverständlich... ganz wie Sie wünschen, Kapitän Lingard.«

»Nenn mich Vater, mein Junge. Sie nennt mich auch so«, sagte der versöhnte alte Abenteurer. »Doch der Teufel soll mich holen, wenn ich nicht einen Augenblick lang gedacht habe, du wolltest dich weigern. Vergiß nicht, Kaspar, ich setze meinen Willen immer durch, es hätte dir also nichts genützt. Aber du bist eben kein Narr.«

Er erinnerte sich noch sehr gut daran – an den Blick, an die Worte, an den Ton, in dem sie gesprochen wurden, und an die Wirkung, die sie auf ihn ausübten. Er erinnerte sich sogar noch der Umgebung, des schmalen, geneigten Decks der Brigg, der schweigenden, schlafenden Küste, der glatten schwarzen Oberfläche der See, über die der aufsteigende Mond einen breiten goldenen Streifen legte. Er erinnerte sich alles dessen und dazu noch seines unerhörten Überschwanges bei dem Gedanken daran, daß ein solches Vermögen ihm in die Hände fallen sollte. Er war damals kein Narr gewesen, und auch jetzt war er keiner. Die Umstände hatten sich gegen ihn verschworen; das Vermögen war verloren, die Hoffnung aber war geblieben.

Es fröstelte ihn in der Nachtluft, und ganz plötzlich wurde ihm bewußt, daß sich nach dem Verschwinden der Sonne dichte Dunkelheit über den Fluß gelegt hatte und die Umrisse des gegenüberliegenden Ufers verbarg. Nur ein Reisigfeuer, das vor der Pfahlbefestigung des Rajas brannte, machte hin und wieder die rauhen Stämme der in der Nähe stehenden Bäume sichtbar und warf seinen glühend roten Schein halb über den Fluß, wo Baumstämme eilig in undurchdringlicher Finsternis dem Meer entgegentrieben. Er erinnerte sich verschwommen, irgendwann im Laufe des Abends von seiner Frau gerufen worden zu sein. Vermutlich zum Essen. Doch ein Mensch, der sich damit beschäftigt, im Morgengrauen neuer Hoffnungen die Trümmer seiner Vergangenheit zu betrachten, kann nicht gerade immer dann Hunger verspüren, wenn der Reis gar ist.

Es wurde nun allerdings Zeit heimzugehen; es war schon spät.
Er bewegte sich behutsam über die lockeren Planken zur Leiter hin. Ein Gecko, den dies Geräusch erschreckte, stieß seinen Klageruf aus und huschte durch das hohe Gras davon, das am Ufer wuchs. Almayer stieg vorsichtig die Leiter hinunter und war nun durch die Notwendigkeit, unter allen Umständen einen Sturz auf den unebenen Boden zu vermeiden, wo verrottende Bretter, Steine und halb behauene Balken zu einem unentwirrbaren Durcheinander aufgehäuft lagen, ganz und gar der Wirklichkeit wiedergegeben. Als er sich dem Haus zuwandte, in dem er wohnte – »mein altes Haus« nannte er es – vernahm er aus der Dunkelheit über dem Fluß das Klatschen von Paddeln. Er blieb aufmerksam lauschend auf dem Pfad stehen, überrascht davon, daß zu dieser späten Stunde, noch dazu bei Hochwasser, überhaupt jemand auf dem Fluß war. Jetzt konnte er deutlich die Paddel hören, sogar einen leisen Wortwechsel und das schwere Atmen von Männern, die nahe dem Ufer, an dem er stand, gegen die Strömung ankämpften. Sie waren ganz in seiner Nähe; doch es war zu dunkel, um im überhängenden Ufergesträuch irgend etwas zu erkennen.
»Wohl Araber«, murmelte Almayer vor sich hin und versuchte, die dichte Dunkelheit zu durchdringen. »Was haben sie nur jetzt wieder vor? Gewiß hat sie der verfluchte Abdulla geschickt!«
Das Boot war nun ganz nahe.
»Oh, ya! Heda!« rief Almayer.
Die Stimmen verstummten, doch die Paddel wurden noch ebenso heftig bewegt wie zuvor. Dann schwankte das Gebüsch vor Almayer, und man hörte weithin in der stillen Nacht den Lärm, mit dem die Paddel auf den Boden des Kanus geworfen wurden. Die Besatzung hielt sich jetzt an den Bü-

schen fest, aber Almayer konnte kaum den schwachen, dunklen Umriß von Kopf und Schultern eines Mannes über dem Rand des Ufers erkennen.

»Abdulla?« fragte Almayer zweifelnd.

Eine ernste Stimme entwortete: »Tuan Almayer spricht zu einem Freund. Hier ist kein Araber.«

Almayers Herz tat einen Freudensprung.

»Dain!« rief er. »Endlich! Endlich kommst du! Ich habe Tag und Nacht auf dich gewartet, ich hatte dich schon beinahe aufgegeben.«

»Nichts hätte mich davon abhalten können, hierher zurückzukehren«, erwiderte der andere beinahe wild. »Nicht einmal der Tod«, flüsterte er vor sich hin.

»Das ist die Rede eines Freundes, und sie ist sehr gut«, sagte Almayer munter. »Fahr bis an die Mole und laß deine Leute ihren Reis in meinem Hof kochen, während wir im Haus miteinander sprechen!«

Diese Einladung blieb unbeantwortet.

»Was ist denn?« fragte Almayer beunruhigt. »Es ist doch der Brigg nichts passiert?«

»Die Brigg ist an einem Ort, wo kein Orang Blanda sie erreichen kann«, erwiderte Dain in düsterem Ton, was Almayer in seiner Freude aber entging.

»Sehr schön«, antwortete er. »Wo aber sind all deine Leute? Es sind nur zwei bei dir?«

»Höre, Tuan Almayer«, versetzte Dain. »Die Sonne des morgigen Tages soll mich in deinem Haus sehen, und dann wollen wir reden. Jetzt muß ich zum Raja.«

»Zum Raja? Warum? Was willst du denn von Lakamba?«

»Tuan, morgen wollen wir sprechen wie Freunde. Heute nacht aber muß ich zu Lakamba.«

»Dain, du wirst mich doch jetzt nicht verlassen, wo alles bereit ist?« fragte Almayer flehend.

»Bin ich nicht zurückgekehrt? Aber um deinetwillen und meinetwillen muß ich erst mit Lakamba sprechen.«
Die schattenhafte Gestalt verschwand plötzlich. Der Busch, den der im Kanu sitzende Mann losgelassen hatte, schnellte zurück und überschüttete Almayer, der sich vorgeneigt hatte, um möglichst gut zu sehen, mit schlammigen Wassertropfen.
Bald darauf schoß das Kanu in die Lichtbahn, die das große Feuer vom jenseitigen Ufer her über den Fluß warf, und man erblickte die Umrisse zweier Männer, die sich tief über ihre Paddel neigten, und dazu im Heck eine dritte Gestalt, die mit ihrem Paddel steuerte und deren Kopf von einem riesengroßen, runden Hut bedeckt war, der wie ein unmäßig aufgeschossener Pilz aussah.
Almayer beobachtete das Kanu, bis es wieder aus der Lichtbahn verschwand. Kurz darauf drang über das Wasser her das Murmeln vieler Stimmen. Er sah, wie Fackeln aus dem brennenden Holzstoß gerissen wurden, und für einen Augenblick war das Tor in der Umzäunung sichtbar, um das die Anwesenden sich drängten. Dann traten sie ein, die Fackeln verschwanden, und das auseinandergerissene Feuer leuchtete nur noch schwach und unbeständig.
Almayer ging mit langen Schritten und besorgtem Sinn nach Hause. Gewiß beabsichtigte Dain nicht, ihn zu hintergehen. Dieser Gedanke war abwegig. Dain und Lakamba waren beide viel zu sehr am Erfolg seines Planes interessiert. Es war unklug, Malaien zu vertrauen; indessen besitzen auch Malaien ein gewisses Maß von Vernunft und erkennen ihren Vorteil. Alles würde gut ausgehen – mußte gut ausgehen. Als er in seinen Überlegungen so weit gediehen war, bemerkte er, daß er vor der Verandatreppe seines Hauses stand. Von seinem Platz auf der niedrigen Landzunge konnte er beide Arme des Flusses überblicken. Der Hauptarm des Pantai lag in völliger Dunkelheit, denn das Feuer vor dem Hof des Raja war nun

ganz erloschen; entlang der geraden Stromstrecke vor Sambir war die Reihe der malaiischen Hütten sichtbar, die sich am Ufer drängten und durch deren Bambuswände hier und dort trübes Licht sickerte; auf manchen der über den Fluß hinausragenden Plattformen aus Rohr brannten qualmende Fackeln. Weiter weg, wo die Insel in flachen Klippen endete, erhob sich eine dunkle Masse von Gebäuden, welche die Behausungen der Malaien hoch überragten. Solide, auf festem Grunde errichtet, groß und von vielen hell und weiß brennenden Lampen erleuchtet, die auf Paraffinöl und Lampenzylinder schließen ließen, erhoben sich Haus und Speicher Abdulla ben Selims, des bedeutenden Handelsherrn von Sambir. Almayer fand diesen Anblick widerwärtig, und er drohte mit der Faust den Gebäuden, die ihm in ihrer offenkundigen Wohlhabenheit kalt und unverschämt vorkamen, als betrachteten sie verächtlich sein eigenes Mißgeschick.

Langsam erklomm er die Treppe zu seinem Haus.

Inmitten der Veranda stand ein runder Tisch, darauf eine Paraffinlampe ohne Zylinder, die ihr grelles Licht auf die drei Wände der Veranda warf. Die Vorderseite war offen und sah auf den Fluß hinaus. Zwischen den rohen Pfosten, die das steile Dach trugen, hingen zerfetzte Jalousien aus Rohr. Ein Plafond war nicht vorhanden, und das harte weiße Lampenlicht verwandelte sich weiter oben in weiches Halbdunkel, das sich in der Finsternis zwischen den Dachsparren verlor. Die Längswand wurde in der Mitte von einer Türöffnung geteilt, die auf den Korridor des Hauses führte und mit einem roten Vorhang verschlossen war. Durch den Korridor, auf den die Kammer der Frauen mündete, gelangte man in den hinteren Hof und zum Küchenschuppen. In einer der Querwände der Veranda befand sich eine Tür. Auf dieser verstaubten Tür, die aussah, als sei sie sehr lange nicht geöffnet worden, ließ sich mit Mühe die fast unlesbar gewordene Aufschrift »Büro: Lingard und

Co.« entziffern. Vor der anderen Querwand stand ein hölzerner Schaukelstuhl, und vier Holzsessel drückten sich verlegen in der Nähe des Tisches herum, als genierten sie sich in dieser schäbigen Umgebung. In einer Ecke lagen gewöhnliche Matten aufgehäuft, und darüber hing eine alte Hängematte. In einer anderen Ecke hockte zusammengesunken ein schlafender Malaie, den Kopf mit einem roten Baumwollappen umwickelt: einer von Almayers Haussklaven – »meine eigenen Leute«, wie er sie zu nennen pflegte. Eine stattliche Versammlung von Nachtfaltern tummelte sich um die Lampe, begleitet vom lebhaften Sirren schwärmender Moskitos. Unter den Palmblättern, mit denen das Dach bedeckt war, rannten leise rufende Geckos hin und wieder. Ein Affe, der an einen Verandapfosten gekettet war und sich bereits für die Nacht in den Giebel zurückgezogen hatte, blinzelte Almayer zu und schwang sich grinsend in die Dachsparren, was zur Folge hatte, daß Staub und trockene Blätter auf den schäbigen Tisch herunterrieselten. Der unebene Fußboden war übersät von verwelktem Grünzeug und vertrockneter Erde. Alles sah schmutzig und verwahrlost aus. Die leichte Brise vom Fluß spielte mit den zerfetzten Jalousien und trug aus den Wäldern vom gegenüberliegenden Ufer einen schwachen kränklichen Duft herüber, der an verrottende Blumen erinnerte.

Die Verandadielen knarrten laut unter Almayers schwerem Schritt. Der Schläfer in der Ecke regte sich und murmelte undeutliche Worte. Hinter dem Vorhang rührte es sich ein wenig, und eine leise Stimme fragte auf malaiisch: »Bist du es, Vater?«

»Ja, Nina, ich bin hungrig. Schläft denn das ganze Haus?«

Almayer sprach recht aufgeräumt und ließ sich genüßlich ächzend nahe beim Tisch in einen Sessel sinken. Nina Almayer kam hinter dem Vorhang hervor, gefolgt von einer alten Malaiin, die sich daranmachte, Reis und Fisch, einen Wasserkrug und eine halbe Flasche Genever auf den Tisch zu stellen. Nachdem sie mit großer Sorgfalt ein gesprungenes Wasserglas und einen Blechlöffel vor ihrem Herrn aufgebaut hatte, entfernte sie sich lautlos. Nina stand am Tisch, stützte eine Hand leicht auf die Kante und ließ die andere schlaff herabhängen. Ihr Gesicht zeigte den Ausdruck ungeduldiger Erwartung und war der Dunkelheit zugewandt, in der ihre verträumten Augen ein zauberhaftes Bild wahrzunehmen schienen. Für ein Halbblut war sie hochgewachsen; sie besaß das fehlerlose Profil des Vaters, das nur durch ein breites Untergesicht, dieses Erbteil ihrer mütterlichen Vorfahren, der Sulupiraten, eine Veränderung und Akzentuierung erfuhr. Ihr fester Mund mit den ein wenig geöffneten Lippen, hinter denen man die weißen Zähne schimmern sah, verlieh dem ungeduldigen Ausdruck ihrer Züge eine leichte Andeutung von Wildheit. Doch besaßen ihre dunklen, vollkommen schönen Augen den bei malaiischen Frauen so verbreiteten Ausdruck weicher Zärtlichkeit, wenn auch der Funke einer überlegenen Intelligenz darin zu bemerken war. Diese Augen waren weit geöffnet und blickten ernst und fest, als sähen sie etwas für alle anderen Augen Unsichtbares. So stand sie da – ganz in Weiß, hoch aufgerichtet, biegsam, anmutig, unbefangen, die niedrige, aber breite Stirn gekrönt von dem reichen, glänzend schwarzen Haar, das in dicken Flechten über ihre Schultern herabfiel und gegen dessen kohlschwarzen Schimmer sich ihre bleiche, olivenfarbene Haut noch bleicher ausnahm.

Almayer machte sich gierig über seinen Reis her, hörte aber, nachdem er einige Löffel voll verschlungen hatte, zu essen auf und betrachtete, den Löffel in der Hand, forschend seine Tochter.

»Hast du vor etwa einer halben Stunde ein Boot vorbeikommen hören, Nina?« fragte er.

Das Mädchen sah ihn rasch an, entfernte sich aber dann aus

dem Lichtkreis der Lampe und wandte dem Tisch den Rücken zu.

»Ich habe gar nichts gehört«, erwiderte sie gedehnt.

»Und doch war ein Boot da, endlich! Es war Dain selbst, auf dem Weg zu Lakamba. Ich weiß es, weil er es mir gesagt hat. Ich habe mit ihm gesprochen, aber er wollte heute abend nicht herkommen. Er hat versprochen, morgen zu kommen.«

Er verschlang wieder einen Löffel Reis und fuhr fort:

»Heute abend bin ich beinahe glücklich, Nina. Ich sehe jetzt das Ende eines langen Weges, der uns aus diesem elenden Sumpf herausführen wird. Wir werden bald von hier fortgehen, ich und du, mein liebes, kleines Mädchen, und dann –«

Er erhob sich vom Tisch und blieb, vor sich hinstierend, wie in die Betrachtung einer berückenden Vision versunken. »Und dann«, fuhr er fort, »werden wir glücklich sein, du und ich. Wir werden weit weg von hier reich und geachtet leben, werden dieses Dasein, diese Plage und dieses ganze Elend vergessen.« Er trat auf seine Tochter zu und strich liebkosend über ihr Haar.

»Es ist nicht gut, wenn man einem Malaien vertrauen muß«, bemerkte er, »ich muß aber zugeben, daß dieser Dain ein durch und durch anständiger Mensch ist.«

»Hast du ihn gebeten herzukommen, Vater?« erkundigte sich Nina, ohne ihn anzusehen.

»Selbstverständlich. Übermorgen werden wir losfahren«, sagte Almayer fröhlich. »Wir dürfen keine Zeit verlieren. Freust du dich, meine Kleine?«

Sie war ebenso groß wie er, doch gedachte er gerne der Zeit, da sie klein gewesen war und beide einander die ganze Welt bedeutet hatten.

»Ich freue mich«, sagte sie sehr leise.

»Selbstverständlich«, sagte Almayer lebhaft, »kannst du dir nicht ausmalen, was dich erwartet. Ich selbst bin niemals in

Europa gewesen, aber meine Mutter hat so oft davon erzählt, daß mir scheint, ich kenne es ganz genau. Wir werden ein – ein prachtvolles Leben führen. Du wirst schon sehen.«

Wieder stand er stumm neben seiner Tochter, in den Anblick jener berückenden Visionen versunken. Nach einer Weile schüttelte er drohend die Faust gegen die schlafende Siedlung. »Ah! Mein Freund Abdulla«, rief er, »wir werden noch sehen, wer nach all diesen Jahren Sieger bleibt!«

Er sah stromaufwärts und bemerkte dann ruhig:

»Wieder ein Gewitter. Nun schön! Heute nacht wird mich gewiß kein Donner wach halten! Schlaf gut, meine Kleine«, flüsterte er zärtlich und küßte ihre Wange, »heute abend siehst du nicht gerade glücklich aus, aber morgen wirst du schon ein freundliches Gesicht machen, nicht wahr?«

Nina hatte unbewegt ihrem Vater zugehört und blickte aus halbgeschlossenen Augen immer noch in die Nacht hinaus, die nun durch schwere Gewitterwolken noch dichter geworden war, welche langsam von den Bergen her herübertrieben, die Sterne auslöschten und Himmel, Wälder und Fluß zu einer Masse von fast greifbarer Schwärze zusammenschmolzen. Die schwache Brise war erstorben, aber entferntes Donnergrollen und bleiche Blitze kündigten das nahende Unwetter an. Mit einem Seufzer wandte das Mädchen sich zum Tisch um.

Almayer lag schon halb schlafend in seiner Hängematte.

»Nimm die Lampe, Nina«, murmelte er schläfrig. »Es wimmelt hier von Moskitos. Geh schlafen, Tochter.«

Aber Nina löschte die Lampe und trat wieder an das Geländer der Veranda. Sie umschlang einen der hölzernen Pfosten und sah erwartungsvoll auf den Pantai hinaus. Und reglos dastehend in der drückenden Stille der tropischen Nacht, erblickte sie bei jedem Blitz den Wald auf beiden Ufern des Stromes, die Bäume, die sich vor den wilden Windstößen neigten, den Oberlauf des Flusses, dessen Wasser zu weißem

Schaum aufgepeitscht wurde, und die schwarzen Wolken, die zu phantastisch geformten Fetzen zerrissen, niedrig über den schwankenden Wipfeln dahinjagten. Um sie her war alles noch still und friedlich, aber in der Ferne konnte sie das ziehende Brausen, das Zischen der schweren Regentropfen und das Klatschen der Wellen des gequälten Flusses hören. Es kam näher und näher, begleitet von lauten Donnerschlägen und langen, lebhaft zuckenden Blitzen, auf die kurze Augenblicke bedrohlicher Schwärze folgten. Als das Gewitter die niedrige Landzunge erreichte, die den Fluß teilte, zitterte das ganze Haus, und der Regen prasselte laut auf das Dach von Palmblättern. Der Donner sprach in einem einzigen, unablässigen Rollen, und unaufhörliche Blitze ließen das hochgepeitschte Wasser, die treibenden Stämme und die großen Bäume erkennen, die sich unter dem brutalen, unbarmherzigen Zugriff bogen.

Ruhig und ungestört vom abendlichen Regenmonsun schlief der Vater, vergessen Hoffnungen und Fehlschläge, vergessen Freunde und Feinde; die Tochter stand reglos und spähte beim Schein der Blitze besorgt und verlangend über den breiten Fluß.

II

Als Almayer dem unerwarteten Verlangen Lingards Folge leistete und sich bereit erklärte, das malaiische Mädchen zu heiraten, wußte niemand, daß diese reizende junge Konvertitin an dem Tage, da sie ihre gesamte natürliche Verwandtschaft verloren und einen weißen Vater gefunden hatte, ebenso verzweifelt wie die übrige Besatzung der Piratenprau gekämpft hatte und nur durch eine schwere Beinverwundung daran gehindert worden war, mit den anderen Überlebenden über Bord zu springen. Dort auf dem Vorderdeck der Prau hatte der alte Lingard sie unter vielen toten und sterbenden Piraten gefunden und sie aufs Achterdeck der *Flash* bringen lassen, ehe man das malaiische Schiff in Brand setzte und treiben ließ. Sie war bei Bewußtsein, und im tiefen Frieden, in der Ruhe des tropischen Abends, die auf den Tumult der Schlacht folgten, sah sie zu, wie alle jene, die sie in der ihr eigenen barbarischen Weise auf Erden geliebt hatte, in einer großen, lodernden und qualmenden Feuersbrunst in die Dunkelheit hinaustrieben. Sie lag dort, ohne auf die behutsamen Hände zu achten, die ihre Wunde verbanden, und war stumm in den Anblick des Scheiterhaufens versunken, auf dem jene tapferen Männer verbrannten, die sie so bewundert und denen sie so hilfreich in ihrem Kampf gegen den furchtbaren »Raja Laut« beigestanden hatte.

Die schwache Nachtbrise trieb die Brigg sanft nach Süden, und der große Scheiterhaufen wurde kleiner und kleiner, bis er schließlich nur noch am Horizont blinkte wie ein versinkender Stern. Dann versank der Stern: die dichte Rauchwolke reflektierte noch für kurze Zeit den Schein der verborgenen Flammen und verschwand dann auch.

Sie begriff, daß gleichzeitig mit diesem verschwindenden Feuerschein auch ihr altes Leben versank. Von nun an hatte sie nur ein Sklavendasein in fernen Ländern, unter Fremden, in einer unbekannten und vielleicht schrecklichen Umgebung zu erwarten. Sie fürchtete das Unbekannte; im übrigen aber fand sie sich gefaßt, in der Weise ihres Volkes mit ihrer Lage ab und hielt diese sogar für ganz natürlich; denn war sie nicht eine Tochter von Kriegern, die im Kampf besiegt worden waren, und gehörte sie nicht Rechtens dem siegreichen Raja? Selbst die offenkundige Güte des schrecklichen alten Mannes mußte, so glaubte sie, ihren Grund in der Wertschätzung seiner Eroberung haben, und die geschmeichelte Eitelkeit milderte ihre Angst nach einer so schrecklichen Katastrophe. Hätte sie etwas von den hohen Mauern, den stillen Gärten und den schweigenden Nonnen des Klosters von Samarang geahnt, wohin ihr Schicksal sie zu führen im Begriff stand, so hätte sie vielleicht in ihrer Furcht und ihrem Ekel vor solchem Zwang den Tod gesucht. In Gedanken jedoch sah sie für sich das übliche Dasein eines Malaienmädchens voraus – die gewöhnliche Abfolge von schwerer Arbeit und wilder Liebe, von Intrigen, goldenem Schmuck und schwerer häuslicher Plackerei, dazu den verborgenen, doch machtvollen Einfluß, der zu den wenigen Privilegien gehört, deren die Frauen unzivilisierter Völker sich erfreuen. Aber die rauhen Hände des alten Seemannes, der nach der unvernünftigen Eingebung seines Herzens handelte, verliehen ihrem Geschick eine merkwürdige und für sie schreckliche Form. Sie ertrug alles still und folgsam – den Zwang, den Unterricht, die neue Lehre – und verbarg Haß und Verachtung, die sie für dieses neue Leben empfand. Sie lernte die Sprache mühelos, begriff aber wenig von dem neuen Glauben, den die guten Schwestern sie lehrten; nur die abergläubischen Elemente der Religion machte sie sich rasch zu eigen. Bei jedem seiner kurzen, lärmenden Besuche nannte sie Lingard zärtlich und sanft ihren Vater, da sie sehr deutlich den Eindruck hatte, er sei eine große, gefährliche Macht, die günstig gestimmt werden müsse. War er denn jetzt nicht ihr Herr? Und während der vier langen Jahre nährte sie die Hoffnung, Gnade vor seinen Augen zu finden und schließlich seine Frau, seine Beraterin, seine Führerin zu werden.

Diese Träume wurden durch das »fiat« des Raja Laut zerstört, das auch Almayers Vermögen begründete, wie dieser junge Mann glaubte. Und in den verhaßten Putz Europas gekleidet, stand die junge Konvertitin mit einem unbekannten, verdrossenen Weißen vor dem Altar. Denn Almayer war befangen, ein wenig angeekelt und verspürte große Lust davonzulaufen. Die weise Furcht vor seinem Adoptivschwiegervater und die wohlbegründete Rücksicht auf sein materielles Wohlergehen hinderten ihn daran, einen Skandal zu verursachen; doch während er Treue gelobte, überlegte er bereits, wie er sich in der näheren oder ferneren Zukunft des hübschen Malaienmädchens entledigen könnte. Sie indessen hatte im Kloster immerhin genug gelernt, um sehr wohl zu begreifen, daß sie nach dem Recht der Weißen von nun an Almayers Gefährtin, nicht aber seine Sklavin sein sollte, und sie gelobte sich, entsprechend zu verfahren.

Als die *Flash* dann, beladen mit Baumaterial für das neue Haus, den Hafen von Batavia verließ und das junge Paar dem unbekannten Borneo entgegenführte, trug sie auf ihrem Deck nicht ganz so viel Liebe und Glück, wie der alte Lingard das vor seinen Bekannten in mehreren Hotels prahlerisch behauptet hatte. Der alte Seemann selbst war vollkommen glücklich. Nun hatte er dem Mädchen gegenüber seine Pflicht getan. »Schließlich habe ich sie ja zur Waise gemacht«, schloß er oft nachdrücklich seine Ausführungen, wenn er vor einem zusammengewürfelten Publikum von Herumtreibern von seinen Privatangelegenheiten sprach – was er gerne tat. Und das zustimmende Gebrüll erfüllte sein Herz mit Stolz und Entzükken. »Was ich einmal angefangen habe, führe ich auch zu Ende«, lautete ein anderer seiner Sprüche, und getreu diesem Grundsatz betrieb er die Errichtung des Hauses und der Speicher am Pantai mit fieberhafter Eile. Das Haus für das junge Paar; die Speicher für die großen Handelsabschlüsse, die Almayer tätigen sollte, während er (Lingard) imstande sein würde, sich einem eigenen, mysteriösen Vorhaben zu widmen, von dem nur in Andeutungen die Rede war, das aber, wie man wußte, mit Gold und Diamanten im Innern der Insel zu tun hatte. Auch Almayer war ungeduldig. Hätte er gewußt, was vor ihm lag, so hätte er vielleicht mit weniger Eifer und geringeren Hoffnungen zugesehen, wie das letzte Kanu von Lingards Expedition um die Biegung des Flusses verschwand. Als er sich umdrehte und das hübsche kleine Haus betrachtete, dazu die Speicher, die von einem Heer chinesischer Zimmerleute säuberlich errichtet worden waren, und die neue Mole ansah, an der sich die Handelskanus drängten, empfand er, daß die ganze Welt ihm gehöre, und war voller Hochgefühl.

Aber die Welt mußte erst erobert werden, und ihre Eroberung war nicht so einfach, wie er geglaubt hatte. Man machte ihm sehr bald klar, daß er in jenem Erdenwinkel, wohin der alte Lingard und sein eigener, schwach ausgeprägter Wille ihn gestellt hatten, inmitten gewissenloser Intrigen und schärfster Konkurrenz unerwünscht war. Die Araber hatten den Fluß entdeckt, eine Handelsstation in Sambir errichtet, und wo sie einmal Fuß gefaßt hatten, da wünschten sie auch die Herren zu bleiben und duldeten keinen Rivalen. Lingard kehrte von seiner ersten Expedition erfolglos zurück und steckte den gesamten Profit aus dem Handel in eine neue dieser geheimnisvollen Reisen. Almayer konnte nur mit Mühe seine Position halten, denn außer dem Schutz, den der alte Raja, der Vorgänger Lakambas, ihm um Lingards Willen angedeihen ließ, besaß er nichts, weder Freunde noch Hilfe. Lakamba selbst, der damals noch als Privatmann auf einer Reispflanzung sieben Meilen stromabwärts lebte, stützte mit all seinem Einfluß die Feinde des weißen Mannes, und die Geschicklichkeit, mit der er gegen den alten Raja und Almayer intrigierte, ließ nur zu deutlich erkennen, wie gut er über ihre vertraulichsten Angelegenheiten unterrichtet war. Nach außen hin verhielt er sich liebenswürdig, und seine behäbige Gestalt war oft auf Almayers Veranda zu sehen; wenn Lingard aus dem Landesinnern zurückkehrte, leuchteten Lakambas grüner Turban und seine goldbestickte Jacke in der ersten Reihe der zu feierlichem Empfang erschienenen Malaien; niemand begrüßte den alten Händler mit tieferen Verbeugungen und herzhafterem Händedruck. Seine kleinen Äuglein nahmen aber sehr wohl die Zeichen der Zeit wahr, und von solchen Begegnungen kehrte er mit einem befriedigten, heimlichen Lächeln zu langen Beratungen mit seinem Freund und Alliierten, Syed Abdulla, zurück, dem Chef der arabischen Handelsstation, einem Mann, der über großen Reichtum und erheblichen Einfluß auf den Inseln verfügte.

Man glaubte damals allgemein in der Siedlung, daß Lakambas Besuche bei Almayer sich nicht nur auf solche offizielle Begegnungen beschränkten. In den Nächten des Monsuns beobachteten spät heimkehrende Fischer häufig ein kleines Kanu, das aus dem schmalen Bach hinter dem Haus des weißen Mannes hervorschoß und von dem einzigen Insassen behutsam im tiefen Schatten des Ufers flußabwärts gepaddelt wurde; derartige Ereignisse wurden ausführlich mitgeteilt und am abendlichen Feuer bis weit in die Nacht mit jenem Zynimus erörtert, den man unter Malaien für gewöhnlich antrifft. Almayer mühte sich nach wie vor verzweifelt, doch mit so geringer Zielstrebigkeit, daß von Anfang an keine Aussicht auf Erfolg gegen so gewissenlose und entschlossene Konkurrenten bestand, wie die Araber es waren. An den großen Speichern wurde nicht mehr gehandelt, und auch die Speicher selbst verfielen nach und nach. Lingards Bankier, Hudig von Makassar, machte bankerott, und damit war das gesamte verfügbare Kapital verloren. Die Profite der vergangenen Jahre waren von Lingards wahnwitzigen Entdeckerträumen verschlungen worden. Lingard selbst befand sich im Landesinnern – war vielleicht schon tot – und gab jedenfalls kein Lebenszeichen. Almayer stand also inmitten dieser Mißgeschicke allein und schöpfte einen geringen Trost einzig aus der Gegenwart seiner kleinen Tochter, die zwei Jahre nach seiner Eheschließung geboren worden und zu jener Zeit etwa sechs Jahre alt war. Seine Frau hatte bald genug begonnen, ihn mit unzivilisierter Verachtung zu behandeln, die sich meistens in verstocktem Schweigen und nur gelegentlich in lästerlichen Schimpfreden äußerte. Er glaubte sich von ihr gehaßt; denn er sah, daß sie ihn und das Kind mit eifersüchtigen, ja, haßerfüllten Blicken verfolgte. Eifersüchtig war sie, weil das kleine Mädchen ihr ganz offensichtlich den Vater vorzog, und Almayer glaubte sich nicht mehr sicher, solange diese Frau im Hause war. Während sie die Möbelstücke verbrannte und in ihrer unsinnigen Wut auf diese Zeichen der Zivilisation die hübschen Vorhänge herunterriß, überlegte Almayer, von diesen Ausbrüchen einer ungezähmten Natur eingeschüchtert, stumm, wie er sich ihrer am besten entledigen könne. Er bedachte alles, plante sogar auf unentschlossene, zaghafte Weise einen Mord, wagte aber gar nichts zu tun, da er jeden Tag Lingard mit der Nachricht von irgendeinem unerhörten Fund zurückerwartete. Lingard kehrte denn auch wirklich als fast einziger Überlebender der starken Expedition zurück, jedoch gealtert, krank, ein Schatten seines früheren Selbst und vom Fieber ausgehöhlt. Aber er hatte am Ende doch Erfolg gehabt! Unvorstellbarer Reichtum lag zum Greifen nahe; er brauchte mehr Geld, nur noch ein wenig mehr Geld, um diesen Traum vom märchenhaften Reichtum zu verwirklichen. Und Hudig war bankerott! Almayer kratzte zusammen, was er fand, doch dem alten Mann war das nicht genug. Da Almayer nicht mehr auftreiben könne, wolle er nach Singapur, ja, sogar nach Europa fahren, zunächst aber nach Singapur, und er wolle die kleine Nina mitnehmen. Das Kind müsse anständig erzogen werden. Er besitze gute Freunde in Singapur, die sich ihrer annehmen und sie gut unterrichten lassen würden. Alles würde sich zum besten wenden, und das Mädchen, auf das der alte Seemann die Neigung übertragen zu haben schien, die früher der Mutter gegolten hatte, würde die reichste Frau des Ostens, ja, der Welt werden. Also verschwor sich der alte Lingard, der hochgemut, mit zerzaustem Haar und in zerschlissenen Kleidern mit seinem gewichtigen Achterdeckschritt auf der Veranda hin und her marschierte und mit der qualmenden Zigarre herumfuchtelte. Almayer, der zusammengekauert auf einem Stoß Matten hockte, dachte mit Furcht an die Trennung von dem einzigen Menschenwesen, das er liebte – vielleicht mit noch größerer Furcht an den bevorstehenden Auftritt mit seiner Frau, dieser ungezähmten Tigerin, der man das Junge nehmen wollte. Sie wird mich vergiften, dachte der arme Tropf, dem diese handliche und endgültige Manier der Malaien, soziale, politische und Familienprobleme zu lösen, nur zu wohl bekannt war.

Zu seiner großen Überraschung nahm sie die Neuigkeit ganz ruhig auf. Sie blieb stumm und warf ihm und Lingard nur einen flüchtigen Blick zu. Das hinderte sie jedoch nicht daran, sich am nächsten Tag in den Fluß zu stürzen und dem Boot nachzuschwimmen, in dem Lingard das Kindermädchen mitsamt dem schreienden Kind wegführte. Almayer mußte seiner Frau mit dem Walboot nachsetzen und sie bei den Haaren aus dem Wasser ziehen, während sie so ungeheuerlich kreischte und fluchte, daß Almayer glaubte, der Himmel werde einfallen. Nachdem sie zwei Tage lang geklagt hatte, kehrte sie jedoch zu ihrer früheren Lebensweise zurück, kaute Betelnuß und saß den ganzen Tag lang in stumpfem Schweigen zwischen ihren Frauen. Sie alterte nun sehr schnell und raffte sich nur noch gelegentlich zu einer schneidenden Bemerkung oder einer beleidigenden Äußerung über die lästige Anwesenheit ihres Gatten auf. Er hatte für sie am Ufer auf seinem Grundstück eine Hütte errichtet, wo sie ganz allein wohnte. Lakambas Besuche hatten aufgehört, nachdem der alte Herrscher von Sambir durch eine zu gelegener Zeit erfolgende Fügung des Himmels sein Leben ausgehaucht hatte. An seiner Statt regierte jetzt Lakamba, dem seine arabischen Freunde bei den holländischen Behörden sehr nützlich gewesen waren. Syed Abdulla war nun der große Mann und bedeutende Handelsherr am Pantai. Almayer zappelte ruiniert und hilflos im engen Netz ihrer Intrigen, und daß er überhaupt noch am Leben war, dankte er einzig dem Umstand, daß man ihn in Lingards kostbares Geheimnis eingeweiht glaubte. Lingard war verschwunden. Er hatte einmal aus Singapur geschrieben, daß sich das Kind wohl befinde und von einer Mrs. Vinck versorgt werde und daß er selbst nach Europa abzureisen gedenke, um Geld für das große Unternehmen aufzutreiben. Er werde bald zurückkehren, und Schwierigkeiten seien nicht zu erwarten, schrieb er. Die Leute würden ihm ihr Geld geradezu aufdrängen. Offenbar irrte er sich darin, denn es kam nur noch ein weiterer Brief von ihm, und in dem stand, daß er krank sei und keine Verwandten mehr am Leben angetroffen habe. Darauf folgte gänzliches Schweigen. Anscheinend hatte Europa den Raja Laut verschluckt, und Almayer suchte vergeblich im Westen einen Lichtstrahl in der Düsternis seiner zerstörten Hoffnungen. Jahre vergingen, und die spärlichen Briefe, die anfangs von Mrs. Vinck, später von dem Mädchen selber geschrieben wurden, waren die Lichtblicke, ohne die das Leben in der triumphierenden Wildnis am Fluß unerträglich gewesen wäre. Almayer lebte nun ganz allein und hatte es sogar aufgegeben, seine Schuldner zu besuchen, die sich, des Schutzes von Lakamba wohl bewußt, zu zahlen weigerten. Der getreue Ali kochte ihm Reis und Kaffee, denn er wagte niemandem sonst zu trauen, am allerwenigsten seiner Frau. Er vertrieb sich die Zeit damit, bekümmert auf den überwachsenen Pfaden um das Haus herumzuspazieren oder die baufälligen Speicher aufzusuchen, in denen ihn noch mehrere, mit Grünspan überzogene Bronzekanonen und einige wenige zerbrochene Kisten mit verschimmelnden Textilien an die gute alte Zeit erinnerten, da es hier von Menschen und Waren gewimmelt und er, seine kleine Tochter neben sich, das geschäftige Treiben am Ufer vor Augen gehabt hatte. Die Kanus aus dem Landesinnern fuhren nun an dem kleinen morschen Steg von Lingard und Co. vorüber in den Nebenarm des Pantai und drängten sich hier an Abdullas neuer Mole. Nicht etwa, als ob diese Händler etwas für Abdulla übriggehabt hätten, aber sie wagten es nicht, mit einem Mann Geschäfte zu machen, dessen Stern gesunken war. Sie wußten sehr wohl, daß in einem solchen Fall Gnade weder von dem Araber noch vom Raja zu erwarten war; keiner von beiden hätte in Notzeiten Reis auf Kredit gegeben, und Almayer hätte ihnen nicht helfen können, da er oft genug selbst nur das Nötigste hatte. In seiner Einsamkeit und Verzweiflung beneidete Almayer oft seinen nächsten Nachbarn, den Chinesen Jim-Eng, den er auf einem Stoß kühler Matten liegen sah, einen Holzblock unter dem Kopf, eine Opiumpfeife in den kraftlosen Fingern. Doch suchte er keinen Trost beim Opium – vielleicht weil es zu teuer war – vielleicht auch, weil der Stolz des weißen Mannes ihn vor dieser Erniedrigung bewahrte; am wahrscheinlichsten ist, daß ihn der Gedanke an seine ferne kleine Tochter davon zurückhielt. Seitdem Abdulla einen Dampfer gekauft hatte, der nun etwa alle drei Wochen zwischen Singapur und dem Pantai verkehrte, hörte er öfter von ihr. Almayer fühlte sich seiner Tochter näher. Er sehnte sich danach, sie zu sehen, und plante eine Reise nach Singapur, die er aber von Jahr zu Jahr verschob, da er stets eine plötzliche Wendung des Glückes erwartete. Er wollte ihr nicht mit leeren Händen und ohne jedes aufmunternde Wort gegenübertreten. Er konnte sie nicht in jenes barbarische Leben zurückversetzen, das zu führen er selbst verurteilt war. Er fürchtete sich auch ein wenig vor ihr. Was würde sie wohl von ihm denken? Er bedachte die Jahre. Eine erwachsene Frau. Eine zivilisierte Frau, jung und voller Hoffnung; er dagegen fühlte sich alt und ohne Hoffnung und den Wilden ringsumher ähnlich. Er fragte sich, wie denn ihre Zukunft aussehen solle? Diese Frage konnte er noch nicht beantworten und er wagte nicht, Nina gegenüberzutreten. Und doch sehnte er sich nach ihr. Jahrelang zögerte er.

Dieses Zögern fand dadurch ein Ende, daß Nina unerwartet in Sambir auftauchte. Sie kam unter der Obhut des Kapitäns mit dem Dampfer. Almayer erblickte sie überrascht und verwundert. Während jener zehn Jahre hatte sich das Kind in eine Frau verwandelt, eine schwarzhaarige, olivenhautige, hochgewachsene und schöne Frau, mit großen traurigen Augen, in denen der allen malaiischen Frauen eigene Ausdruck des Staunens modifiziert war von einem Schimmer bewußter Nachdenklichkeit, einem Erbteil ihrer europäischen Vorfahren. Almayer sah angsterfüllt dem Zusammentreffen von Frau und Tochter entgegen, er versuchte sich auszumalen, was dieses ernste Mädchen in europäischer Kleidung wohl von einer betelkauenden Mutter halten würde, die unordentlich, halb nackt und schmollend in einer lichtlosen Hütte saß. Auch befürchtete er einen Zornesausbruch dieses lästigen Weibes, das einigermaßen stillzuhalten ihm bislang gelungen war, was ihm wiederum die kümmerlichen Reste seines gebrechlichen Mobiliars gerettet hatte. Da stand er nun vor der geschlossenen Tür der Hütte im glühenden Sonnenschein und lauschte dem Stimmengemurmel, fragte sich, was wohl vorgehe in der Hütte, aus der zu Beginn der Begegnung die dienenden Geister verwiesen worden waren, die sich derzeit mit halbverdeckten Gesichtern am Zaun drängten und neugierig und geschwätzig Vermutungen anstellten. Er war ganz darein vertieft, einzelne Wortfetzen durch die Bambuswände aufzuschnappen, als der Kapitän des Dampfers, der das Mädchen begleitet hatte und einen Hitzschlag befürchtete, ihn am Arm packte und in den Schatten seiner eigenen Veranda führte, auf der sich bereits Ninas Kabinenkoffer befand, der vom Dampfer an Land gebracht worden war. Kaum hatte Kapitän Ford ein Glas vor sich und die Zigarre in Brand gesteckt, als Almayer eine Erklärung für das unerwartete Eintreffen seiner Tochter erbat. Ford wollte nicht recht mit der Sprache heraus, sondern erging sich in wenig detaillierten, aber heftigen Ausbrüchen über die Torheit der Frauen im allgemeinen und die von Mrs. Vinck im besonderen.

»Weißt du, Kaspar«, sagte er abschließend zu dem erregten Almayer, »es ist eben doch peinlich, ein halbblütiges Mädchen im Haus zu haben. Es gibt zu viele Narren. Einer von den jungen Leuten aus der Bank kam zu jeder Tageszeit zu den Vincks ins Haus, und die Alte glaubte, er sei hinter ihrer Emma her. Als sie dann begriff, was er wirklich wollte, war der Teufel los, das kann ich dir sagen. Sie wünschte, Nina keine Stunde länger mehr im Haus zu behalten. Tatsache ist, daß ich von der Angelegenheit hörte und das Mädchen zu meiner Frau nach Haus brachte. Meine Frau ist recht ordentlich – soweit sich das von einer Frau überhaupt sagen läßt –, und ich kann dir versichern, daß wir deine Nina behalten hätten, aber sie wollte eben auf gar keinen Fall bleiben. Nur Ruhe, Kaspar, reg dich nicht so auf. Bleib sitzen. Was kannst du schon machen? Behalt sie hier, in Singapur ist sie nie glücklich gewesen. Die beiden Töchter von Vinck sind nichts weiter als Äffinnen. Sie haben Nina über die Schulter angesehen. Du kannst aus deiner Tochter keine Weiße machen, und wenn du noch so sehr auf mich schimpfst. Es geht einfach nicht. Sie ist im übrigen ein gutes Kind, aber sie wollte meiner Frau nichts erzählen. Wenn du etwas erfahren willst, mußt du sie schon selber fragen. Wegen des Geldes für die Überfahrt brauchst du dir keine Sorgen zu machen, alter Freund, falls du in Verlegenheit sein solltest.« Und danach warf der Kapitän seine Zigarre weg und machte sich auf, um »den Burschen an Bord Beine zu machen«, wie er das nannte.

Vergeblich wartete Almayer darauf, von den Lippen seiner Tochter zu hören, warum sie zurückgekehrt war. Nicht an jenem Tag und auch an keinem anderen Tag machte sie je eine Bemerkung über ihr Leben in Singapur. Er scheute davor zurück, sie zu fragen; die ruhige Unbewegtheit ihres Gesichtes, der ernste Ausdruck ihrer Augen, die an ihm vorbei auf die großen, stillen Wälder sahen, welche in majestätischer Ruhe schliefen, eingelullt vom Murmeln des breiten Stromes, hinderten ihn daran. Er fand sich mit der gegebenen Lage ab und war glücklich über die zärtliche, schützende Zuneigung, die das Mädchen ihm wenigstens gelegentlich bewies, denn sie hatte ihre, wie er das nannte, schlechten Tage, an denen sie ihre Mutter aufsuchte und stundenlang in der Hütte am Ufer verweilte, aus der sie dann ebenso rätselhaft wie immer hervorkam, und ihn, falls er sie anredete, mit einem verächtlichen Blick und brüsken Worten zurückwies. Auch daran gewöhnte er sich und verhielt sich an solchen Tagen still, obwohl er sich große Sorgen wegen des Einflusses machte, den seine Frau auf das Mädchen ausübte. Im übrigen paßte sich Nina ganz hervorragend den Bedingungen eines halb barbarischen und recht elenden Lebens an. Ohne Frage und ohne offenkundigen Abscheu fand sie sich mit der Verwahrlosung, der Verkommenheit und Armut des Haushaltes ab, mit dem Mangel an Mobiliar und der hauptsächlich aus Reis bestehenden Kost, die auf den Familientisch kam. Sie wohnte zusammen mit Almayer in dem nun beklagenswert baufälligen kleinen Haus, das Lingard ursprünglich für das junge Paar errichtet hatte. Die Malaien beredeten eifrig Ninas Ankunft. Anfangs stellten sich des Morgens zahlreiche malaiische Frauen mit ihren Kindern ein, um von der jungen Mem Putih für alle möglichen Krankheiten »Ubat« zu erhalten. An den kühlen Abenden wandelten ernste Araber in langen weißen Gewändern und ärmellosen gelben Jacken über den staubigen Uferpfad zu Almayers Tor und machten unter durchsichtigen Vorwänden Besuche bei diesem Ungläubigen, um in höchst schicklicher Weise wenigstens einen flüchtigen Blick auf das junge Mädchen zu werfen. Selbst Lakamba verließ mit großem Gefolge in Kriegskanus unter roten Regenschirmen seine Befestigung und ging über den morschen kleinen Steg von Lingard und Co. an Land. Wie er sagte, war er gekommen, um zwei Bronzekanonen als Geschenk für seinen Freund, den Häuptling der Dayaks von Sambir, zu kaufen; und während Almayer sich mißtrauisch, aber bereitwillig daranmachte, die alten Kanonen in den Speichern aufzutreiben, saß der Raja umgeben von seinem respektvollen Gefolge in einem Sessel auf der Veranda und erwartete vergeblich das Erscheinen Ninas. Sie hatte einen ihrer schlechten Tage und blieb in der Hütte ihrer Mutter, von wo aus die beiden gemeinsam die zeremoniösen Vorgänge auf der Veranda beobachteten. Der

Raja fuhr verblüfft, aber höflich wieder ab, und bald zog Almayer Gewinn aus den besseren Beziehungen zu dem Herrscher in Gestalt der Beitreibung einiger Außenstände, die ihm unter vielen Entschuldigungen und tiefen Verneigungen von Schuldnern zurückgezahlt wurden, welche bis dahin für hoffnungslos zahlungsunfähig gegolten hatten. Unter den solcherart verbesserten Umständen wurde Almayer wieder etwas heiterer. Vielleicht war doch noch nicht alles verloren. Die Araber und Malaien begriffen, so glaubte er, also doch noch, daß er ein Mann von Fähigkeiten sei. Und nach seiner Gewohnheit begann er, große Dinge zu planen und von großen Reichtümern für sich und Nina zu träumen. Besonders für Nina! Von solchen Vorstellungen belebt, bat er Kapitän Ford, sich brieflich bei seinen Freunden in England nach Lingard zu erkundigen. Lebte er noch oder war er tot? Hatte er, falls verstorben, Papiere, Dokumente oder irgendwelche Hinweise auf sein großes Vorhaben hinterlassen? Unterdessen hatte er zwischen dem Plunder in einem der leerstehenden Zimmer ein Notizbuch entdeckt, das dem alten Abenteurer gehörte. Er studierte die mit kritzliger Handschrift bedeckten Seiten und grübelte oft darüber nach. Auch andere Dinge rissen ihn aus seiner Teilnahmslosigkeit. Die Unruhe, welche die gesamte Insel nach der Gründung der Britischen Borneogesellschaft ergriffen hatte, wurde sogar im trägen Gang des Lebens am Pantai spürbar. Man erwartete große Veränderungen; es war die Rede von Annexion; die Araber wurden liebenswürdig. Almayer begann sein neues Haus zu bauen, das als Unterkunft für Ingenieure, Beauftragte oder Siedler der neuen Gesellschaft gedacht war. Zuversichtlich wandte er seinen letzten Gulden an diesen Bau. Nur ein Umstand störte sein Glück: seine Frau verließ ihre Einsamkeit und brach mit ihrer grünen Jacke, ihren kurzen Sarongs, ihrer schrillen Stimme und ihrer hexengleichen Erscheinung in sein stilles Leben in dem kleinen

Bungalow ein. Und seine Tochter schien diese barbarische Störung ihres Daseins mit geradezu wunderbarem Gleichmut aufzunehmen. Er schätzte das gar nicht, wagte aber nicht zu protestieren.

III

Verhandlungen, die in London geführt werden, sind von weitreichender Bedeutung, und die Entscheidung, die von den in Nebel gehüllten Büros der Borneogesellschaft ausging, verdunkelte daher für Almayer den glitzernden Sonnenschein der Tropen und träufelte noch einen Tropfen Bitternis in den Kelch seiner Enttäuschungen. Die Ansprüche auf jenen Teil der Ostküste waren fallengelassen worden, und der Pantai blieb unter nomineller Aufsicht Hollands. In Sambir herrschte deshalb freudige Erregung. Die Sklaven wurden in Wald und Dschungel vor allen Blicken verborgen, und in Erwartung des Besuches der Boote eines holländischen Kriegsschiffes gingen im Hofe des Raja an langen Masten die Flaggen hoch.

Die Fregatte ankerte vor der Mündung des Flusses, ihre Boote wurden von der Dampfbarkasse stromauf geschleppt und bahnten sich behutsam ihren Weg durch unzählige Kanus voller festlich gekleideter Malaien. Der rangälteste Offizier lauschte würdevoll der loyalen Ansprache von Lakamba, erwiderte die Verneigungen Abdullas und versicherte diese Herren in gewähltem Malaiisch der Freundschaft und des Wohlwollens des großen Rajas in Batavia, das dieser dem Herrscher und den Bewohnern des vorbildlichen Staatswesens Sambir entgegenbringe.

Von seiner Veranda aus beobachtete Almayer die festlichen Vorgänge auf der anderen Seite des Flusses, hörte er den Salut der Bronzekanonen zu Ehren der neuen Flagge, die Lakamba verliehen wurde, vernahm er das Stimmengemurmel der Zuschauer, die sich in Lakambas befestigtem Hof drängten. Der Qualm aus den Kanonenrohren zog als weiße Wolke vor dem grünen Hintergrund der Wälder dahin, und Almayer konnte nicht anders, als seine eigenen, entschwindenden Hoffnungen mit diesem schnell verfliegenden Qualm zu vergleichen. Das Ereignis versetzte ihn durchaus nicht in ein patriotisches Hochgefühl, doch mußte er sich liebenswürdig zeigen, als nach Abschluß des offiziellen Empfanges die Marineoffiziere der Kommission den Fluß überquerten, um dem einzigen hier lebenden weißen Mann, von dem sie schon gehört hatten, einen Besuch zu machen, wobei sie zweifellos auch von dem Wunsch geleitet wurden, einen Blick auf seine Tochter zu werfen. In dieser Hinsicht jedoch wurden sie enttäuscht, da Nina sich weigerte, in Erscheinung zu treten. Sie schienen sich aber leicht genug mit dem Gin und den Zigarren zu trösten, die der gastfreundliche Almayer ihnen vorsetzte. Während der glühende Sonnenschein den Strom draußen in der Hitze flimmern ließ, lehnten sie sich im Schatten der Veranda bequem in die gebrechlichen Sessel zurück und erfüllten den kleinen Bungalow mit den ungewohnten Lauten europäischer Worte und mit lärmendem Gelächter über Seemannsscherze auf Kosten des fetten Lakamba, dem sie am Vormittag noch so schöne Komplimente gemacht hatten. In einem Anfall von Menschenfreundlichkeit brachten die jüngeren Herren ihren Gastgeber zum Erzählen, und Almayer, erregt vom Anblick europäischer Gesichter und dem Klang europäischer Stimmen, öffnete diesen teilnahmsvollen Fremdlingen sein Herz, ohne der Belustigung inne zu werden, in welche die Aufzählung seiner zahllosen Mißgeschicke diese zukünftigen Admirale versetzte. Sie tranken auf sein Wohl, wünschten ihm viele große Diamanten und einen Berg von Gold, ja, sie erklärten sogar, ihn um seiner großen Aussichten willen zu beneiden. Von so viel Freundlichkeit ermutigt, forderte der grauhaarige, betörte Träumer seine Gäste dazu auf, sein neues Haus zu besichtigen. In langer Reihe begaben sie sich durch das hohe Gras dorthin, während ihre Boote zur Rückfahrt bereitgemacht wurden; man plante in der Kühle des Abends stromab zu fahren. Und in den großen, kahlen Zimmern, durch deren leere Fensterhöhlen der lauwarme Wind hereinwehte und die trokkenen Blätter und den Staub vieler Tage der Vernachlässigung sanft durcheinander wirbelte, ging Almayer in seiner weißen Jacke und dem blumig gemusterten Sarong hin und her, umgeben von einem Kreis glitzernder Uniformen; er stampfte mit dem Fuß auf, um die Festigkeit der säuberlich gefugten Dielen zu demonstrieren, und verbreitete sich über die Schönheiten und Vorzüge des Gebäudes. Man hörte ihm zu und stimmte bei, verblüfft von der geradezu wunderbaren Einfältigkeit und den närrischen Hoffnungen dieses Menschen, bis Almayer, fortgerissen von seiner Erregung, seinem Bedauern darüber Ausdruck gab, daß die Engländer nicht gekommen seien, »die es verstehen, ein reiches Land zu entwickeln«, wie er das ausdrückte. Auf diese törichte Äußerung brachen die holländischen Offiziere in Gelächter aus und machten sich auf den Weg zu den Booten; und als Almayer, vorsichtig über die verfaulenden Bretter von Lingards Steg balancierend, dem Chef der Kommission zögernd von dem Schutzbedürfnis des holländischen Bürgers gegenüber den listenreichen Arabern sprach, erklärte dieser Salzwasserdiplomat ihm bedeutungsvoll, daß die Araber bessere Untertanen seien als ein Holländer, der einen illegalen Schießpulverhandel mit den Malaien betreibe. Der unschuldige Almayer erkannte darin sogleich die Wirkung der glatten Zunge Abdullas und der feierlichen Beteuerungen Lakambas, doch bevor er noch Zeit fand, einen entrüsteten Protest zu formulieren, glitt die Dampfbarkasse mit ihrer Last von angehängten Booten schnell den Fluß hinunter und ließ ihn in seiner Überraschung und seinem Ärger offenen Mundes auf der Mole zurück. Von Sambir bis zu den perlengleichen Inseln vor der Flußmündung, wo die Fregatte die Rückkehr der Boote erwartete, betrug die Entfernung dreißig Meilen. Längst ehe die Boote die Hälfte dieser Entfernung zurückgelegt hatten, ging der Mond auf, und die in seinem kalten Licht friedlich schlafenden Wälder erwachten in jener Nacht von dem lauten Gelächter der Besatzung dieser Armada, einem Gelächter, das durch die Erinnerung an Almayers beklagenswerte Geschichten geweckt wurde. Von Boot zu Boot rief man sich derbe Witze auf Kosten dieses armen Menschen zu; das Nichterscheinen der Tochter wurde streng mißbilligt; und in dieser fröhlichen Nacht bekam das zum Empfang der Engländer gebaute, halbfertige Haus auf Grund einstimmigen Beschlusses der leichtherzigen Seeleute den Namen »Almayers Wahn«. Nach diesem Besuch ging das Leben in Sambir wieder wochenlang seinen gleichmäßigen, ereignislosen Gang. Die über den Wipfeln der Bäume emporschießenden Strahlen der Morgensonne beleuchteten stets das gleiche Bild täglicher Aktivität. Wenn Nina den Weg hinunterging, der die einzige Straße der Niederlassung vorstellte, bot sich ihr immer der gleiche Anblick: Männer räkelten sich im Schatten der Häuser auf den hochgebauten Plattformen; Frauen schälten eifrig den täglichen Reis; nackte braune Kinder jagten sich auf den schattigen schmalen Pfaden, die zu den Rodungen führten. Jim-Eng, der vor seinem Haus auf und ab wandelte, nickte ihr freundlich zu, ehe er hinaufstieg, um sich seiner geliebten Opiumpfeife hinzugeben. Die älteren Kinder, zutraulich nach längerer Bekanntschaft, drängten sich um sie, zerrten mit dunklen Fingern an ihrem weißen Gewand und zeigten in Erwartung eines Regens von Glasperlen ihre glänzend weißen Zähne. Nina grüßte lächelnd, ohne zu reden, fand aber stets ein paar freundliche Worte für ein siamesisches Mädchen, eine Sklavin Bulangis, dessen zahlreichen Frauen eine heftige Gemütsart nachgesagt wurde. Begründete Gerüchte besagten überdies, daß Streitigkeiten im Hause dieses fleißigen Landmannes gewöhnlich mit dem vereinten Angriff aller seiner Frauen auf die siamesische Sklavin endeten. Das Mädchen selbst beklagte sich nie – vielleicht aus Vorsicht, eher aber weil sie wie alle halbwilden Frauen von merkwürdig ergebener Gleichgültigkeit war. Vom frühen Morgen an war sie auf den Pfaden zwischen den Häusern zu sehen – am Ufer oder auf den Molen, das Tablett mit Gebäck, das sie zu verkaufen beauftragt war, geschickt auf dem Kopfe balancierend. Während der heißesten Stunden des Tages suchte sie gewöhnlich Schutz in Almayers Kampong und kauerte, von Nina dazu aufgefordert, in einer schattigen Ecke der Veranda, das Tablett vor sich. Für »Mem Putih« hatte sie immer ein Lächeln, aber die Anwesenheit von Mrs. Almayer, ja schon der Klang ihrer schrillen Stimme, waren das Signal zu eiligem Aufbruch.

Mit diesem Mädchen unterhielt sich Nina häufig; die anderen Einwohner Sambirs hingegen vernahmen ihre Stimme nur selten oder gar nicht. Sie gewöhnten sich daran, diese schweigsame weißgekleidete Gestalt, dieses ihnen unverständliche Wesen aus einer anderen Welt in ihrer Mitte umhergehen zu sehen. Obwohl Nina stets Haltung bewahrte, und unerachtet ihrer zur Schau getragenen Gleichmut gegenüber Menschen und Dingen ihrer Umgebung, verlief ihr Leben durchaus nicht in ruhigen Bahnen, denn Mrs. Almayers Unternehmungslust war viel zu groß für ein stilles Glück, ja sogar für einen ungefährdeten Hausstand. Mrs. Almayer hatte den Verkehr mit Lakamba wieder aufgenommen, wenn auch nicht persönlich (denn die Würde dieses Herrschers verlangte, daß er innerhalb seiner Befestigung blieb), so doch durch Vermittlung des Ministerpräsidenten, Hafenmeisters, Finanzberaters und Faktotums dieses Potentaten. Dieser Herr – der von den Sulu abstammte – besaß zweifellos staatsmännische Gaben, wenn er im übrigen auch jedes persönlichen Reizes ermangelte. Um die

Wahrheit zu sagen: er sah wirklich abscheulich aus, denn er besaß nur ein Auge in seinem pockennarbigen Gesicht, und die Blattern hatten Nase und Mund gräßlich entstellt. Dieses wenig anziehende Individuum schlenderte oft in nichtamtlicher Tracht, die aus einem rosafarbenen Hüfttuch bestand, in Almayers Garten umher. Da kauerte er dann hinter dem Haus in der kalten Asche nahe dem großen eisernen Kochtopf, in dem die Frauen unter der Aufsicht von Mrs. Almayer täglich den Reis für die Familie kochten, und hier führte der geschickte Unterhändler lange Besprechungen mit Almayers Frau in der Sprache der Sulu. Auf den Gegenstand dieser Erörterungen hätte man leicht aus den ihnen folgenden Auseinandersetzungen an Almayers Herd schließen können.

Seit neuestem hatte Almayer sich angewöhnt, Ausflüge den Strom hinauf zu unternehmen. Er pflegte dann in einem Kanu mit zwei Paddlern und dem getreuen Ali als Steuermann gleich für mehrere Tage zu verschwinden. Alle seine Bewegungen wurden ohne Zweifel von Abdulla und Lakamba genauestens beobachtet, da man den Mann, der einstmals das Vertrauen des Raja Laut besessen hatte, im Besitz wertvoller Geheimnisse wähnte. Die Küstenbevölkerung von Borneo glaubt unerschütterlich daran, daß sich im Landesinnern Diamanten von märchenhaftem Wert und unerhört reiche Goldvorkommen befinden. Diese phantastischen Überzeugungen werden noch dadurch bestärkt, daß es so schwierig ist, in das Landesinnere vorzustoßen, ganz besonders an der Nordostküste, wo die Malaien und die Flußstämme der Dayaks oder Kopfjäger unablässig miteinander im Streit liegen. Es ist allerdings richtig, daß die Dayaks etliches Gold mitbringen, wenn sie während kurzer Perioden des Waffenstillstandes in ihrem planlosen Krieg die Küstensiedlungen der Malaien besuchen. Und so stützt man denn die wildesten Übertreibungen auf diese geringfügige Tatsache.

Almayer unterhielt als weißer Mann – ebenso wie Lingard vor ihm – bessere Beziehungen zu den flußaufwärts lebenden Stämmen. Aber auch seine Ausflüge waren nicht gefahrlos, und der besorgte Lakamba erwartete jedesmal ungeduldig seine Rückkehr. Doch wurde der Raja immer wieder enttäuscht. Die Besprechungen, die sein Faktotum Babalatchi mit der Frau des weißen Mannes am Reistopf führte, erbrachten gar nichts. Der weiße Mann selbst blieb unzugänglich – Überredung, Schmeichelei und Schimpfreden rührten ihn ebensowenig wie sanfte Worte, schrilles Gezänk, verzweifeltes Flehen oder mörderische Drohungen; denn in dem brennenden Wunsch, ihren Mann zu einem Bündnis mit Lakamba zu überreden, spielte Mrs. Almayer auf der gesamten Klaviatur der Leidenschaften. Das schmutzige Gewand eng unter den Achseln um den hageren Busen geschlungen, das schüttere, graue Zottelhaar über den vorstehenden Backenknochen, legte sie in der Haltung einer Bittstellerin mit schriller Geschwätzigkeit die Vorteile einer engen Verbindung mit einem so gütigen und so gerecht denkenden Menschen wie Lakamba dar.

»Warum gehst du nicht zum Raja?« kreischte sie. »Warum gehst du immer wieder zu den Dayaks im großen Wald? Man muß sie töten. Du kannst das aber nicht, du nicht; doch die Krieger unseres Raja sind tapfer! Du mußt dem Raja sagen, wo die Schätze des alten weißen Mannes verborgen sind. Unser Raja ist gut! Er ist uns ein wahrer Großvater. Er wird diese elenden Dayaks töten, und du sollst die Hälfte des Schatzes bekommen. O Kaspar, sag doch, wo der Schatz ist! Sag es mir! Lies es mir vor aus dem Surat des alten Mannes, in dem du so oft des Abends blätterst.«

Bei derartigen Gelegenheiten krümmte Almayer den Rücken und ließ den häuslichen Sturm über sich hingehen; nur die Pausen im herabstürzenden Redefluß seiner Frau markierte er mit einem wütend geknurrten: »Es gibt überhaupt keinen

Schatz! Mach dich fort, Frau!« Vom Anblick seines geduldig gekrümmten Rückens gereizt, ging sie dann schließlich um den Tisch herum, damit sie ihm ins Gesicht sehen konnte, raffte mit einer Hand ihr Gewand zusammen und streckte den anderen mageren Arm samt klauenartiger Hand aus, um in leidenschaftlichem Zorn und mit bitterer Verachtung die Flut von schneidenden Bemerkungen und bösen Flüchen zu unterstreichen, unter der sie das Haupt eines Mannes begrub, der es gar nicht verdiene, in die Gesellschaft von tapferen malaiischen Fürsten aufgenommen zu werden. Es endete dann gewöhnlich damit, daß Almayer sich langsam erhob, die lange Pfeife in der Hand, einen Ausdruck stummen Leidens auf dem Gesicht, und sich schweigend wegbegab. Er ging dann die Treppe hinunter und durch das hohe Gras zu seinem einsamen, neuen Haus, und der Ekel und die Angst vor jener Furie schwächten ihn dann so, daß er nur noch mit Mühe einen Fuß vor den anderen setzen konnte. Sie folgte ihm bis zur Treppe und bombardierte von hier aus die zurückweichende Gestalt mit wahllosen Beschimpfungen. Und jeder dieser Auftritte endete in einem durchdringenden Gekreisch, das ihn auch noch in größter Entfernung erreichte: »Ich bin nämlich deine Frau, Kaspar! Deine christliche Ehefrau nach deinem Blanda-Gesetz!« Denn sie wußte wohl, daß dies das Bitterste von allem war, daß jener Mensch nichts in seinem Leben so sehr bereute.

Alle diese Auftritte sah Nina ungerührt an. Sie äußerte sich dazu so wenig, als wäre sie taub, stumm und ohne jedes Gefühl. Doch oft, wenn ihr Vater sich in die großen staubigen Zimmer von ›Almayers Wahn‹ geflüchtet hatte und ihre Mutter, von den rhetorischen Anstrengungen erschöpft, müde auf der Veranda kauerte, den Rücken ans Tischbein gelehnt, trat Nina neugierig herzu, wobei sie ihren Rock vor dem Betelsaft auf dem Fußboden in acht nahm, und sah auf die Mutter herab, wie man in den Krater eines Vulkans blickt, der sich nach einem mörderischen Ausbruch soeben beruhigt hat. Nach derartigen Auftritten erging Mrs. Almayer sich gerne in Kindheitserinnerungen, die sie in einer Art monotonen Singsangs vortrug – es hing alles nicht recht zusammen, stellte aber im großen und ganzen eine Beschreibung der Herrlichkeit des Sultans von Sulu dar, seiner großen Pracht, seiner Macht, seiner körperlichen Stärke, der Angst, welche die Herzen der Weißen beim Anblick seiner schnellen Piratenschiffe lähmte. In diese gemurmelten Beschreibungen der Macht ihres Großvaters mischten sich dann spätere Erinnerungsfetzen, in denen der große Kampf gegen die Brigg des weißen Teufels und das Leben im Kloster von Samarang die Hauptrolle spielten. An dieser Stelle verlor sie meist den Faden ihrer Erzählung, brachte das kleine Messingkreuz zum Vorschein, das sie immer um den Hals trug, und betrachtete es mit abergläubischer Ehrfurcht. Eben diese abergläubische Furcht vor dem Stückchen Metall, dem sie eine unbestimmte Zauberkraft zuschrieb, zusammen mit der noch unbestimmteren, aber gräßlichen Angst vor irgendwelchen bösen Geistern und schauerlichen Höllenqualen, die ihrer Meinung nach im Fall des Verlustes des oben genannten Zaubers von der guten Äbtissin zu ihrer speziellen Bestrafung erdacht worden waren, bildeten Mrs. Almayers einziges theologisches Rüstzeug auf ihrem stürmischen Lebensweg. Mrs. Almayer hatte wenigstens etwas Greifbares, an das sie sich halten konnte, Nina indessen, die unter den protestantischen Fittichen der properen Mrs. Vinck erzogen worden war, besaß nicht einmal ein kleines Stück Messing, mit dessen Hilfe sie sich der früher einmal erhaltenen Lehren hätte erinnern können. Und wenn sie den Schilderungen von barbarischer Pracht, von wilden Kämpfen und wüsten Festen lauschte, von kühnen, wenn auch blutigen Taten hörte, bei denen Männer von der Rasse ihrer Mutter die Orang Blanda weit überflügelten, fühlte sie sich davon unwiderstehlich angezogen und bemerkte mit undeutlichem Staunen, wie der dürftige Mantel zivilisierter Moral, mit dem wohlmeinende Leute ihre junge Seele bekleidet hatten, abfiel und sie fröstelnd und hilflos, gleichsam am Rande eines tiefen, unbekannten Abgrundes zurückließ. Das Merkwürdigste von allem war, daß sie keine Furcht vor diesem Abgrund verspürte, solange sie unter dem Einfluß des hexenhaften Wesens war, das sie ihre Mutter nannte. Es schien, als habe sie in der zivilisierten Umgebung jenes Dasein vergessen, das sie durchlebt hatte, ehe Lingard sie sozusagen entführte. Seitdem war sie in der Christenlehre unterwiesen worden, hatte eine Erziehung genossen und Einblick ins zivilisierte Leben erhalten. Unglücklicherweise erkannten ihre Lehrer ihre Sinnesart nicht, und die Erziehung endete in einem demütigenden Auftritt, in einem Ausbruch des Abscheus der Weißen vor ihrem gemischten Blut. Und nun lebte sie seit drei Jahren am Fluß, zusammen mit einer unzivilisierten Mutter und einem Vater, der schwach, unentschlossen und bekümmert zwischen Fallgruben einherging und den Kopf in den Wolken trug. Sie verbrachte ihre Tage in elenden häuslichen Umständen ohne die Erleichterungen, die die Zivilisation gewährt; sie atmete eine Atmosphäre schmutziger Verschwörungen um Profites willen und die nicht weniger ekelhafte Luft, in der Intrigen und Verbrechen der Lust oder des Gewinnes halber geplant wurden. Außer diesen Dingen und den häuslichen Zerwürfnissen hatte sich im Laufe der drei Jahre nichts weiter ereignet. Sie war während des ersten Monats nicht, wie sie erwartet und beinahe gehofft hatte, an Ekel und Verzweiflung gestorben. Ganz im Gegenteil, nach einem halben Jahr schon kam es ihr vor, als hätte sie nie ein anderes Leben gekannt. Da man ihr ungeschickterweise schon früh den Einblick in bessere Lebensverhältnisse gewährt, sie dann aber in den Sumpf hoffnungsloser, von starken, unbeherrschten Leidenschaften erfüllter Barbarei zurückgestoßen hatte, war ihr jegliches Unterscheidungsvermögen abhanden gekommen. Es wollte Nina scheinen, als gebe es keinen Unterschied, als habe keine Veränderung stattgefunden. Ob man nun in festen Speichern Handel trieb oder am schlammigen Ufer; ob man Großes erstrebte oder Geringes; ob man im Schatten der großen Bäume oder im Schatten der Kathedrale auf der Promenade von Singapur Liebesworte flüsterte; ob man sein Vorhaben unter dem Schutz der Gesetze und gemäß den Regeln christlicher Lebensführung verfolgte oder die Befriedigung seiner Wünsche vermittels barbarischer Tücke und der ungezähmten Wildheit einer Natur anstrebte, die ebensowenig von Kultur wußte wie die gewaltigen düsteren Wälder – Nina jedenfalls erblickte nur die gleichen Bekundungen von Liebe und Haß, dieselbe schmutzige Gier, welche dem schlüpfrigen Dollar in seinen vielfältigen und flüchtigen Gestalten nachjagte. Ihrer entschiedenen Natur wollte es jedoch nach all diesen Jahren scheinen, daß die wilde und kompromißlose Zielstrebigkeit ihrer malaiischen Verwandten der glatten Heuchelei, der höflichen Maske und der tugendhaften Verstellung jener Weißen vorzuziehen sei, die kennenzulernen sie das Mißgeschick gehabt hatte. Schließlich war es ihr Leben; es sollte ihr Leben werden, und dieser Gedanke brachte sie mehr und mehr unter den Einfluß ihrer Mutter. Da sie sich in ihrer Unwissenheit ein besseres Leben erträumte, lauschte sie begierig, wenn die alte Frau von der entschwundenen Herrlichkeit der Rajas erzählte, deren Geschlecht sie entstammte, und allmählich empfand sie immer mehr Gleichgültigkeit, immer mehr Abscheu vor ihren weißen Vorfahren, die durch einen schwächlichen und traditionslosen Vater vertreten waren.

Almayers Schwierigkeiten wurden durch die Anwesenheit des Mädchens in Sambir keineswegs geringer. Es stimmte zwar, daß die durch ihre Ankunft verursachte Aufregung sich gelegt und daß Lakamba seine Besuche nicht wieder aufgenommen hatte; aber etwa ein Jahr nach der Abfahrt der Boote des Kriegsschiffes kehrte Syed Reshid, der Neffe Abdullas, von einer Pilgerfahrt nach Mekka zurück und erfreute sich einer grünen Jacke und des stolzen Titels eines Hadji. Man veranstaltete an Bord des Dampfers, der ihn brachte, ein großes Feuerwerk, die ganze Nacht hindurch dröhnten in Abdullas Hof die Trommeln, und das Begrüßungsfest wurde bis in die frühen Morgenstunden ausgedehnt. Reshid war der Lieblingsneffe und Erbe Abdullas, und als dieser liebevolle Onkel eines Tages am Fluß auf Almayer traf, blieb er stehen, um einen höflichen Gruß auszutauschen und in aller Form um eine Unterredung nachzusuchen. Almayer vermutete einen Betrugsversuch, mindestens aber etwas sehr Unerfreuliches, willigte jedoch mit außerordentlicher, wenn auch geheuchelter Freude ein. Darauf erschien Abdulla am nächsten Abend nach Sonnenuntergang, begleitet von mehreren anderen Grauköpfen und seinem Neffen. Dieser junge Mensch – der höchst geckenhaft und verlebt aussah – tat so, als betrachte er die ganze Veranstaltung mit äußerster Gleichgültigkeit. Nachdem die Fackelträger sich unten an der Treppe aufgestellt und die Besucher in den herumstehenden, wackeligen Sesseln Platz genommen hatten, hielt sich Reshid abseits im Schatten und betrachtete mit großer Aufmerksamkeit seine aristokratischen kleinen Hände. Almayer, überrascht von dem feierlichen Aufzug seiner Besucher, ließ sich mit einem für ihn bezeichnenden Mangel an Würde, von dem die Araber sogleich mit ernster Mißbilligung Notiz nahmen, auf der Tischkante nieder. Doch dann ergriff Abdulla das Wort, wobei er unmittelbar an Almayer vorbei auf den roten Vorhang sah, der die Türöffnung verschloß und durch ein leichtes Beben das Vorhandensein der dahinter verborgenen Frauen anzeigte. Zunächst sagte er Almayer einige Artigkeiten darüber, daß er jahrelang ein so liebenswerter Nachbar gewesen sei, und forderte Allah auf, Almayer noch viele Jahre zu schenken, damit seine geschätzte Anwesenheit das Auge seiner Freunde auch weiterhin erfreue. Er spielte höflich auf die große Wertschätzung an, welche die holländische »Commissie« ihm (Almayer) bezeigt habe, und leitete daraus die schmeichelhafte Folgerung ab, daß Almayer unter seinem eigenen Volk ein wahrhaft bedeutender Mann sein müsse. Er – Abdulla – sei nun seinerseits eine wichtige Persönlichkeit unter den Arabern, und sein Neffe Reshid werde dereinst diese soziale Stellung mitsamt großen Reichtümern erben. Überdies sei Reshid ein Hadji. Reshid besitze mehrere malaiische Frauen, fuhr Abdulla fort, doch sei es an der Zeit, daß er sich eine Lieblingsfrau erwähle, die erste jener vier, welche der Prophet gestatte. Und mit wohlerzogener Höflichkeit fortfahrend, erklärte er dem sprachlosen Almayer, daß seine Tochter, falls er sich mit einer Verbindung zwischen ihr und diesem rechtgläubigen und tugendhaften Manne Reshid einverstanden erkläre, die Herrscherin über all die Pracht von Reshids Haus und die erste Frau des ersten Arabers im Archipel sein werde, wenn er – Abdulla – von Allah dem Allerbarmer dereinst zu den Freuden des Paradieses abgerufen werde. »Du weißt, Tuan«, sagte er abschließend, »die anderen Frauen werden ihre Sklavinnen sein, und Reshid besitzt ein geräumiges Haus. Er hat aus Bombay breite Ruhebetten, kostbare Teppiche und europäische Möbel mitgebracht. Außerdem gibt es im Haus einen großen Spiegel in einem Rahmen, der wie Gold glänzt. Was kann sich ein Mädchen Besseres wünschen?« Und während Almayer ihn stumm und bestürzt ansah, wurde Abdulla vertraulicher, winkte sein Gefolge fort und beendete seine Rede damit, daß er die materiellen Vorteile einer solchen Verbindung darlegte und sich erbot, Almayer zum Zeichen herzlicher Freundschaft und als Preis für die Braut dreitausend Dollar einzuhändigen.

Den armen Almayer rührte beinahe der Schlag. Zwar brannte in ihm das Verlangen, Abdulla bei der Kehle zu packen, doch brauchte er nur an seine Wehrlosigkeit inmitten dieser Banditen zu denken, um die Notwendigkeit versöhnlicher Diplomatie zu erkennen. Er beherrschte sein Verlangen und sagte höflich und kühl, das Mädchen sei noch zu jung und überdies sein Augapfel. Tuan Reshid, ein Rechtgläubiger und Hadji, könne doch auch keinesfalls eine Ungläubige in seinen Harem aufnehmen wollen, und als er bemerkte, daß Abdulla diesem letzten Einwand mit skeptischem Lächeln begegnete, sagte er nichts mehr, da er eine unumwundene Abweisung ebensowenig wie irgend etwas Verpflichtendes auszusprechen wagte. Abdulla begriff die Bedeutung dieses Schweigens und stand auf, um sich mit einem gemessenen Salaam zu verabschieden. Er wünschte seinem Freund Almayer »noch tausend Jahre« und ging die Treppe hinunter, pflichtschuldigst gestützt von Reshid. Die Fackelträger schwenkten ihre Fackeln, wobei sie einen Funkenregen in den Fluß streuten, und der Zug setzte sich in Bewegung; Almayer blieb zurück, aufgeregt, aber doch sehr erleichtert durch diesen Abzug. Er ließ sich in einen Sessel fallen und sah hinter den flackernden Lichtern her, die sich zwischen den Bäumen entfernten, bis sie verschwanden und völlige Stille dem Stapfen der Füße und dem Murmeln der Stimmen folgte. Er regte sich erst, als der Vorhang raschelte, Nina auf die Veranda heraustrat und in dem Schaukelstuhl Platz nahm, in dem sie täglich viele Stunden zu verbringen pflegte. Sie versetzte den Stuhl in mäßige Bewegung und lehnte sich mit halbgeschlossenen Augen zurück, wobei ihr Haar das Gesicht vor dem qualmenden Licht der Tischlampe schützte. Almayer warf ihr einen verstohlenen Blick zu, aber ihre Miene war so ausdruckslos wie stets. Sie wandte den Kopf ein wenig nach ihrem Vater und fragte zu seiner großen Überraschung auf englisch:

»War dieser Abdulla hier?«

»Ja«, bestätigte Almayer – »gerade ist er weggegangen.«

»Und was wollte er, Vater?«

»Er wollte dich für Reshid kaufen«, sagte Almayer brutal, denn der Ärger übermannte ihn, und dabei sah er das Mädchen gespannt an, als erwarte er einen Gefühlsausbruch. Nina jedoch blieb anscheinend unbewegt und nickte verträumt in die schwarze Nacht hinaus.

»Sieh dich vor, Nina«, sagte Almayer nach kurzem Schweigen und stand von seinem Stuhl auf, »wenn du allein in deinem Kanu umherpaddelst. Dieser Reshid ist ein gewalttätiger Lump, und man weiß nicht, wozu er imstande ist. Verstehst du mich?«

Sie war im Begriff, ins Haus zu gehen, und hielt mit einer Hand den Vorhang. Nun wandte sie sich um und warf jäh ihre schweren Flechten zurück.

»Glaubst du, daß er es wagen würde?« fragte sie schnell, und im Hineingehen setzte sie leise hinzu, »er würde es nicht wagen. Alle Araber sind Feiglinge.«

Almayer sah ihr erstaunt nach. Er begab sich nicht zur Ruhe in seine Hängematte, sondern ging zerstreut hin und her und blieb gelegentlich am Geländer stehen, um nachzudenken. Die Lampe verlosch. Der erste Schein der Dämmerung brach über dem Wald auf; Almayer fröstelte in der feuchten Luft. »Ich gebe es auf«, murmelte er vor sich hin und legte sich erschöpft nieder. »Der Teufel hole diese Weiber! Beim Himmel! Das Mädchen sah doch wirklich so aus, als wünschte sie sich, entführt zu werden!«

Und er fühlte, wie eine namenlose Furcht sich in sein Herz schlich und ihn von neuem frösteln machte.

IV

In jenem Jahr drangen gegen Ende des Südwestmonsuns beunruhigende Gerüchte nach Sambir. Kapitän Ford, der sich zu einer kleinen abendlichen Unterhaltung bei Almayer einfand, brachte die letzten Nummern der *Straits Times* mit, die Nachrichten über den Krieg in Acheen und über die erfolglose holländische Expedition enthielten. Die Nakhodas der wenigen stromauffahrenden Handelspraus suchten Lakamba auf, um mit diesem Fürsten den ungewissen Lauf der Ereignisse zu erörtern und ihre grauen Köpfe ernst über Berichte zu schütteln, die von der Strenge, dem Druck und der Tyrannei der Orang Blanda wußten: davon zum Beispiel, daß der Handel mit Schießpulver vollkommen zum Erliegen gekommen war und alle verdächtigen Handelsschiffe in der Straße von Makassar aufs strengste kontrolliert wurden. Selbst das loyale Herz Lakambas wurde zu innerer Auflehnung getrieben, als man ihm seine Lizenz für Schießpulver entzog und als das Kanonenboot *Prinzeß Amelia* hundertfünfzig Pulverfässer beschlagnahmte, die nach höchst gefahrvoller Reise beinahe vor der Flußmündung angelangt waren. Diese unerfreuliche Nachricht war ihm durch Reshid bekanntgeworden, der sich nach dem Scheitern seiner Heiratspläne auf eine lange Handelsfahrt in den Archipel begeben hatte; er war es, der das Schießpulver für seinen Freund gekauft hatte und auf der Rückreise, als er sich schon zu der Schlauheit beglückwünschte, mit der es ihm gelungen war, unentdeckt zu bleiben, durchsucht und seiner Fracht beraubt worden war. Reshids Zorn richtete sich hauptsächlich gegen Almayer, den er verdächtigte, die holländischen

Behörden darüber informiert zu haben, daß die Araber und der Raja in einen recht planlosen Krieg gegen die Dayaks am Oberlauf des Flusses verwickelt waren.

Zu Reshids großer Überraschung nahm der Raja seine Beschwerden sehr kühl entgegen und zeigte sich nicht im geringsten geneigt, Rache an dem weißen Mann zu üben. Tatsächlich wußte Lakamba sehr wohl, daß Almayer sich keinerlei Einmischung in Staatsaffären hatte zuschulden kommen lassen; überdies war seine Haltung gegenüber diesem vielgeplagten Individuum sehr verändert, seitdem auf Veranlassung von Almayers neuestem Freund, Dain Maroola, zwischen ihm und seinem alten Feind eine Versöhnung stattgefunden hatte.

Almayer besaß jetzt einen Freund. Kurz nachdem Reshid zu seiner Handelsreise aufgebrochen war, vernahm Nina, die sich auf dem Heimweg von einem ihrer einsamen Ausflüge in der Strömung treiben ließ, aus einem der kleinen Seitenarme das Platschen schwerer Seile, die ins Wasser fielen, und den langgezogenen Gesang, mit dem malaiische Seeleute schwere Lasten ziehen. Durch das dichte Gebüsch, das die Mündung des Seitenarmes verbarg, erblickte sie die hohen Masten eines europäisch getakelten Segelschiffes, welche die Wipfel der Nipapalmen überragten. Eine Brigg wurde aus diesem schmalen Flußbett in den Strom hinausgeschleppt. Die Sonne war untergegangen, und während der flüchtigen Dämmerung erblickte Nina die Brigg, die mit Hilfe der auflaufenden Flut und der Abendbrise unter ihrem Vorsegel auf Sambir zuhielt. Das Mädchen steuerte sein Kanu aus dem Hauptarm in einen der zahlreichen schmalen Wasserläufe zwischen den bewaldeten Inselchen und paddelte eilig durch schwarze, verschlafene Rinnsale nach Sambir. Ihr Kanu streifte die Wasserpalmen, glitt an kurzen, schlammigen Uferbänken entlang, von wo würdevolle Krokodile sie träge und gleichgültig musterten, und gerade als die Dunkelheit einfiel, schoß ihr Kanu in den breiten Zusammenfluß der beiden Hauptarme des Pantai, wo die Brigg bereits vor Anker lag. Die Segel waren festgemacht, die Rahen ins Kreuz gebraßt und die Decks offenbar von jedem menschlichen Wesen verlassen. Um ihr Haus auf der niedrigen Landzunge zwischen den beiden Armen des Pantai zu erreichen, mußte Nina den Fluß recht nahe an der Brigg vorbei überqueren. An beiden Armen des Pantai blinkten schon die Lichter in den Häusern am Ufer und über dem Fluß und spiegelten sich im stillen Wasser. Stimmengewirr, dann und wann der Schrei eines Kindes, hastiges, plötzlich abbrechendes Wirbeln einer hölzernen Trommel drangen zusammen mit den gedämpften Zurufen der in der Dunkelheit zurückkehrenden Fischer über den breiten Fluß zu ihr her. Ehe sie ihn überquerte, zögerte sie ein wenig, denn der Anblick eines so ungewöhnlichen Gegenstandes, wie ein europäisch getakeltes Schiff es war, beunruhigte sie, aber der Fluß war so breit und dunkel, daß ein kleines Boot unsichtbar bleiben würde. Sie kniete auf dem Boden ihres Kanus, trieb das kleine Fahrzeug mit schnellen Paddelschlägen dahin und neigte sich weit vor, um jedes verdächtige Geräusch aufzufangen, während sie auf den kleinen Steg von Lingard und Co. zuhielt. Das grelle Licht der Paraffinlampe, das auf die geweißte Mauer von Almayers Bungalow fiel, diente ihr als bequeme Markierung. Der Steg selbst, der im Schatten des von hängenden Büschen überwachsenen Ufers lag, war in der Dunkelheit verborgen. Ehe sie ihn noch ausmachen konnte, vernahm sie den dumpfen Stoß, mit dem ein großes Boot gegen die morschen Pfosten stieß, und hörte auch eine geflüsterte Unterhaltung in jenem Boot, dessen weißer Anstrich und dessen Größe, die sie im Näherkommen mit Mühe zu erkennen vermochte, ihr mit Recht die Vermutung eingaben, daß es sich hier um das Beiboot der eben vor Anker gegangenen Brigg handeln müsse. Mit einem schnellen Paddelschlag änderte sie ihren Kurs, und mit dem

nächsten Schlag trieb sie das Kanu vom Steg weg auf einen kleinen Bach hin, der am Hof hinter dem Haus vorüberführte. Sie landete am schlammigen Ufer des Grabens und ging durch das niedergetretene Gras des Hofes zum Haus. Zur Linken, vom Küchenschuppen her, leuchtete ein roter Schein durch die Bananenpflanzung, an deren Rand sie entlangging, und das Gelächter von Frauen drang durch den stillen Abend zu ihr her. Daraus schloß sie ganz richtig auf die Abwesenheit ihrer Mutter, denn Gelächter und Mrs. Almayer paßten nicht zueinander. Sie muß also im Haus sein, überlegte Nina, während sie leichtfüßig die schrägliegenden, wackeligen Planken hinauflief, die zur Hintertür und jenem schmalen Korridor führten, welcher das Haus teilte. Vor dieser Tür stand im Schatten der getreue Ali.
»Wer ist da?« fragte Nina.
»Ein großer Malaie ist angekommen«, erwiderte Ali mit unterdrückter Erregung. »Er ist sehr reich, sechs Männer mit Lanzen begleiten ihn. Ein richtiger Krieger. Er ist auch prächtig gekleidet. Ich habe sein Gewand gesehen. Es funkelt geradezu. Was für Juwelen! Geh nicht hin, Mem Nina. Tuan hat es verboten; die alte Mem ist aber trotzdem gegangen, und Tuan wird zornig sein. Barmherziger Allah! Was hat dieser Mensch für Juwelen!«
Nina glitt an der ausgestreckten Hand des Sklaven vorbei in den dunklen Korridor, an dessen Ende sie im rötlichen Licht, das durch den geschlossenen Vorhang fiel, eine kleine, dunkle Gestalt nahe der Wand kauern sah. Ihre Mutter labte Augen und Ohren an den Vorgängen auf der Veranda, und Nina näherte sich, um auch ihrerseits das große Entzücken einer seltenen Abwechslung zu genießen. Sie wurde von dem abwehrenden Arm ihrer Mutter und der geflüsterten Ermahnung empfangen, keinen Laut von sich zu geben.
»Hast du sie gesehen, Mutter?« fragte Nina atemlos.

Mrs. Almayer wandte ihr Gesicht dem Mädchen zu, und im rötlichen Halblicht des Korridors gewannen ihre eingefallenen Wangen einen absonderlichen Glanz.
»Ich habe ihn gesehen«, sagte sie fast unhörbar und preßte dabei mit knöchernen Fingern die Hand ihrer Tochter.
»Ein großer Raja ist nach Sambir gekommen – ein Sohn des Himmels«, murmelte die alte Frau vor sich hin. »Geh weg, Mädchen!«
Die beiden Frauen standen nahe am Vorhang. Nina wollte an einen Riß im Stoff herantreten, während die Mutter wütend und hartnäckig ihre Stellung an diesem Riß verteidigte. Auf der anderen Seite stockte die Unterhaltung, doch konnte man während der kurzen Pause das leichte Klirren von Schmuck, von metallenen Dolchscheiden und den messingnen Sirigefäßen hören, die von Hand zu Hand gingen. Die Frauen rangen stumm miteinander, da wurde ein Scharren vernehmlich, und der Schatten von Almayers untersetzter Gestalt fiel auf den Vorhang.
Die Frauen hörten auf zu ringen und blieben unbeweglich stehen. Almayer hatte sich erhoben, um seinem Gast zu antworten. Er stand mit dem Rücken gegen die Türöffnung und bemerkte nicht, was auf der anderen Seite des Vorhanges vorging. Seine Stimme klang bedauernd und gereizt.
»Du bist an der falschen Adresse, Tuan Maroola, wenn du Handel treiben willst, wie du behauptest. Was immer du auch in Makassar über mich gehört haben magst, ich bin kein Händler mehr, wenn ich auch einmal einer war. Und wenn du etwas kaufen willst, wirst du es hier nicht finden; ich besitze nichts und will auch nichts haben. Du solltest dich an den Raja wenden; am Tag kannst du seine Häuser drüben am Ufer sehen, dort wo die Feuer brennen. Er wird dir helfen und auch Geschäfte mit dir machen. Oder noch besser«, fuhr er bitter fort und wies nach den Häusern von Sambir, »geh dort hin, zu den

Arabern. Abdulla ist der richtige Mann für dich. Es gibt nichts, was er nicht kauft oder verkauft; du darfst mir glauben, denn ich kenne ihn gut.«

Er wartete ein Weilchen auf Antwort und setzte dann in abschließendem Ton hinzu:

»Alles, was ich gesagt habe, ist wahr, und mehr gibt es nicht zu sagen.«

Nina, die von ihrer Mutter zurückgehalten wurde, hörte eine weiche Stimme in jenem gleichmäßigen, gelassenen Tonfall antworten, welcher den gehobenen Schichten der Malaien eigen ist:

»Wer dürfte am Wort eines weißen Tuan zweifeln? Aber ist es nicht auch wahr, daß ein Mann seine Freunde dort sucht, wo sein Herz sie ihm zu suchen gebietet? Ich bin trotz der späten Stunde gekommen, weil ich etwas zu sagen habe, das zu hören dich vielleicht glücklich macht. Morgen werde ich zum Sultan gehen; ein Händler bedarf der Freundschaft der Großen. Dann werde ich hierher zurückkehren und mit deiner Erlaubnis ernste Worte sprechen. Zu den Arabern werde ich nicht gehen; ihre Lügen sind ungeheuerlich! Und was sind sie selbst? Chelakka!«

Almayers Antwort klang schon etwas liebenswürdiger:

»Nun, wie du willst. Wenn du etwas zu sagen hast, kann ich dich morgen jederzeit anhören. Pah! Wenn du beim Sultan Lakamba gewesen bist, dann wirst du nicht mehr hierher zurückkehren wollen, Inchi Dain. Du wirst schon sehen. Nur vergiß nicht: mit Lakamba will ich nichts zu schaffen haben. Das darfst du ihm sagen. Was kannst du schließlich schon von mir wollen?«

»Darüber reden wir morgen, Tuan, da ich dich nun kennengelernt habe«, antwortete der Malaie. »Ich spreche ein wenig englisch, so daß wir reden können, ohne daß uns jemand versteht, und dann –«

Er unterbrach sich plötzlich und fragte überrascht: »Was ist denn das für ein Geräusch, Tuan?«
Auch Almayer hatte das immer mehr anschwellende Geräusch des Kampfes vernommen, der auf der anderen Seite des Vorhanges wieder aufgenommen worden war. Offenbar war Ninas starke Neugier im Begriff, über Mrs. Almayers Sinn für das Schickliche den Sieg davonzutragen. Man hörte deutlich schweres Keuchen, und der Vorhang bebte von dieser Auseinandersetzung, die hauptsächlich eine körperliche war, obwohl sich Mrs. Almayer mit ärgerlichen Vorwürfen und dem für sie bezeichnenden Mangel an Logik, dafür aber mit dem bekannten Reichtum an Schimpfwörtern hören ließ.
»Du schamloses Weib! Bist du denn eine Sklavin!« kreischte die zornige Matrone. »Verschleiere dein Gesicht, du gottverlassene Kreatur! Ich lasse dich nicht, du weiße Schlange!«
Almayers Gesicht drückte Ärger, aber auch Zweifel darüber aus, ob es angebracht sei, sich in den Streit zwischen Mutter und Tochter zu mischen. Er warf einen Blick auf seinen malaiischen Besucher, der schweigend und amüsiert das Ende des Aufruhrs erwartete, und murmelte mit einer verächtlichen Handbewegung: »Es ist nichts. Weiber!«
Der Malaie nickte würdevoll und nahm eine heitere, gleichmütige Miene an, wie es die Etikette nach einer solchen Erklärung verlangte. Hinter dem Vorhang endete der Kampf, und augenscheinlich hatte die Beharrlichkeit der Jüngeren den Sieg davongetragen, denn das hastige Schlurfen und Klappern von Mrs. Almayers hochhackigen Sandalen verlor sich rasch den Korridor hinunter. Der beruhigte Hausherr war im Begriff, die Unterhaltung wieder aufzunehmen, als er, betroffen von einer überraschenden Veränderung im Gesichtsausdruck seines Gastes, den Kopf wandte und Nina in der Türöffnung stehen sah.
Nachdem Mrs. Almayer das Schlachtfeld geräumt hatte, zog

Nina mit dem verächtlichen Ausruf: »Es ist ja nur ein Händler!« den eroberten Vorhang beiseite und stand nun im vollen Licht, umrahmt vom dunklen Hintergrund des Korridors, die Lippen leicht geöffnet, das Haar von der Anstrengung verwirrt, und immer noch mit einem Funkeln der Wut in ihren herrlich blitzenden Augen. Mit einem Blick nahm sie die Gruppe der weißgekleideten Lanzenträger auf, die bewegungslos im dunklen Hintergrund der Veranda standen, und schon ruhten ihre Augen neugierig auf dem Herrn dieses eindrucksvollen Gefolges. Er stand ihr beinahe gegenüber, ein wenig seitwärts gekehrt, und von der Schönheit ihrer unerwarteten Erscheinung überrascht, hatte er sich tief verneigt und die verschlungenen Hände über seinen Kopf geführt in dem respektvollen Gruß, den die Malaien nur den Großen dieser Erde erweisen. Das grelle Lampenlicht fiel auf die Goldstickerei seiner schwarzen seidenen Jacke, brach sich in tausend funkelnden Blitzen an dem mit Edelsteinen besetzten Griff seines Kris, der unter den reichen Falten seines roten Sarongs hervorsah, den er wie eine Schärpe um die Taille geschlungen hatte, und ließ die Steine der vielen Ringe auf seinen dunklen Fingern erglitzern. Aus dieser tiefen Verneigung richtete er sich schnell auf und legte die Hand mit lässiger Grazie auf den Griff des schweren Kurzschwertes, das mit gefärbten Pferdehaaren prächtig verziert war. Nina, die auf der Schwelle zögerte, sah eine hochaufgerichtete, geschmeidige, mittelgroße Gestalt, deren breite Schultern auf große körperliche Kraft deuteten. Das Gesicht unter den Falten eines blauen Turbans, dessen mit Fransen verzierte Enden anmutig über seine linke Schulter fielen, zeigte Entschlußkraft und sorglose Heiterkeit, doch mangelte es ihm nicht an Würde. Der kantige Unterkiefer, die vollen roten Lippen, die beweglichen Nasenflügel und die stolze Kopfhaltung vermittelten den Eindruck eines halbwilden, ungezähmten, vielleicht grausamen Wesens und minderten die schmelzende Sanftmut der beinahe weiblichen Augen, dieses allgemeinen Kennzeichens seiner Rasse. Nina, die ihre erste Überraschung verwunden hatte, sah diese Augen nun mit einem so unbeherrschten Ausdruck von Bewunderung und Verlangen auf sich gerichtet, daß sie eine bisher ungekannte Schüchternheit, vermischt mit Angst und Entzücken, in ihr ganzes Wesen eindringen und es erfüllen fühlte. Von diesen ungewöhnlichen Empfindungen verwirrt, blieb sie an der Tür stehen und verdeckte mit dem unteren Teil des Vorhangs ihr Gesicht bis auf die Hälfte einer gerundeten Wange, eine verirrte Haarsträhne und ein Auge, mit dem sie das herrliche und kühne Wesen betrachten konnte, das sich in seinem Aussehen so sehr von den wenigen Händlern unterschied, die sie bis dahin auf dieser Veranda zu sehen bekommen hatte.

Von ihrer unerwarteten Erscheinung geblendet, vergaß Dain Maroola den verwirrten Almayer, seine Brigg, sein Gefolge, den Zweck seines Besuches und alles übrige in dem überwältigenden Verlangen, diese Fülle von Lieblichkeit, der er so überraschend und an einem, wie er meinte, so unwahrscheinlichen Ort begegnet war, noch länger zu betrachten.

»Das ist meine Tochter«, sagte Almayer verlegen. »Es hat nichts zu bedeuten. Wie du sehr wohl weißt, Tuan, da du, wie du sagst, soviel gereist bist, haben weiße Frauen ihre Eigenheiten. Es ist jedoch spät; wir wollen unser Gespräch morgen beenden.«

Dain verneigte sich tief und versuchte, in einem letzten Blick unverhohlen seiner überwältigenden Bewunderung für das Mädchen Ausdruck zu verleihen. Gleich darauf schüttelte er ernst und höflich Almayers Hand, und sein Gesicht zeigte größte Gleichgültigkeit gegenüber der Anwesenheit eines weiblichen Wesens. Seine Leute gingen einer hinter dem anderen weg, und er eilte ihnen nach, dicht gefolgt von einem muskulösen, wild aussehenden Sumatresen, den er schon zuvor als den Kommandanten seines Schiffes vorgestellt hatte. Nina trat an das Geländer der Veranda, sah den Mondschein auf den stählernen Lanzenspitzen und hörte das rhythmische Klirren der messingnen Fußreifen, als die Männer hintereinander zum Steg gingen. Kurze Zeit später legte das Boot ab; es sah groß aus im hellen Licht des Mondes, eine schwarze, formlose Masse im leichten Dunst, der über dem Wasser hing. Nina meinte die anmutige Gestalt des aufrecht im Heck stehenden Händlers unterscheiden zu können, aber bald schon verwischten sich alle Konturen und verschmolzen in den Schwaden des weißen Nebels, der die Strommitte bedeckte.

Almayer war zu seiner Tochter getreten, stützte beide Arme aufs Geländer und sah mißmutig auf den Schutthaufen vor der Veranda.

»Was bedeutete denn der Lärm vorhin?« knurrte er verdrossen, ohne aufzusehen. »Hol doch der Teufel dich und deine Mutter! Was wollte sie eigentlich? Warum bist du auf die Veranda gekommen?«

»Sie wollte mich nicht hinauslassen«, antwortete Nina. »Sie ist wütend. Sie hat gesagt, daß der Mann, der gerade wegging, ein Raja ist. Ich glaube jetzt, daß sie recht hatte.«

»Und ich glaube, daß ihr Weiber alle verrückt seid«, schnarrte Almayer. »Was geht das sie, dich oder überhaupt jemanden an? Der Mann will auf den Inseln Trepang und eßbare Vogelnester sammeln. Das hat er mir selber gesagt, dein Raja. Morgen wird er wiederkommen. Ich verlange, daß ihr euch beide vom Haus fernhaltet und mich alleine in Ruhe meine Geschäfte führen laßt.«

Dain Maroola kam am Tage darauf und unterhielt sich lange mit Almayer. Dies war der Anfang einer engen und freundlichen Beziehung, über die in Sambir viel geredet wurde, bis sich die Bevölkerung daran gewöhnte, häufig zahlreiche Feuer in Almayers Kampong brennen zu sehen, an denen Maroolas

Leute sich in den kalten Nächten des nordöstlichen Monsuns wärmten, während ihr Herr lange Besprechungen mit dem Tuan Putih führte – wie sie Almayer unter sich nannten. Der neue Händler erregte in Sambir große Neugier. War er beim Sultan gewesen? Was hatte der Sultan gesagt? Hatte er Geschenke verteilt? Was wollte er verkaufen? Was wollte er kaufen? Derartige Fragen wurden eifrig von den Bewohnern der über den Fluß hinausgebauten Bambushütten gestellt. Selbst in den festeren Wohnstätten, im Haus Abdullas, in den Residenzen der größten Händler, der Araber, Chinesen und Bugis, herrschte große Erregung, die viele Tage andauerte. Ihr angeborenes Mißtrauen ließ sie den einfachen Auskünften, die der junge Händler jederzeit über seine Person zu geben bereit war, keinen Glauben schenken. Und doch schien alles der Wahrheit zu entsprechen. Er behauptete, ein Händler zu sein, und verkaufte Reis. Er wollte weder Kautschuk noch Bienenwachs kaufen, da er die Absicht hatte, seine zahlreiche Besatzung auf den Korallenriffen vor dem Fluß Trepang und auf dem Festland Vogelnester sammeln zu lassen. Er erklärte sich bereit, diese beiden Artikel zu kaufen, falls sie zu beschaffen wären. Er sagte, er komme aus Bali und sei ein Brahmane, und die Richtigkeit der zweiten Behauptung bewies er, indem er bei allen seinen Besuchen in den Häusern Lakambas und Almayers jegliche Nahrung zurückwies. Lakamba besuchte er gewöhnlich des Nachts zu ausgedehnten Besprechungen. Babalatchi, der als Dritter stets diesen Zusammenkünften von Herrscher und Händler beiwohnte, verstand es sehr wohl, allen Versuchen von Neugierigen zu widerstehen, den Gegenstand so ausgedehnter Besprechungen zu erfahren. Unterfing der würdige Abdulla sich, ihn mit langatmiger Höflichkeit auszuhorchen, so nahm er Zuflucht zu einem leeren Blick aus dem einzig ihm verbliebenen Auge und spielte den Einfältigen.

»Ich bin nur der Sklave meines Herrn«, murmelte Babalatchi dann etwas zögernd. Und darauf, als entschließe er sich plötzlich zur Enthüllung eines abgrundtiefen Geheimnisses, unterrichtete er Abdulla über ein belangloses Reisgeschäft, wobei er in geheimnisvoll beschwörendem Ton wiederholte: »Hundert große Säcke hat der Sultan gekauft, hundert Säcke, Tuan!« Abdulla, überzeugt davon, daß viel bedeutendere Verhandlungen gepflogen wurden, empfing diese Auskunft gleichwohl mit allen Zeichen achtungsvollen Erstaunens. Und dann trennten sich die beiden, wobei der Araber innerlich den tückischen Hund verfluchte, während Babalatchi weiter auf dem staubigen Pfad dahinspazierte, das Kinn mit dem schütteren grauen Bart vorgestreckt und alles in allem einem neugierigen Ziegenbock gleichend, der auf verbotenen Wegen geht. Aufmerksame Augen folgten jedem seiner Schritte. Jim-Eng, der Babalatchi schon von fern erblickte, pflegte dann die Lähmung des gewohnheitsmäßigen Opiumrauchers abzuschütteln, auf die Straße hinaus zu torkeln und mit einer gastlichen Einladung auf den Lippen das Nahen dieser wichtigen Persönlichkeit zu erwarten. Babalatchis Verschwiegenheit bewährte sich aber selbst unter dem zusammengefaßten Angriff von Kameraderie und starkem Gin, den der offenherzige Chinese großzügig ausschenkte. Jim-Eng blieb unerleuchtet mit der leeren Flasche zurück, ein geschlagener Mann, und blickte traurig der entschwindenden Gestalt des Staatsmannes von Sambir nach, der endlich schwankend und auf Umwegen wie üblich in Almayers Hof einbog. Seitdem Dain Maroola zwischen dem Raja und seinem weißen Freund eine Versöhnung zustandegebracht hatte, war der einäugige Diplomat wieder ständiger Gast im Hause des Holländers geworden. Zu Almayers größtem Ärger konnte man ihn dort jederzeit antreffen, wie er zerstreut auf der Veranda umherwanderte, im Korridor lauerte oder unerwartet hinter irgendwelchen Ecken auftauchte, stets bereit, Mrs. Almayer in ein vertrauliches Gespräch zu ziehen. Dem Herrn selbst wich er lieber aus, wohl in der Vermutung, daß der aufgestaute Ärger des weißen Mannes über ihn sich einmal in einem plötzlichen Tritt Luft machen könnte. Der Küchenschuppen wurde sein Lieblingsplatz, und dort konnte man ihn stundenlang zwischen den geschäftigen Frauen hocken sehen, das Kinn auf die Knie gestützt, die hageren Arme um die Beine geschlungen, das Auge rastlos umherschweifen lassend – das Urbild lauernder Häßlichkeit. Almayer wollte mehr als einmal bei Lakamba über die Zudringlichkeit seines Ministerpräsidenten Klage führen, aber Dain redete ihm das aus. »Wir können hier kein Wort sprechen, ohne daß er es hört«, knurrte Almayer. »Dann laß uns auf der Brigg reden«, erwiderte Dain mit ruhigem Lächeln. »Es ist gut, den Mann herkommen zu lassen. Lakamba glaubt, daß er viel weiß. Vielleicht meint der Sultan, daß ich mich davonmachen will. Laß das einäugige Krokodil sich ruhig auf deinem Hof sonnen, Tuan.«

Und Almayer gab unwillig nach, knurrte drohend etwas von körperlicher Züchtigung und musterte übelwollend den greisen Staatsmann, der mit stiller Verstocktheit an Almayers häuslichem Reistopf hockte.

V

Schließlich hatte sich die Erregung in Sambir gelegt. Die Einwohner gewöhnten sich an das lebhafte Hin und Her zwischen Almayers Haus und dem Schiff, das nun am jenseitigen Ufer festgemacht hatte, und die Frauen aus der Siedlung ließen sich von der Erfüllung der häuslichen Pflichten nicht länger mehr durch Mutmaßungen darüber abhalten, was wohl die fieberhafte Tätigkeit zu bedeuten habe, mit der Almayers Bootsleute die alten Kanus instandsetzten. Selbst der geprellte Jim-Eng hörte auf, sich sein umnebeltes Hirn über die Geschäftsgeheimnisse anderer Leute zu zerbrechen, versank mit Hilfe seiner Opiumpfeife neuerlich in einen Zustand stumpfer Glückseligkeit und ließ Babalatchi anscheinend unbemerkt und ohne ihn ins Haus zu bitten, des Weges ziehen.

An jenem warmen Nachmittag, als der vereinsamte Fluß im Licht der hoch am Himmel stehenden Sonne blitzte, konnte der Staatsmann von Sambir, ohne von freundlichen Fragestellern behindert zu werden, sein kleines Kanu aus dem Gebüsch hervorziehen, wo er es gewöhnlich während seiner Besuche in Almayers Hof verbarg. Babalatchi paddelte langsam und träge, er hockte zusammengekrümmt in seinem Boot und machte sich unter seinem riesengroßen Sonnenhut ganz klein, um der sengenden Hitze zu entgehen, die vom Wasser zurückgeworfen wurde. Er hatte es nicht eilig; sein Herr, Lakamba, ruhte gewiß um diese Tageszeit. Er hatte genug Zeit, um den Fluß zu überqueren und bei Lakambas Erwachen mit wichtigen Neuigkeiten vor seinen Herrn zu treten. Würden diese Nachrichten ihn verdrießen? Würde er ungehalten mit seinem Stab

von Ebenholz auf den Boden stoßen und Babalatchi durch abgerissene, heftige Ausrufe ängstigen? Oder würde er sich gutmütig lächelnd setzen, mit der bekannten Bewegung die Hände sanft über dem Bauch reiben, umständlich in den Siribecher aus Messing spucken und ein tiefes, zustimmendes Knurren hören lassen? Solcher Art waren Babalatchis Spekulationen, während er geschickt das Paddel handhabte und den Fluß auf dem Weg zum Kampong des Rajas überquerte, dessen Befestigung gerade gegenüber von Almayers Bungalow hinter dem dichten Bewuchs des Ufers hervorschaute.
Er konnte tatsächlich etwas berichten. Sein täglich geäußerter Verdacht hatte sich bestätigt, es hatte wirklich etwas auf sich mit den Vertraulichkeiten zwischen Dain Maroola und Almayers Tochter, mit den verstohlenen Blicken, die er beobachtet, mit den kurzen, glühenden Worten, die er belauscht hatte. Lakamba hatte sich das alles bis dahin ungerührt und mit offensichtlichem Mißtrauen angehört; jetzt aber mußte er sich überzeugen lassen, denn Babalatchi besaß den Beweis; er hatte ihn am heutigen Morgen erhalten, als er bei Tagesanbruch an jenem Flüßchen gefischt hatte, über dem sich Bulangis Haus erhob. Von seinem Boot aus hatte er da Ninas langes Kanu vorbeitreiben sehen, hatte gesehen, wie das im Heck sitzende Mädchen sich über Dain neigte, der auf dem Boden hingestreckt lag und den Kopf an Ninas Knie lehnte. Das also hatte Babalatchi gesehen. Er war ihnen gefolgt, doch beide hatten zu den Paddeln gegriffen und waren seinem wachsamen Auge entwischt. Wenige Minuten später hatte er Bulangis junge Sklavin erblickt, die in ihrem kleinen Einbaum zur Stadt paddelte, um Gebäck feilzubieten. Auch sie hatte die beiden in der grauen Morgendämmerung gesehen. Und Babalatchi grinste zuversichtlich vor sich hin, als er an das verstörte Gesicht der jungen Sklavin dachte, an den harten Blick in ihren Augen, an das Zittern in ihrer Stimme, als sie seine Frage beantwortete.

Die kleine Taminah bewunderte Dain Maroola ganz offenbar. Das war gut! und bei dieser Vorstellung lachte Babalatchi laut. Dann wurde er plötzlich wieder ernst und geriet durch irgendeine merkwürdige Gedankenverbindung auf die Frage, um welchen Preis Bulangi möglicherweise das Mädchen verkaufen würde? Bei dem Gedanken daran, daß Bulangi ein harter Mann war und vor nur wenigen Wochen für eben diese Taminah hundert Dollar zurückgewiesen hatte, schüttelte er traurig den Kopf; nun bemerkte er plötzlich, daß das Kanu während seiner Grübelei zu weit stromabwärts getrieben war. Er schüttelte die Verzagtheit ab, die angesichts der Geldgier Bulangis über ihn gekommen war, nahm sein Paddel zur Hand und erreichte mit ein paar Schlägen das Wassertor vom Hause des Rajas.

An jenem Nachmittag ging Almayer, wie er es in letzter Zeit häufiger tat, am Ufer hin und her und beaufsichtigte die Instandsetzung seiner Boote. Nun endlich hatte er einen Entschluß gefaßt. Anhand der bruchstückhaften Aufzeichnungen in Lingards alten Notizbüchern wollte er nach dem reichen Goldvorkommen suchen, jenen Ort aufspüren, wo er sich nur zu bücken brauchte, um ein unermeßliches Vermögen aufzusammeln und seinen Jugendtraum zu verwirklichen. Um sich der erforderlichen Hilfe zu versichern, hatte er sein Wissen mit Dain Maroola geteilt und einer Versöhnung mit Lakamba zugestimmt, der das Unternehmen gegen eine Beteiligung am Gewinn unterstützte; er hatte seinen Stolz, seine Ehre und seine Loyalität in Anbetracht des enormen Risikos seines Unternehmens geopfert, geblendet von der Größe des Erfolges, den dieses Bündnis herbeiführen sollte, das so wenig nach seinem Geschmack und doch unvermeidlich war. Die Gefahr war groß, aber Maroola war tapfer; seine Leute schienen ebenso furchtlos wie ihr Herr, und mit Lakambas Beistand durfte der Erfolg für sicher gelten.

Während der beiden letzten Wochen war Almayer in Vorbereitungen vertieft gewesen; er ging zwischen seinen Arbeitern und Sklaven in einer Art Trancezustand umher, in dem praktische Einzelheiten der Ausrüstung der Boote sich mit lebhaften Phantasievorstellungen von unerhörtem Reichtum mischten, und der ihn das qualvolle Dasein in der brennenden Sonne, am schlammigen, übelriechenden Ufer in einer herrlichen Vision von einer glänzenden Zukunft für Nina und ihn selbst vergessen ließ. Während dieser letzten Tage hatte er Nina selten gesehen, obwohl die geliebte Tochter in seinen Gedanken stets zugegen war. Er bemerkte auch Dain kaum, dessen Anwesenheit in seinem Haus ihm zur Selbstverständlichkeit geworden, seit sie durch gemeinsame Interessen verbunden waren. Wenn er den jungen Fürsten traf, grüßte er ihn zerstreut und ging weiter; er wünschte ihm offenbar auszuweichen, wünschte die abscheuliche Gegenwart zu vergessen, indem er sich entweder ganz in seine Arbeit vertiefte oder seine Phantasie weit über die Wipfel der Bäume nach den großen weißen Wolken fern im Westen schweifen ließ, wo das Paradies Europa den zukünftigen Millionär aus dem Osten erwartete. Und Maroola suchte offensichtlich nicht die Gesellschaft des weißen Mannes, nachdem die Abmachung einmal getroffen war und es nichts Geschäftliches mehr zu besprechen gab. Zwar war Dain ständig in der Nähe des Hauses, doch blieb er kaum je längere Zeit am Ufer. Bei seinen täglichen Besuchen zog der malaiische Fürst es vor, geräuschlos durch den Korridor des Hauses zu gehen und im Garten hinter dem Haus aufzutauchen, wo das Feuer im Küchenschuppen brannte und der Reiskessel, von Mrs. Almayer gewissenhaft bewacht, über der Glut hing. Dain wich dem Schuppen mit seinem schwarzen Qualm und den weichen, zwitschernden Frauenstimmen aus und wandte sich nach links. Dort, am Rande der Bananenpflanzung, bildeten mehrere Palmen und

Mangobäume einen schattigen Hain, dem einzelne Büsche eine gewisse Abgeschlossenheit verliehen, in die nur das Geschwätz oder ein gelegentliches Lachen der Dienerinnen eindrang. War Dain einmal in diesem Hain, so konnte man ihn nicht mehr sehen, und gegen den glatten Stamm einer hohen Palme lehnend, wartete er mit funkelnden Augen und zuversichtlichem Lächeln auf das Rascheln von verdorrtem Gras unter Ninas leichten Schritten. Schon beim ersten Blick auf ihre, wie ihm schien, vollendete Schönheit hatte er im tiefsten Herzen die Überzeugung verspürt, daß sie ihm gehören werde; er empfand die nahe Vertrautheit ihrer ungezähmten Naturen, und es bedurfte nicht des ermunternden Lächelns von Mrs. Almayer, damit er jede Gelegenheit nutzte, sich dem Mädchen zu nähern; und immer, wenn er zu ihr sprach, immer wenn er ihr in die Augen blickte, war es Nina, auch wenn sie das Gesicht abwandte, als sei dieser kühnblickende Mann, der da glühende Worte in ihr williges Ohr sprach, die Verkörperung ihres Schicksals, ein Geschöpf ihrer Träume, wagemutig, wild, stets bereit, den Feind mit blankem Kris, die Geliebte mit leidenschaftlicher Umarmung zu empfangen – das Idealbild des malaiischen Fürsten aus der mütterlichen Tradition.

Sie erkannte mit einem Schauer ängstlichen Entzückens, daß sie in geheimnisvoller Weise mit jenem Wesen verwandt war. Wenn sie seinen Worten lauschte, schien es ihr, daß sie sich erst in diesem Augenblick ihres Daseins bewußt werde, daß ihr Leben nur in seiner Nähe erfüllt sei, und sie überließ sich ganz einem verträumten Glück, während sie schweigend und mit halb verschleiertem Gesicht – wie es sich für ein malaiisches Mädchen schickte – den Worten lauschte, mit denen Dain ihr den ganzen Reichtum der Liebe und Leidenschaft zu Füßen legte, deren er fähig war, ihr seine Neigung mit der ungehemmten Rückhaltlosigkeit eines Mannes eröffnete, der keinerlei zivilisierte Selbstbeherrschung kennt.

Und so verbrachten sie manche köstliche und flüchtige Stunde unter den Mangobäumen hinter dem freundlichen Schirm der Büsche, bis Mrs. Almayers schrille Stimme das Zeichen zu unwilliger Trennung gab. Mrs. Almayer hatte die leichte Aufgabe übernommen, ihren Mann zu beobachten und zu verhindern, daß er den glatten Verlauf der Liebesaffäre störe, an der sie einen so großen und wohlwollenden Anteil nahm. Es machte sie glücklich und stolz, Dains Verliebtheit zu sehen, da sie ihn für einen großen und mächtigen Fürsten hielt; überdies stillte Dains großmütige Freigebigkeit auch ihre Habgier.

Am Abend des Tages, an dem Babalatchis Verdacht durch den Augenschein bestätigt worden war, hatten Dain und Nina länger als gewöhnlich an ihrem schattigen Zufluchtsort verweilt. Erst Almayers schwerer Schritt auf der Veranda und sein mißmutiger Schrei nach Atzung veranlaßten Mrs. Almayer, den warnenden Ruf auszustoßen. Maroola sprang leichtfüßig über den niedrigen Bambuszaun und begab sich durch die Bananenpflanzung zum schlammigen Ufer des Baches, während Nina langsam ins Haus ging, um wie jeden Abend die Wünsche ihres Vaters zu erfüllen. Almayer fühlte sich recht glücklich; die Vorbereitungen waren fast vollendet; morgen wollte er die Boote zu Wasser lassen. Vor seinem inneren Auge sah er bereits den großen Schatz; den Blechlöffel in der Hand, vergaß er den vor ihm stehenden Reisteller und arrangierte im Geiste ein prächtiges Bankett, das bei seiner Ankunft in Amsterdam stattfinden sollte. Im Liegestuhl ausgestreckt, hörte Nina abwesend auf die wenigen unzusammenhängenden Worte, die von den Lippen ihres Vaters kamen. Expedition! Gold! Was scherte sie das alles? Als ihr Vater aber den Namen Maroola erwähnte, war sie ganz Aufmerksamkeit. Dain werde morgen mit seiner Brigg auslaufen und einige Tage fernbleiben, sagte Almayer. Diese Verzögerung sei höchst ärgerlich. Sogleich nach Dains Rückkunft werde man unverzüglich abfahren müssen, da der Fluß im Steigen begriffen sei. Man müsse mit Hochwasser rechnen. Er stand auf und schob ungeduldig seinen Teller von sich. Nina hörte ihm nicht mehr zu. Dain reiste ab! Darum also hatte er ihr in jenem ruhigen, herrscherlichen Ton, dem sie so entzückt gehorchte, befohlen, ihn bei Tagesanbruch auf Bulangis Flüßchen zu treffen. Lag ein Paddel in ihrem Kanu? War alles bereit? Sie würde früh aufbrechen müssen – um vier Uhr morgens, in wenigen Stunden.

Sie stand auf, denn sie wollte sich für die lange Fahrt am frühen Morgen ausruhen. Die Lampe brannte trübe, und ihr Vater lag schon müde von der Arbeit des Tages in seiner Hängematte. Nina machte die Lampe aus und ging in das große Zimmer links vom Korridor, das sie mit ihrer Mutter teilte. Beim Hereintreten sah sie, daß Mrs. Almayer nicht auf den Matten lag, die ihr in einer Ecke des Zimmers als Lager dienten, sondern sich über den geöffneten Deckel ihrer großen Holztruhe beugte. Eine halbe, mit Öl gefüllte Kokosnußschale, in der ein Baumwollfetzen als Docht schwamm, stand auf dem Boden und hüllte sie in rötliches Licht und schwarzen, übelriechenden Qualm. Mrs. Almayers Rücken war gebeugt, Kopf und Schultern steckten tief in der Truhe. Ihre Hände wühlten auf dem Boden, von wo leises Klirren wie von Silbergeld zu hören war. Sie bemerkte die Gegenwart ihrer Tochter zunächst nicht, und Nina, die schweigend neben ihr stand, blickte auf viele kleine Leinensäcke, die auf dem Boden der Kiste aufgereiht waren und aus denen die Mutter ganze Hände voll glänzender Gulden und mexikanischer Dollarmünzen nahm, die sie langsam durch ihre klauenähnlichen Finger in die Beutel zurückgleiten ließ. Die Musik von klingendem Silber schien sie zu entzücken, und ihre Augen funkelten im Widerschein der frisch gemünzten Geldstücke. Sie murmelte vor sich hin: »Und das, das, und das auch noch! Bald wird er noch mehr geben – soviel ich verlange. Er ist ein großer Raja – ein Sohn des Himmels! Und sie wird eine Fürstin sein – dies alles hat er für sie bezahlt! Wer hat je etwas für mich bezahlt? Ich bin eine Sklavin! Wirklich? Ich bin die Mutter einer großen Fürstin!« Plötzlich bemerkte sie die Anwesenheit ihrer Tochter, unterbrach ihr Selbstgespräch und knallte den Deckel der Truhe zu; dann sah sie, ohne sich aus ihrer vornüber gebeugten Haltung aufzurichten, zu dem Mädchen auf, das mit der Andeutung eines Lächelns auf dem verträumten Gesicht neben ihr stand.

»Du hast es also gesehen?« rief sie schrill. »Das gehört alles mir, ich habe es für dich bekommen. Es ist nicht genug! Er muß noch mehr geben, ehe er dich mitnimmt nach der Insel im Süden, wo sein Vater König ist. Hörst du mich? Du bist noch mehr wert, Enkelin von Fürsten! Mehr! Mehr!«

Man hörte die verschlafene Stimme Almayers, der von der Veranda her Ruhe gebot. Mrs. Almayer löschte das Licht und verkroch sich in ihre Ecke des Zimmers. Nina legte sich auf einen Haufen weicher Matten, verschlang die Hände hinter dem Kopf und blickte durch die unverkleidete Öffnung, die als Fenster diente, zu den Sternen auf, die am schwarzen Himmel blinkten; sie erwartete den Zeitpunkt, an dem sie zu dem vereinbarten Stelldichein aufbrechen sollte. Still und glücklich dachte sie an diese Zusammenkunft in dem großen Wald, fern von dem Lärm und den Augen der Menschen. Ihre Seele glitt wieder zurück in ihre ursprüngliche Wildheit, welche die Zivilisation in Gestalt der tatkräftigen Mrs. Vinck nicht auszulöschen vermocht hatte; Stolz und Verwirrung erfüllten sie bei dem Gedanken an den hohen Wert, den die weltkluge Mutter ihrer Person beigemessen hatte; doch sie erinnerte sich der ausdrucksvollen Blicke und Worte Dains, erbebte unter einem Schauer wohliger Erwartung und schloß beruhigt die Augen.

Es gibt Situationen, in denen sich der barbarische und der sogenannte zivilisierte Mensch auf der gleichen Ebene begegnen. Man darf wohl annehmen, daß Dain Maroola nicht besonders entzückt von seiner zukünftigen Schwiegermutter war und daß er den Appetit, den diese ehrenwerte Dame auf blinkende Dollars hatte, nicht geradezu billigenswert fand. Aber an jenem nebligen Morgen, als Babalatchi die drückenden Regierungsgeschäfte beiseite legte, um nach seinen Fischreusen im Flüßchen von Bulangi zu sehen, hatte Maroola keine Sorgen und empfand nichts als Ungeduld und Sehnsucht, während er auf die Ostseite der Insel zupaddelte, welche das Ufer jenes Seitenarmes bildete. Er verbarg sein Kanu im Gebüsch und schritt eilig über die Insel hin, drängte sich ungeduldig durch dichtes Unterholz, das seinen Pfad überwucherte. Die Vorsicht bestimmte ihn dazu, nicht so wie Nina sein Kanu zum Treffpunkt mitzubringen. Er hatte es bis zu seiner Rückkehr von der anderen Seite der Insel im Hauptarm des Flusses gelassen. Der schwere warme Nebel schloß sich schnell um ihn, doch er bemerkte zu seiner Linken einen Lichtschimmer, der aus dem Hause Bulangis drang. Dann konnte er im dichter werdenden Dunst nichts mehr erkennen und hielt sich nur noch instinktiv auf dem Pfad, der ihn auch genau an die Stelle brachte, die er zu erreichen wünschte. Hier war im rechten Winkel zum Ufer ein großer Baumstamm gestrandet und bildete eine Art Steg, an dem sich das eilig fließende Wasser laut gurgelnd brach. Er trat schnell und mit sicherem Fuß auf den Stamm hinaus, erreichte mit zwei Schritten dessen Ende, und zu seinen Füßen rauschte und schäumte das wirbelnde Wasser.

Er stand dort allein, wie von der Welt, von Himmel und Erde getrennt; selbst das unter ihm dahinbrausende Wasser war von dem dichten Schleier des Morgennebels verschluckt, und er hauchte den Namen Nina vor sich hin, in den offenbar grenzenlosen Raum, gewiß, daß seine Stimme gehört werde, instinktiv von der Nähe des himmlischen Geschöpfes überzeugt, ebenso gewiß, daß sie seine nahe Gegenwart ahnte, wie er der ihren sicher war.

Der Bug von Ninas Kanu erschien nahe dem Stamm, ragte hoch aus dem Wasser unter dem Gewicht des im Heck sitzenden Mädchens. Maroola legte seine Hand auf den Steven und sprang leichtfüßig hinein, wobei er das Kanu kräftig abstieß. Das leichte Boot gehorchte dem neuen Antrieb und wich um Haaresbreite dem Stamm aus; der bereitwillige Fluß legte es breitseits in die Strömung und trug es lautlos und schnell zwischen den unsichtbaren Ufern dahin. Wieder vergaß Dain zu Füßen Ninas die Welt, fühlte sich wehrlos dahingetragen von einer mächtigen Welle des Gefühls, auf einem Strom von Freude, Stolz und Verlangen; wieder empfand er mit überwältigender Gewißheit, daß kein Leben denkbar sei ohne jenes Wesen, das er mit leidenschaftlicher Kraft in einer langen Umarmung an sich preßte.

Nina machte sich mit leisem Lachen sanft von ihm los.

»Du wirst das Boot umwerfen, Dain«, flüsterte sie.

Er sah ihr sehnsüchtig in die Augen und gab sie mit einem Seufzer frei. Dann legte er sich auf den Boden des Kanus, stützte seinen Kopf gegen ihre Knie und, den Blick nach oben gewandt, streckte er seine Arme nach rückwärts aus, bis seine Hände sich um die Taille des Mädchens schlossen. Sie neigte sich über ihn, schüttelte den Kopf, und die Flechten ihres langen schwarzen Haares umrahmten beider Gesichter.

Und so trieben sie dahin; er sprach mit der ursprünglichen Beredsamkeit des Barbaren, der sich rückhaltlos einer überwältigenden Leidenschaft hingibt, während sie sich tief herabneigte, um die geflüsterten Worte zu verstehen, die für sie süßer waren als das Leben selbst. In diesen Augenblicken gab es für die beiden jenseits der Wände ihres schmalen zerbrechlichen Fahrzeuges nichts. Es war ihre Welt, erfüllt von ihrer inbrünstigen, alles verzehrenden Liebe. Sie achteten nicht des dichter werdenden Nebels, merkten nicht, wie die Brise sich vor Sonnenaufgang legte; sie vergaßen die sie umgebenden großen Wälder, die ganze tropische Natur, die in feierlichem, eindrucksvollem Schweigen das Heraufkommen der Sonne erwartete.

Über dem tiefhängenden Flußnebel, der das Boot mit seiner Fracht jungen leidenschaftlichen Lebens und allesvergessender Seligkeit verbarg, wurden die Sterne bleicher, und ein silbergrauer Schimmer stieg verstohlen von Osten her über den Himmel. Kein Windhauch rührte sich, kein Blatt rauschte, kein Klatschen eines springenden Fisches störte die heitere Ruhe der Schöpfung an den Ufern des großen Flusses. Erde, Strom und Himmel waren in tiefen Schlaf gehüllt, und es war, als sollten sie nie daraus erwachen. Das wimmelnde Leben und Treiben der tropischen Natur schien in den feurigen Augen, in den stürmisch klopfenden Herzen dieser beiden Wesen versammelt, die unter dem weißen Tuch des Nebels auf der glatten Oberfläche des Flusses in ihrem Kanu dahintrieben.

Plötzlich schoß ein großer Fächer gelber Strahlen hinter dem schwarzen Vorhang der Bäume auf, welche die Ufer des Pantai säumten. Die Sterne erloschen; die kleinen schwarzen Wolken am Zenit erglühten für Augenblicke in purpurner Röte, und der dichte Nebel, von der sanften Brise, diesem Seufzen der erwachenden Natur aufgestört, zerriß zu phantastisch geformten Fetzen und enthüllte die gekräuselte Oberfläche des Flusses, die im hellen Tageslicht glänzte. Große Schwärme weißer Vögel kreisten schreiend über den bebenden Wipfeln der Bäume. Die Sonne war über der Ostküste aufgegangen.

Dain kehrte als erster zu den Sorgen des Alltags zurück. Er richtete sich auf und blickte schnell den Fluß hinauf und hinunter. Achteraus entdeckte er Babalatchis Boot und einen anderen kleinen schwarzen Punkt auf dem glitzernden Wasser, der Taminahs Kanu war. Behutsam kniete er hin und nahm ein Paddel auf; Nina, die im Heck saß, nahm ihr Paddel ebenfalls zur Hand. Sie machten sich mit gebeugtem Rücken an die Arbeit, wirbelten bei jedem Paddelschlag das Wasser auf; das kleine Fahrzeug schoß dahin und ließ ein schmales Kielwasser hinter sich, das von einer Spitze aus weißem, schimmerndem Schaum gesäumt war.

Ohne sich umzudrehen, sagte Dain: »Es ist jemand hinter uns, Nina. Wir dürfen ihn nicht heranlassen. Er ist wohl noch zu weit entfernt, um uns zu erkennen.«

»Auch vor uns ist jemand«, keuchte Nina, ohne im Paddeln innezuhalten.

»Ich glaube, ich weiß, wer das ist«, versetzte Dain. »Die Sonne blendet zwar, aber ich nehme an, daß es Taminah ist. Sie kommt jeden Morgen auf meine Brigg, um Gebäck zu verkaufen – manchmal bleibt sie den ganzen Tag. Es macht nichts; halte uns näher am Ufer; wir müssen unter die Zweige. Mein Kanu ist nicht weit von hier versteckt.«

Während er sprach, achtete er auf die breitblättrigen Nipapalmen, die sie auf ihrer schnellen schweigsamen Fahrt streiften.

»Gib acht, Nina«, sagte er schließlich, »dort, wo die Wasserpalmen aufhören und die Zweige unter dem schiefen Baum herabhängen. Steuere den großen grünen Zweig an.«

Er erhob sich aufmerksam, und das Boot trieb langsam gegen das Ufer, von Nina mit einer leichten, geschickten Bewegung des Paddels gesteuert. Als er nahe genug war, ergriff Dain den großen Zweig, lehnte sich zurück und schob das Kanu unter dem niedrigen grünen Bogen aus dicht hängenden Schlingpflanzen hindurch, der den Eingang zu einer winzigen Bucht bildete, die während des letzten großen Hochwassers aus dem Ufer herausgewaschen worden war. Da lag sein eigenes Boot mit einem Stein verankert, und er stieg hinein, wobei er Ninas

Kanu festhielt. Gleich darauf schwammen die beiden kleinen Nußschalen mit ihren Insassen ruhig Seite an Seite, spiegelten sich im schwarzen Wasser; das Licht kämpfte sich hier mühsam durch den Schleier aus dicht stehenden Blättern, während hoch oben, fern in der Helle des Tages riesige rote Blüten flammten und auf ihre Köpfe einen Schauer großer, vom Tau blitzender Blütenblätter herunterrieseln ließen, die in einem unablässigen, duftenden Strom langsam kreiselnd herabfielen; und über ihnen, unter ihnen, in dem schlafenden Wasser, überall um sie her in einem Kreis üppiger Vegetation wirkte unermüdlich die tropische Natur in der warmen, von starken Düften geschwängerten Luft: aufschießende Pflanzen, verknäult und verschlungen in unentwirrbarem Durcheinander, krochen brutal und toll übereinander in einem gräßlichen, stummen, verzweifelten Kampf um den lebensspendenden Sonnenschein – schossen in die Höhe wie gejagt von plötzlicher Angst vor der brodelnden Fäulnis da unten, vor Tod und Verderben, aus denen sie entstanden waren.

»Wir müssen uns nun trennen«, sagte Dain nach langem Schweigen. »Du mußt sofort zurückkehren, Nina. Ich werde warten, bis die Brigg hier vorbeikommt und dann an Bord gehen.«

»Und wirst du lange fortbleiben, Dain?« fragte Nina leise.

»Lange!« rief Dain. »Wird denn ein Mensch freiwillig lange Zeit an einem dunklen Ort bleiben? Wenn ich nicht bei dir bin, Nina, dann bin ich wie ein Blinder. Was bedeutet mir das Leben ohne Licht?«

Nina beugte sich hinüber, nahm mit stolzem, glücklichem Lächelns Dains Gesicht in beide Hände und sah mit einem zärtlichen und doch fragenden Blick in seine Augen. Offenbar fand sie dort die Bestätigung der eben ausgesprochenen Worte, denn ein Gefühl dankbarer Sicherheit erleichterte ihr die Last des Kummers in dieser Abschiedsstunde. Sie glaubte daran, daß er, der Abkömmling vieler großer Fürsten, der Sohn eines großen Herrschers, der Herr über Leben und Tod, nur in ihrer Gegenwart den Sonnenschein des Lebens spürte. Eine unendliche Welle von Dankbarkeit und Liebe strömte aus ihrem Herzen ihm entgegen. Wie konnte sie nur alles das sichtbar machen, was sie für den Mann empfand, der ihr Herz mit soviel Freude und Stolz erfüllte? In den Aufruhr ihrer Gefühle fuhr wie ein Blitz die Erinnerung an jene verachtete und beinahe vergessene Zivilisation, die sie in den Tagen des Zwanges, des Kummers und des Zornes nur flüchtig kennengelernt hatte. In der kalten Asche dieser gehaßten und jämmerlichen Vergangenheit fand sie das Zeichen der Liebe, den angemessenen Ausdruck ihrer grenzenlosen Seligkeit, Bürgschaft für eine helle, herrliche, strahlende Zukunft. Sie warf die Arme um Dains Hals und preßte ihre Lippen in einem langen, brennenden Kuß auf die seinen. Überrascht und beängstigt von dem Sturm, den diese merkwürdige und ihm bis dahin unbekannte Berührung in seiner Brust erregte, schloß er die Augen und längst, nachdem Nina ihr Kanu in den Fluß hinausgestoßen hatte, saß er noch unbeweglich, wagte nicht, die Augen zu öffnen, aus Furcht, diese berauschende Seligkeit zu verlieren, von der er zum erstenmal gekostet hatte.

Nun, so dachte er, fehlte ihm nur die Unsterblichkeit, um den Göttern zu gleichen. Das Wesen, das ihm so die Tore zum Paradies öffnen konnte, sollte sein werden – würde bald schon für immer die Seine sein!

Er öffnete rechtzeitig genug die Augen, um durch den Bogen von Schlingpflanzen den Bug seiner Brigg langsam ins Blickfeld gleiten zu sehen, als das Schiff auf seinem Weg stromab an ihm vorbeizog. Ich muß jetzt an Bord gehen, dachte er; aber er fühlte keine Lust, den Ort zu verlassen, wo er erfahren hatte, was Seligkeit bedeutet. »Es ist noch Zeit, sollen sie nur fahren«, murmelte er vor sich hin. Und unter dem roten Schauer duftender Blütenblätter schloß er wieder die Augen in dem Bemühen, die Szene mit all ihrem Entzücken und ihrer Angst zurückzurufen.

Er muß dann aber seine Brigg noch rechtzeitig erreicht haben und draußen sehr beschäftigt gewesen sein, denn Almayer erwartete vergeblich die schnelle Rückkehr seines Freundes. Der gerade Unterlauf des Flusses, auf den er so häufig und so ungeduldig die Blicke richtete, blieb leer bis auf die geschwind vorbeihuschenden Fischerboote; aber vom Oberlauf wälzten sich schwarze Wolken heran, schwere Schauer kündigten an, daß die Regenzeit begonnen hatte mit Unwettern und Hochwassern, die es den Kanus der Eingeborenen fast unmöglich machten, den Strom hinaufzufahren.

Almayer schlenderte am morastigen Ufer zwischen seinen Häusern auf und ab und sah sorgenvoll, wie der Fluß Zentimeter um Zentimeter stieg und den Booten immer näherkam, die nun reisefertig am Ufer nebeneinander aufgereiht lagen, von triefenden Matten bedeckt. Das Glück schien sich seinem Griff wieder entwinden zu wollen, und während er unter dem tief hängenden Regenhimmel bis zur Erschöpfung hin und her ging, ergriff eine verzweifelte Gleichgültigkeit von ihm Besitz. Was lag schon daran? Er war eben ein Pechvogel! Diese beiden teuflischen Wilden, Lakamba und Dain, hatten ihn durch ihre Hilfsversprechen bewogen, seinen letzten Pfennig an die Herrichtung der Boote zu wenden, und einer von ihnen war nun irgendwohin verschwunden, während der andere sich hinter seiner Befestigung hielt und nicht das geringste Lebenszeichen geben wollte. Nicht einmal der verruchte Babalatchi, so überlegte Almayer, zeigte sein Gesicht noch in der Nähe, nachdem er, Almayer, all den Reis, die Messinggongs und Stoffe erworben hatte, die man für die Expedition benötigte. Sie waren nun im Besitz seines letzten Pfennigs, und es war ihnen ganz gleichgültig, ob er diese Expedition unternahm oder nicht. Und mit mutlosen Bewegungen erstieg Almayer langsam die Treppe zur Veranda seines neuen Hauses, um dort vor dem Regen Schutz zu suchen. Ans Geländer gelehnt, den Kopf zwischen den Schultern, überließ er sich einer Flut bitterer Gedanken; er merkte nicht, wie die Zeit verging, achtete nicht seines Hungers, war taub gegen die schrillen Schreie seiner Frau, die ihn zum Abendbrot rief. Als der erste Donner des abendlichen Gewitters ihn aus seiner tristen Grübelei schreckte, stolperte er dem blinkenden Licht seines alten Hauses zu, und seine halb erstorbenen Hoffnungen schärften seine Ohren auf geradezu übernatürliche Weise für jedes Geräusch, das vom Fluß heraufdrang. Mehrere Nächte hintereinander hatte er das Platschen von Paddeln vernommen und den undeutlichen Umriß eines Bootes erblickt, wenn er aber diese schattenhaften Erscheinungen angerufen hatte, wobei die Hoffnung, Dains Stimme zu vernehmen, ihm Herzklopfen verursachte, war er jedesmal von der unwirschen Antwort enttäuscht worden, die ihm die Auskunft vermittelte, daß es sich um Araber handelte, die auf einer Besuchsfahrt zu dem häuslichen Lakamba begriffen waren. Dies machte ihm manche schlaflose Nacht, die er damit verbrachte, sich auszumalen, was für eine Schandtat diese ehrenwerten Persönlichkeiten wohl gegen ihn aushecken mochten. Schließlich, als alle Hoffnung erstorben war, vernahm er mit überwältigender Freude Dains Stimme; aber Dain schien sehr darauf bedacht, Lakamba zu sprechen, und Almayer beunruhigte das, denn den Absichten des Herrschers hinsichtlich seiner Person brachte Almayer ein unauslöschliches, tief verwurzeltes Mißtrauen entgegen. Immerhin war Dain doch noch zurückgekehrt. Augenscheinlich beabsichtigte er, die Abmachung einzuhalten. Seine Hoffnung erwachte von neuem, und in jener Nacht schlief Almayer fest, während Nina auf den zornigen Fluß hinausblickte, der, von den Peitschenhieben des Gewitters getrieben, dem Meer entgegenjagte.

VI

Dain verschwendete, nachdem er Almayer verlassen hatte, keine Zeit beim Überqueren des Flusses. Er lief das Wassertor in der Palisade an, welche die Häusergruppe der Residenz des Raja von Sambir einfaßte. Offenbar wurde hier jemand erwartet, denn das Tor war geöffnet, und Fackelträger standen bereit, um vor dem Besucher die Planken hinaufzugehen, die zum größten der Gebäude führten, zu Lakambas Wohnsitz, in dem unweigerlich auch alle Regierungsgeschäfte erledigt wurden. Die anderen Gebäude innerhalb der Palisade dienten einzig zur Aufnahme des großen Gefolges und der Frauen des Herrschers.

Lakambas eigenes Haus war ein solider Bau aus dicken Brettern; es stand auf hohen Pfosten, und eine Veranda aus gespaltenem Bambusrohr faßte es an allen Seiten ein; über dem Ganzen thronte ein ungeheuer steiles Dach aus Palmblättern, das auf Balken ruhte, die von dem Qualm vieler Fackeln geschwärzt waren.

Das Haus stand parallel zum Fluß und eine seiner Längsseiten blickte auf das Wassertor in der Umzäunung. In der stromauf liegenden Querwand befand sich eine Tür, und der ansteigende Plankenweg führte unmittelbar vom Wassertor zu dieser Tür. Beim ungewissen Licht qualmender Fackeln bemerkte Dain die verschwommenen Umrisse einer Gruppe von bewaffneten Kriegern in den tiefen Schatten zu seiner Rechten. Aus dieser Gruppe löste sich Babalatchi, um die Tür zu öffnen, und Dain betrat das Empfangszimmer in der Residenz des Raja. Um diesen Raum zu schaffen, hatte man mit einem schweren Vorhang europäischen Fabrikats etwa ein Drittel des Hauses abgeteilt; nahe beim Vorhang stand ein breiter, reich mit Schnitzwerk versehener Lehnstuhl aus schwarzem Holz, und davor ein Kartentisch. Im übrigen war der Raum nur mit vielen Matten ausgestattet. Links vom Eingang hatte ein primitiver Gewehrständer, in dem drei Gewehre mit aufgepflanztem Bajonett lehnten, seinen Platz. Im Schatten an der Wand schlief die Leibwache Lakambas – lauter Freunde und Verwandte –, eine wirre Anhäufung von braunen Armen, Beinen und vielfarbigen Kleidungsstücken, aus der gelegentlich ein Schnarchen oder das unterdrückte Stöhnen eines schwer träumenden Schläfers drang. Eine europäische Lampe mit grünem Schirm stand auf dem Tisch und machte dies alles für Dain einigermaßen sichtbar.

»Wir freuen uns, daß du dein Nachtlager hier nehmen willst«, sagte Babalatchi und sah Dain forschend an.

»Ich muß sogleich mit dem Raja sprechen«, erwiderte Dain.

Babalatchi machte eine zustimmende Geste, wandte sich dem Messinggong zu, der vom Gewehrständer hing, und schlug zweimal kräftig dagegen.

Ohrenbetäubendes Getöse weckte die Leibwache. Das Schnarchen hörte auf; ausgestreckte Beine wurden eingezogen; der ganze Haufen bewegte sich und formte sich langsam zu einzelnen Gestalten, wobei man denn ausgiebig gähnte und sich verschlafen die Augen rieb; hinter dem Vorhang wurde das Geschwätz von Weibern vernehmbar; dann ließ sich die Baßstimme von Lakamba hören: »Ist der arabische Händler da?«

»Nein, Tuan«, antwortete Babalatchi; »Dain ist endlich zurückgekehrt. Er ist hier zu einer wichtigen Besprechung, bitcharra – wenn du geruhen willst.«

Augenscheinlich geruhte Lakamba, denn nach kurzer Zeit kam er hinter dem Vorhang heraus. Seine Herablassung ging aber nicht so weit, daß sie ihn dazu bestimmt hätte, umständlich Toilette zu machen. Sein einziges Kleidungsstück war ein kurzer roter Sarong, den er eilig um die Hüften geschlungen hatte. Der huldvolle Herrscher von Sambir blickte verschlafen und recht brummig drein. Er saß in seinem Lehnstuhl, die Knie gespreizt, die Ellenbogen auf die Lehnen und das Kinn auf die Brust gestützt; tückisch schnaufend wartete er darauf, daß Dain die wichtige Besprechung eröffne.

Aber Dain schien es nicht gar so eilig zu haben. Er blickte auf Babalatchi, welcher bequem zu Füßen seines Herrn hockte, und verharrte stumm mit leicht geneigtem Kopf, als warte er gespannt darauf, die Stimme der Weisheit zu vernehmen.

Babalatchi hustete diskret, beugte sich vor und schob Dain einige Matten hin, damit er darauf Platz nehme, dann hob er seine quäkende Stimme und versicherte eifrig und wortgewandt, daß jedermann über Dains langersehnte Rückkehr entzückt sei. Sein eigenes Herz habe nach Dains Anblick gelechzt, und seine Ohren seien langsam vertrocknet, da ihnen der erfrischende Klang von Dains Stimme gefehlt habe. Alle Herzen und Ohren befanden sich, Babalatchis Behauptung zufolge, in der gleichen traurigen Lage, und er wies dabei mit einer umfassenden Geste auf das andere Ufer des Flusses, wo die Siedlung friedlich schlummerte, ohne jede Ahnung von der großen Freude, die ihrer am Morgen wartete, sobald Dains Anwesenheit bekannt werden würde. »Denn« – fuhr Babalatchi fort – »wie sollte der Arme Freude finden, wenn nicht durch die offene Hand eines hochherzigen Händlers oder eines großen –«

Hier gebot er sich brüsk und mit wohlberechneter Verlegenheit Einhalt, schlug sein unstet schweifendes Auge nieder, und ein schuldbewußtes Lächeln spielte flüchtig auf seinen mißgestalteten Lippen. Während dieser Eröffnungsansprache war hin und wieder ein Ausdruck der Belustigung über Dains Züge gehuscht, hatte jedoch sehr bald ernster Besorgnis Platz gemacht. Auf Lakambas Stirn waren tiefe Falten erschienen, und während er dem Wortschwall seines Ministerpräsidenten lauschte, hatte er selbst ärgerlich die Lippen bewegt. In der Stille, die sich im Zimmer ausbreitete, als Babalatchi zu sprechen aufhörte, vernahm man einen gemischten Schnarchchor aus der Ecke, wo die Leibwache ihren unterbrochenen Schlummer fortsetzte; das entfernte Donnergrollen, das in diesem Augenblick Ninas Herz mit Sorge um die Sicherheit ihres Geliebten erfüllte, beachtete keiner der drei Männer, von denen jeder auf Leben und Tod seine eigenen Zwecke verfolgte.

Nach kurzer Pause sprach Babalatchi wieder, doch diesmal ließ er die höfliche, blumige Ausdrucksweise beiseite und redete gedämpft in knappen, eiligen Sätzen. Man sei hier sehr besorgt gewesen. Warum sei Dain so lange ausgeblieben? Die Siedler am Unterlauf des Flusses hätten das Schießen großer Kanonen gehört und zwischen den Inseln der Flußmündung ein feuerspeiendes Schiff der Holländer erblickt. Man sei daher in großer Sorge. Gerüchte von einer Katastrophe hätten schon vor einigen Tagen Abdulla erreicht, und seither habe man Dains Rückkehr, bedingt durch irgendein Unglück, erwartet. Seit Tagen sei man furchtsam schlafen gegangen, verängstigt erwacht und zitternd wie vor einem Feind umherspaziert. Und dies alles Dains wegen. Wolle er nicht ihre Angst um seine Sicherheit beschwichtigen? Denn einzig seinetwegen hegten sie Befürchtungen. Sie selbst seien ja ruhige und ehrliche Menschen und dem großen Raja in Batavia treu ergeben – möge das Schicksal ihm stets zum Siege verhelfen, zur Freude und zum Nutzen seiner Untertanen! »Und«, fuhr Babalatchi fort, »da magerte denn mein Herr Lakamba geradezu ab, vor Sorge um den Händler, den er unter seinen Schutz genommen hat, und auch Abdulla tat das, denn was würden böse Menschen nicht sagen, wenn zufällig –«

»Schweige doch, Esel!« knurrte Lakamba zornig.

Babalatchi verstummte befriedigt, während Dain, der ihn fasziniert beobachtet hatte, sich mit erleichtertem Seufzen an den Herrscher von Sambir wandte. Lakamba bewegte sich nicht und sah Dain, ohne den Kopf zu heben, von unten herauf an, wobei er mit schmollendem Mund recht unwillig und hörbar schnaufte.

»Sprich! O Dain!« sagte er schließlich. »Wir haben viele Gerüchte vernommen. Abend um Abend ist mein Freund Reshid mit schlechten Nachrichten hierhergekommen. Neuigkeiten verbreiten sich schnell an der Küste. Doch mögen sie nicht der Wahrheit entsprechen; in den Mündern der Menschen sind heutzutage mehr Lügen als in meiner Jugend, und doch täuscht man mich heute nicht leichter als damals.«

»Alle meine Worte sind wahr«, versetzte Dain gleichmütig. »Falls du wissen möchtest, was meiner Brigg zugestoßen ist, so erfahre, daß sie sich in den Händen der Holländer befindet. Glaube mir, Raja«, setzte er lebhaft hinzu, »die Orang Blanda besitzen in Sambir gute Freunde, wie hätten sie sonst wissen sollen, daß ich von dort kam?«

Lakamba warf Dain einen kurzen, feindseligen Blick zu. Babalatchi erhob sich lautlos, ging zum Gewehrständer und schlug heftig gegen den Gong.

Draußen hörte man das Schlurfen nackter Füße; hier drinnen erwachte die Leibwache, setzte sich auf und glotzte verschlafen und überrascht vor sich hin.

»Jawohl, du treuer Freund des weißen Raja«, fuhr Dain verächtlich zu Babalatchi gewandt fort, der an seinen Platz zurückgekehrt war. »Ich bin entkommen und bin hier, um dein Herz zu beglücken. Als ich das holländische Schiff gewahrte, steuerte ich die Brigg zwischen die Riffe und ließ sie stranden. Sie wagten nicht, mit dem Schiff zu folgen, und setzten Boote aus. Wir bemannten unsere Boote und versuchten zu entkommen, aber das Schiff warf Feuerkugeln auf uns und tötete viele meiner Leute. Ich aber bin noch da, o Babalatchi! Die Holländer sind auf dem Weg hierher, sie suchen mich. Sie kommen, um sich bei ihrem getreuen Freund Lakamba und seinem Sklaven Babalatchi zu erkundigen. Freut euch!«

Aber keiner seiner Zuhörer schien in freudiger Stimmung zu sein. Lakamba schlug die Beine übereinander und kratzte sich nachdenklich und ausgiebig am Knie, während der mit gekreuzten Beinen dasitzende Babalatchi plötzlich noch kleiner und ganz welk zu werden schien und ausdruckslos vor sich hin starrte. Die Leibwache zeigte einiges Interesse an den Vorgängen, denn sie streckte sich der Länge nach auf den Matten aus, um den Sprechern näher zu sein. Einer von der Wache hatte sich erhoben, gegen den Gewehrständer gelehnt und spielte zerstreut mit den Troddeln am Heft seines Schwertes.

Dain wartete, bis das Poltern des Donners in leises Grollen überging, ehe er sich wieder vernehmen ließ.

»Bist du taub, o Herrscher von Sambir, oder verdient der Sohn eines großen Fürsten nicht deine Aufmerksamkeit? Ich bin hergekommen, um Schutz zu suchen und dich zu warnen, und ich will wissen, was du zu tun gedenkst?«

»Du bist nur wegen der Tochter des weißen Mannes hier«, erwiderte Lakamba schnell. »Deine Zuflucht ist bei deinem Vater, dem Raja von Bali, dem Sohn des Himmels, dem Anak Agong selbst. Wer bin ich, daß ich so hohe Prinzen beschützen könnte? Gestern noch pflanzte ich Reis in einer ausgebrannten Rodung; heute nun sagst du, daß ich dein Leben in meiner Hand halte.«

Babalatchi warf seinem Herrn einen Blick zu. »Niemand entrinnt seinem Geschick«, murmelte er fromm. »Wenn die Liebe in das Herz des Menschen einzieht, wird er wie ein Kind – er begreift nichts mehr. Sei gnädig, Lakamba«, fügte er hinzu und zupfte den Raja warnend an einem Zipfel seines Sarong. Lakamba entzog ihm ärgerlich das Tuch. Da ihm langsam dämmerte, welch unerträglich peinliche Lage durch Dains Rückkehr nach Sambir entstanden war, begann er auch noch den Rest an Haltung zu verlieren, die er bis dahin mühsam genug bewahrt hatte; und nun erhob er die Stimme laut über das Sausen des Windes und das Prasseln des Regens, der in einer heftigen Bö über das Haus fegte.

»Anfänglich bist du als Händler hergekommen, hast schöne Worte und große Versprechungen gemacht und mich aufgefordert, nicht hinzusehen, während du dir den weißen Mann dort drüben gefügig machtest. Und ich habe das auch getan. Was verlangst du jetzt? Ich habe gekämpft, als ich jung war. Nun, da ich alt bin, will ich Frieden. Es wird mir leichter sein, dich töten zu lassen, als gegen die Holländer zu kämpfen. Es wird auch besser für mich sein.«

Die Regenbö war vorübergezogen, und in der kurzen Stille nach dem Abflauen des Sturmes wiederholte Lakamba leise wie zu sich selbst: »Viel einfacher und viel besser.«

Dain war von der Drohung des Raja nicht sehr beeindruckt. Während Lakamba sprach, hatte er einmal hastig über die Schulter geblickt, nur um sich zu versichern, daß er niemanden im Rücken habe, und als er sich diese Gewißheit verschafft, hatte er aus den Falten seines Hüfttuches die Siribüchse genommen; behutsam wickelte er ein wenig Betelnuß und Kalk in das grüne Blatt, das der aufmerksame Babalatchi ihm reichte. Er nahm dies als ein Friedensangebot von seiten des schweigsamen Staatsmannes – als eine Art stummen Protestes gegen die undiplomatische Heftigkeit seines Herrn und als ein Omen dafür, daß man doch noch zu einer Art Einverständnis gelangen werde. Im übrigen war Dain nicht weiter besorgt. Er gestand sich zwar ein, daß Lakambas Vermutung, er sei einzig um der Tochter des weißen Mannes willen nach Sambir zurückgekehrt, richtig war, doch glaubte er keinesfalls, kindisch und unverständig zu handeln, wie Babalatchi angedeutet hatte. Dain wußte in der Tat sehr wohl, daß Lakamba viel zu sehr in den Schmuggel mit Schießpulver verwickelt war, um eine Untersuchung dieser Angelegenheit durch die holländischen Behörden begrüßen zu können. Sein Vater, der unabhängige Raja von Bali, hatte ihn ausgesandt, Schießpulver zu kaufen, als die Feindseligkeiten zwischen Holländern und Malaien von Sumatra aus auf den gesamten Archipel überzugreifen drohten. Dain war bei allen großen Händlern mit seinen verschleierten Vorschlägen auf Taubheit gestoßen, und niemand wollte sich durch den hohen Preis verführen lassen, den er bereit war, für Schießpulver zu zahlen. Sambir hatte er als letzte und fast aussichtslose Möglichkeit betrachtet und war überhaupt nur hingereist, weil er in Makassar von einem dort ansässigen Weißen und von der regelmäßigen Schiffsverbindung zwischen Sambir und Singapur gehört hatte; auch der Umstand, daß am Pantai kein holländischer Beamter residierte, mußte die Dinge zweifellos erleichtern. Seine Hoffnungen scheiterten beinahe an der hartnäckigen Loyalität Lakambas, ein Produkt von dessen wohlverstandenem Eigeninteresse; aber schließlich hatten die Freigiebigkeit des jungen Mannes, seine Beredsamkeit und das Prestige des großen Namens seines Vaters über das kluge Zaudern des Herrschers von Sambir gesiegt. Lakamba wollte selbst nichts mit dem illegalen Transport von Schießpulver zu tun haben. Er weigerte sich auch, die Araber in dieser Angelegenheit zu benutzen; aber er brachte Almayer in Vorschlag und sagte, daß dieser ein schwacher, leicht zu überredender Mensch sei, dessen Freund, der englische Kapitän des Dampfers, sich als sehr nützlich erweisen könne – sich wahrscheinlich sogar am Geschäft beteiligen und das Schießpulver ohne Abdullas Wissen auf dem Dampfer schmuggeln werde. Aber auch bei Almayer traf Dain auf unerwarteten Widerstand; Lakamba mußte Babalatchi mit dem feierlichen Versprechen entsenden, daß die Freundschaft für den weißen

Mann dem Herrscher die Augen verschließen werde, und für dieses Versprechen und die Freundschaft zahlte Dain mit den guten Silbergulden der verhaßten Orang Blanda. Almayer stimmte schließlich zu und versprach, daß er Schießpulver besorgen werde, doch müsse Dain ihm die Dollars anvertrauen, die als Bezahlung nach Singapur zu schicken waren. Er werde Ford dazu bestimmen, das Pulver zu kaufen, es mit dem Dampfer herzuschmuggeln und auf die Brigg umzuladen. Er selbst wolle bei diesem Geschäft nichts verdienen, doch müsse Dain ihm nach Abfahrt der Brigg bei seinem eigenen großen Vorhaben helfen. Almayer hatte Dain auseinandergesetzt, daß er sich in dieser Angelegenheit nicht ausschließlich Lakamba anvertrauen könne; er müsse befürchten, seinen Schatz und sein Leben durch die Geldgier des Raja zu verlieren. Doch konnte man nicht umhin, den Raja einzuweihen, und er bestand auf einem Anteil an dieser Operation, andernfalls er nicht länger mehr seine Augen zudrücken werde. Damit mußte Almayer sich abfinden. Hätte Dain nicht Nina gesehen, würde er sich vermutlich geweigert haben, selbst mit seinen Leuten an der geplanten Expedition nach Gunong Mas – dem Berg von Gold – teilzunehmen. So aber beabsichtigte er, mit der Hälfte seiner Mannschaft zurückzukehren, sobald die Brigg die Riffe passiert hatte. Durch die hartnäckige Jagd, welche die holländische Fregatte auf ihn veranstaltet hatte, war er gezwungen worden, nach Süden zu fahren und endlich sein Schiff zu zerstören, um die Freiheit und vielleicht auch nur sein Leben zu retten. Jawohl, er war um Ninas willen nach Sambir zurückgekehrt, obwohl ihm bewußt war, daß die Holländer ihn dort suchen würden, aber er hatte auch sehr genau erwogen, wie weit er sich in Lakambas Händen sicher fühlen durfte. Trotz all seiner wilden Sprüche würde der huldvolle Herrscher ihn nicht töten, da er schon vor längerer Zeit den Eindruck gewonnen hatte, daß Dain das Geheimnis des

Schatzes des weißen Mannes kannte; er würde ihn auch nicht den Holländern ausliefern, denn er mußte die fatale Entdeckung seiner Mitwisserschaft bei dem hochverräterischen Schießpulvergeschäft fürchten. Dain fühlte sich also ziemlich sicher, als er so dasaß und in Ruhe seine Antwort auf das blutdürstige Gerede des Raja erwog. Jawohl, er würde Lakamba darauf hinweisen, in welch heikle Lage er käme, falls er – Dain – den Holländern in die Hände fallen und die Wahrheit sagen sollte. Er hätte dann nichts mehr zu verlieren und könnte ruhig die Wahrheit sagen. Ganz recht, er war nach Sambir zurückgekehrt und hatte dadurch Lakambas Seelenfrieden gestört, aber was war schon dabei? Er war gekommen, um nach seinem Eigentum zu sehen. Hatte er nicht einen wahren Strom von Silber in Mrs. Almayers geldgierigen Schoß geschüttet? Er hatte für das Mädchen einen Preis bezahlt, der eines großen Prinzen würdig war – wenn auch nicht würdig jener entzückenden, sinnverwirrenden Kreatur, nach der sich seine ungezähmte Seele mit einem verzehrenden Verlangen sehnte, das quälender war als der schneidendste Schmerz. Er wollte sein Glück. Er hatte das Recht, in Sambir zu sein.

Er erhob sich, trat zum Tisch und stützte beide Ellenbogen darauf; Lakamba rückte seinen Stuhl ein wenig näher, und Babalatchi stand auf und schob sein forschendes Gesicht zwischen die Köpfe der beiden anderen. Sie tauschten schnell und flüsternd ihre Gedanken aus, die Gesichter eng aneinander. Dain machte Vorschläge, Lakamba widersprach, und Babalatchi, der deutlich die zu erwartenden Schwierigkeiten vorhersah, legte sich besorgt ins Mittel. Er sprach am meisten, flüsterte eindringlich und drehte dabei den Kopf langsam hin und her, um seinem Auge die Möglichkeit zu geben, abwechselnd den einen und den anderen seiner Gesprächspartner voll anzusehen. Warum sollte man sich streiten? fragte er. Möge doch Tuan Dain, den er fast ebenso liebe wie seinen Herrn, vertrauensvoll ein Versteck aufsuchen. Es gebe genügend geeignete Orte. Bulangis Hütte in der abgelegenen Lichtung sei durchaus passend. Bulangi sei vertrauenswürdig. In dem Netz der gewundenen Wasserläufe könne sich kein Weißer zurechtfinden. Die Weißen seien stark, aber sehr töricht. Es sei nicht wünschenswert, gegen sie zu kämpfen, doch könne man sie leicht täuschen. Sie ähnelten schwachköpfigen Frauen, denn sie wüßten nicht, ihren Verstand zu gebrauchen, und er sei jedem einzelnen von ihnen gewachsen – so Babalatchi mit dem ganzen Vertrauen mangelnder Erfahrung. Die Holländer würden vermutlich Almayer aufsuchen. Falls sie ihren Landsmann verdächtigten, würden sie ihn vielleicht mit fortnehmen. Das wäre nur gut. Nach dem Abzug der Holländer könnten Lakamba und Dain mühelos den Schatz bergen, und man würde dann mit einer Person weniger zu teilen haben. Spreche er nicht weise? Wolle Tuan Dain sich nicht zum Haus Bulangis begeben, bis die Gefahr vorüber sei? Sofort?

Dain akzeptierte den Vorschlag, sich zu verbergen, in dem Gefühl, Lakamba und dem besorgten Staatsmann einen Gefallen zu erweisen, aber die Aufforderung, sogleich aufzubrechen, lehnte er mit einem entschiedenen Nein ab, wobei er Babalatchi bedeutungsvoll ins Auge sah. Der Staatsmann seufzte wie jemand, der sich ins Unvermeidliche schickt, und deutete wortlos auf das andere Ufer.

Dain neigte langsam das Haupt.

»Ja, dort werde ich hinfahren«, sagte er.

»Noch vor Tagesanbruch?« fragte Babalatchi.

»Jetzt gleich«, erwiderte Dain entschlossen. »Die Orang Blanda werden nicht vor morgen abend hier sein, und ich muß Almayer über unsere Vereinbarung berichten.«

»Nein, Tuan. Nein, sag ihm nichts«, widersprach Babalatchi. »Ich selber werde bei Sonnenaufgang hinüberfahren und ihn unterrichten.«

»Ich werde sehen«, versetzte Dain und traf Anstalten aufzubrechen.
Das Gewitter begann draußen von neuem, und schwere Wolken hingen nun niedrig am Himmel. In der Ferne rollte unablässig der Donner, unterbrochen von nahen, scharfen Einschlägen, und im unaufhörlichen Spiel der blauen Blitze zeigten sich Wälder und Fluß für Augenblicke mit all der flüchtigen Deutlichkeit der Einzelheiten, die für solch ein Schauspiel typisch ist. Dain und Babalatchi standen vor der Haustür auf der schwankenden Veranda, betäubt und benommen von der Heftigkeit des Gewitters, zwischen den kauernden Gestalten der Sklaven und Gefolgsleute des Rajas, die Schutz vor dem Regen suchten. Dain rief laut seine Bootsbesatzung, die mit einem einstimmigen »Ada, Tuan!« antwortete und besorgt nach dem Fluß blickte.
»Wir haben starkes Hochwasser!« rief Babalatchi Dain ins Ohr. »Der Fluß ist sehr zornig. Sieh nur! Sieh nur die treibenden Stämme! Kannst du es wagen?«
Dain blickte zweifelnd auf die bleifarbene, brodelnde Wasserfläche, die weit drüben am anderen Ufer vom schmalen schwarzen Strich der Wälder begrenzt wurde. Plötzlich sprang in einem blendend weißen Blitz die niedrige Landzunge mit den sturmgepeitschten Bäumen und Almayers Haus ins Blickfeld, flackerte und verschwand. Dain stieß Babalatchi zur Seite und rannte, gefolgt von seinen fröstelnden Bootsleuten, zum Wassertor.
Babalatchi zog sich langsam zurück und schloß die Tür, dann drehte er sich um und betrachtete schweigend Lakamba. Der Raja saß unbeweglich und blickte steinern vor sich auf den Tisch, und Babalatchi musterte neugierig den ratlosen Mann, dem er durch so viele gute und schlechte Jahre gedient hatte. Ohne Zweifel empfand der einäugige Staatsmann in seiner unzivilisierten und sophistischen Seele ungewohnte Teilnah-

me, vielleicht sogar Mitleid für den Mann, den er seinen Herrn nannte. Von seiner sicheren Stellung als vertrauter Ratgeber blickte er zurück durch viele Jahre und sah sich – einen hergelaufenen Halsabschneider – in der bescheidenen Reispflanzung der ersten Anfänge unter dem Dach dieses Mannes Schutz suchen. Dann kam eine lange Zeit ununterbrochener Erfolge, weiser Ratschläge und geheimer Verschwörungen, die der furchtlose Lakamba entschlossen ausführte, bis die ganze Ostküste von Poulo Laut bis Tanjong Batu Babalatchis Weisheit lauschte, die durch den Mund des Herrschers von Sambir offenbart wurde. Wie viele Gefahren hatte man nicht bestanden, wie vielen Feinden war man nicht tapfer entgegengetreten, wie viele weiße Männer hatte man nicht in diesen langen Jahren erfolgreich überlistet! Und nun sah er das Ergebnis so vieler Jahre geduldiger Bemühungen: der furchtlose Lakamba, eingeschüchtert von dem Schatten drohender Verwicklungen. Der Herrscher wurde alt, und Babalatchi, der ein unbehagliches Gefühl im Magen empfand, legte beide Hände auf den Bauch, da er plötzlich sehr lebhaft und bekümmert die Tatsache begriff, daß auch er selbst alt wurde; daß die Zeit unbedenklicher Waghalsigkeit für sie beide vorüber war, und daß sie ihre Zuflucht zur List zu nehmen hatten. Sie brauchten Frieden; sie waren bereit, in sich zu gehen; sie waren sogar bereit, sich einzuschränken, um die Mittel zu haben, sich von schlechten Tagen freizukaufen, wenn man sich denn überhaupt freikaufen konnte. Babalatchi seufzte zum zweitenmal an diesem Abend, ließ sich zu Füßen seines Herrn nieder und reichte ihm stumm und teilnahmsvoll die Dose mit den Betelnüssen. Da saßen sie denn in der engen, aber schweigenden Gemeinsamkeit der Betelnußkauer, bewegten gemächlich die Kiefer und spuckten sittsam in die breite Öffnung des Messinggefäßes, das sie einer dem anderen reichten, und lauschten dem schrecklichen Getöse der draußen tobenden Elemente.

»Der Fluß führt viel Wasser«, bemerkte Babalatchi traurig.
»Ja«, sagte Lakamba. »Ist Dain gefahren?«
»Ja, Tuan. Er lief zum Fluß wie ein Mann, der vom Teufel besessen ist.«
Es trat eine längere Pause ein.
»Vielleicht ertrinkt er«, gab Lakamba schließlich zu bedenken und belebte sich ein wenig dabei.
»Es treiben viele Baumstämme im Fluß«, erwiderte Babalatchi; »er ist aber ein guter Schwimmer«, fügte er matt hinzu.
»Er soll lieber am Leben bleiben«, sagte Lakamba. »Er weiß, wo der Schatz ist.«
Babalatchi stimmte mit einem übellaunigen Grunzen zu. Daß es ihm nicht gelungen war, von dem weißen Mann das Geheimnis zu erfahren, den Ort nämlich, an dem sich das Gold befand, war der wunde Punkt des Staatsmannes von Sambir, der einzige augenfällige Mißerfolg in einer sonst glänzenden Laufbahn.
Tiefer Frieden war nun auf das Toben des Gewitters gefolgt. Nur die kleinen verspäteten Wolken, die am Himmel dahin eilten, um die Hauptmacht zu erreichen, die in der Ferne wetterleuchtete, schickten kurze Regenschauer hernieder, die leise und mit besänftigendem Rauschen über das Dach aus Palmblättern hinstrichen.
Lakamba riß sich aus seiner Teilnahmslosigkeit, und es sah aus, als habe er die Lage endlich erfaßt.
»Babalatchi«, rief er energisch und versetzte seinem Diener einen leichten Tritt.
»Ada, Tuan! Ich höre.«
»Wenn die Orang Blanda herkommen, Babalatchi, und Almayer nach Batavia mitnehmen, um ihn für das Schmuggeln von Schießpulver zu bestrafen, was, denkst du, wird er dann tun?«
»Ich weiß es nicht, Tuan.«

»Du bist ein Esel«, versetzte Lakamba triumphierend, »er wird ihnen sagen, wo der Schatz ist, um sie günstig zu stimmen. Das wird er tun.«
Babalatchi sah zu seinem Herrn auf und nickte überrascht, doch keineswegs erfreut. Daran hatte er gar nicht gedacht; dies war eine neue Komplikation.
»Almayer muß sterben«, sagte Lakamba entschlossen, »damit das Geheimnis gewahrt bleibt. Er muß ohne Aufsehen sterben, Babalatchi. Das mußt du erledigen.«
Babalatchi stimmte zu und stellte sich müde auf die Füße. »Morgen?« fragte er.
»Ja, ehe die Holländer kommen«, erwiderte Lakamba und setzte dann scheinbar ganz unzusammenhängend hinzu, »er trinkt viel Kaffee.«
Babalatchi streckte sich und gähnte, aber Lakamba, in dem schmeichelhaften Bewußtsein, ein schwieriges Problem ohne fremde Hilfe durch eigene Denkbemühungen gelöst zu haben, wurde plötzlich sehr munter.
»Babalatchi«, wies er den erschöpften Staatsmann an, »bring den Musikkasten, den der weiße Kapitän mir geschenkt hat. Ich kann nicht schlafen.«
Bei diesem Befehl legte sich über Babalatchis Züge tiefe Melancholie. Widerstrebend begab er sich hinter den Vorhang und kehrte gleich darauf mit einer kleinen Drehorgel unter dem Arm zurück, die er mit dem Ausdruck tiefster Verzweiflung auf den Tisch stellte. Lakamba lehnte sich behaglich in seinen Sessel zurück.
»Dreh, Babalatchi, dreh«, murmelte er mit geschlossenen Augen.
Babalatchis Hand umklammerte die Kurbel mit der Kraft der Verzweiflung, und während er sie drehte, machte die tiefe Düsterkeit auf seinem Gesicht einem Ausdruck hoffnungsloser Resignation Platz. Durch den offenen Fensterladen schwebten

die Töne von Verdis Musik hinaus in das große Schweigen über Wald und Fluß. Lakamba lauschte mit geschlossenen Augen und verzücktem Lächeln. Babalatchi drehte die Kurbel, nickte dabei gelegentlich ein und sank vornüber, raffte sich dann aber angstvoll wieder auf und machte ein paar schnelle Kurbeldrehungen. Die Natur schlief nach dem wilden Aufruhr in erschöpfter Ruhe, während unter der unsicheren Hand des Staatsmannes von Sambir der Troubador abwechselnd weinte und jammerte und sich wieder und wieder in einem endlosen, kläglichen Kreislauf tränenvoller, unaufhörlicher Wiederholungen von seiner Leonore verabschiedete.

VII

Auf die stürmische Nacht folgte ein klarer, nebelfreier Morgen, und heller Sonnenschein überflutete den Hauptweg der Niederlassung, der vom flachen Ufer des Hauptarmes des Pantai zum Tor von Abdullas Hof führte. An diesem Morgen lag der Weg verlassen da. Seine dunkelgelbe Oberfläche, festgetreten von vielen nackten Füßen, wand sich zwischen Gruppen von Palmen hin, deren hohe Stämme ihre schwarzen Schatten in unregelmäßigen Abständen wie Gitter über den Weg warfen; die soeben aufgestiegene Sonne streute die Schattenbilder der blättrigen Wipfel auf die Dächer der Hütten, die den Fluß säumten, ja selbst noch über den Fluß hin, der hurtig und leise an den verlassenen Hütten dahinzog. Denn auch die Hütten waren verlassen. Auf den schmalen Streifen niedergetretenen Grases zwischen den offenen Türen und dem Weg brannten unbeaufsichtigt die Morgenfeuer, entsandten dünne Rauchspiralen in die kühle Luft und breiteten einen hauchdünnen Schleier geheimnisvollen Blaus über die sonnenhelle Einsamkeit der Siedlung. Almayer, der gerade seiner Hängematte entstiegen war, starrte verschlafen auf dieses für Sambir ungewöhnliche Bild und staunte dumpf über den Mangel an Leben. Auch in seinem Haus war es sehr still; weder vernahm er die Stimme seiner Frau noch den Klang von Ninas Schritten im großen Zimmer, das auf die Veranda ging und das er sein Wohnzimmer nannte, wann immer er in Gesellschaft von Weißen zu unterstreichen liebte, daß auch er gewisse Ansprüche an die Zivilisation stelle. Dort saß niemand; man konnte nirgendwo sitzen, denn Mrs. Almayer hatte in ihren Anfällen von Raserei, wenn die Erinnerung an die Piratenperiode ihres Lebens sie überkam, die Vorhänge heruntergerissen, um daraus Sarongs für die Sklavinnen zu fertigen, und die geschmacklosen Möbelstücke nach und nach verbrannt, um den Familienreis damit zum Kochen zu bringen. Almayer dachte jetzt indessen nicht an sein Mobiliar. Er dachte an die Rückkehr Dains, an Dains nächtliche Besprechung mit Lakamba, an den Einfluß, den ihr Ergebnis möglicherweise auf seine längst gereiften Pläne haben könnte, die sich nun dem Stadium der Verwirklichung näherten. Auch das Nichterscheinen von Dain beunruhigte ihn, da dieser doch einen frühen Besuch in Aussicht gestellt hatte. »Der Bursche hat Zeit genug gehabt, um überzusetzen«, grübelte er. »Und es ist heute doch wirklich genug zu tun. Man muß alle Einzelheiten für den zeitigen Aufbruch morgen früh festlegen; die Boote müssen zu Wasser gelassen werden; es gibt im letzten Augenblick immer noch tausend Kleinigkeiten zu erledigen. Die Expedition muß auf alle Fälle vollständig ausgerüstet sein, nichts darf vergessen werden, nichts –«

Das Gefühl ungewohnter Einsamkeit verstärkte sich plötzlich in ihm, und er ertappte sich dabei, daß er sich in dieser außerordentlichen Ruhe nach dem sonst so unwillkommenen Klang der Stimme seiner Frau sehnte, damit doch wenigstens die drückende Stille unterbrochen werde, die, so schien es seiner beängstigten Phantasie das Heraufkommen eines neuen Unglücks ankündigte. »Was ist denn geschehen«, murmelte er halblaut vor sich hin und schlurfte in seinen nur übergestreiften Pantoffeln zum Geländer der Veranda. »Sind denn alle Leute tot?«

Die Siedlung war jedoch lebendig und höchst munter. Sie war schon bei Tagesanbruch erwacht, als Mahmat Banjer in einem Anfall noch nicht dagewesener Arbeitslust aufstand, sein Hackmesser ergriff, über die Gestalten seiner beiden schlafenden Frauen hinwegstieg und sich fröstelnd ans Wasser begab,

um festzustellen, ob der von ihm hier aufgeführte Neubau nicht etwa in der Nacht davongeschwemmt worden sei.
Der unternehmungslustige Mahmat war dabei, ein Haus auf einem großen Floß zu errichten, das er unmittelbar vor der schlammigen Landzunge im Zusammenfluß der beiden Arme des Pantai vertäut hatte, damit es nicht in den Weg der treibenden Baumstämme geraten konnte, die ohne Zweifel während des Hochwassers gegen die Landzunge geschwemmt werden würden. Mahmat ging durch das nasse Gras dahin und verfluchte leise die harten Anforderungen eines tätigen Lebens, die ihn schon in kalter Morgenfrühe vom Lager jagten. Ein Blick zeigte ihm, daß sein Haus noch vorhanden war, und er beglückwünschte sich dazu, das Bauwerk aus der Gefahrenzone entfernt zu haben, denn im zunehmenden Licht zeigte sich ihm ein wüstes Durcheinander von Treibholz, das ans schlammige Ufer geschwemmt war; die Stämme waren mit ihren Ästen zu einem unförmigen Floß ineinander verfitzt, stießen und schabten gegeneinander in dem Strudel, der durch das Zusammentreffen der beiden Flußarme hier entstand. Eben, als die Sonne über den Rand des Waldes am gegenüberliegenden Ufer emporstieg, ging Mahmat ganz nahe ans Wasser, um zu prüfen, ob die geflochtenen Taue sein Haus noch hielten. Als er sich über die Vertäuung beugte, warf er einen nachlässigen Blick auf das Durcheinander von Treibholz und sah dort etwas, das ihn veranlaßte, das Hackmesser fallenzulassen, sich aufzurichten und die Augen vor den Strahlen der aufgehenden Sonne mit der Hand zu schützen. Da war etwas Rotes im Wasser, über das die Baumstämme wegrollten, wobei sie es manchmal freigaben und manchmal verbargen. Er hielt es zunächst für einen Fetzen von rotem Tuch. Gleich darauf erkannte er jedoch, was es war, und stieß ein lautes Gebrüll aus.
»Ah ya! Ihr da!« brüllte Mahmat. »Ein Mensch liegt dort zwischen den Stämmen!« Er legte die Handflächen trichter-

förmig an den Mund und rief, jedes Wort deutlich betonend und das Gesicht der Siedlung zugekehrt: »Es liegt eine Leiche im Fluß! Kommt und seht! Ein Toter – ein Fremder!«
Die Frauen des nächst gelegenen Hauses waren bereits draußen, schürten Feuer und schälten den Morgenreis. Sie fielen mit schrillen Stimmen in das Geschrei ein, und dieses setzte sich so von Haus zu Haus fort und erstarb schließlich in der Ferne. Männer rannten erregt, aber schweigend herbei und liefen zur schlammigen Landspitze, wo die leblosen Stämme mit der stumpfsinnigen Beharrlichkeit unbeseelter Dinge gegen den toten Fremden stießen und sich über ihn wälzten. Die Frauen folgten, ohne auf ihre häuslichen Pflichten zu achten und zu bedenken, daß dies zu Zank und Streit Anlaß geben könne, und den Schluß bildeten Gruppen von Kindern, die, von der unerwarteten Aufregung entzückt, fröhlich jubelten.
Almayer rief laut nach Frau und Tochter, da er aber keine Antwort erhielt, blieb er gespannt lauschend stehen. Das Murmeln der Menge drang schwach zu ihm und bestätigte über jeden Zweifel, daß ein ungewöhnliches Ereignis stattfand. Gerade als er die Veranda verlassen wollte, blickte er auf den Fluß und blieb stehen, als er ein kleines Kanu ausmachte, das von der Lände des Raja herübergefahren kam. Der einzige Insasse (in dem Almayer bald Babalatchi erkannte) endigte die Fahrt etwas unterhalb des Hauses und paddelte im toten Wasser nahe dem Ufer zum Steg von Lingard. Babalatchi kletterte mühsam heraus und vertäute das Kanu, so als habe er es nicht eilig, Almayer zu begegnen, der ihn, wie er bemerkte, von der Veranda her beobachtete. Diese Verzögerung erlaubte es Almayer, die offizielle Aufmachung Babalatchis zur Kenntnis zu nehmen und zu bestaunen. Der Staatsmann von Sambir trug ein Kostüm, wie es seinem hohen Rang wohl anstand. Ein auffällig karierter Sarong umspannte seine Hüften, und aus den Falten lugte der silberne Griff jenes Kris, der nur

an hohen Feiertagen oder während offizieller Empfänge das Licht des Tages erblickte. Auf der linken Schulter und der im übrigen unbekleideten Brust des gealterten Diplomaten glänzte ein Lackledergürtel mit dem Messingschild, auf dem das Wappen der Niederlande unter der Inschrift »Sultan von Sambir« zu sehen war. Babalatchis Kopf bedeckte ein Turban, dessen ausgefranste Enden über die linke Wange und Schulter herabhingen, und seinem greisen Gesicht einen höchst lächerlichen Ausdruck fröhlicher Tollkühnheit verliehen. Als das Kanu endlich zu seiner Zufriedenheit befestigt war, richtete er sich auf, glättete die Falten seines Sarong und bewegte sich mit weit ausgreifenden Schritten auf Almayers Haus zu, wobei er gleichmäßig einen langen Stab aus Ebenholz schwenkte, dessen goldener Knopf mit kostbaren Steinen eingelegt war und in der Morgensonne glänzte. Almayer wies mit der Hand nach rechts gegen die Landspitze, die für ihn unsichtbar, vom Steg aber sehr gut zu sehen war.

»Oh, Babalatchi! Oh!« rief er, »was geht dort vor? Kannst du es sehen?«

Babalatchi blieb stehen und blickte gespannt zur Menge am Ufer, und nach einer Weile bemerkte der verwunderte Almayer, daß er den Weg verließ, seinen Sarong mit einer Hand schürzte und im Trab durch das Gras zur versumpften Landspitze eilte. Der nun sehr neugierig gewordene Almayer rannte die Verandatreppe hinunter. Er hörte ganz deutlich das Gemurmel männlicher Stimmen und die schrillen Schreie der Frauen, und kaum war er um die Ecke seines Hauses getreten, da sah er auch schon die Menge auf der niedrigen Landzunge hin und her wogen und sich um einen Gegenstand drängen, der ihre Aufmerksamkeit erregte. Er vernahm undeutlich Babalatchis Stimme, dann öffnete sich die Menge vor dem alten Staatsmann und schloß sich hinter ihm wieder mit erregtem Stimmengewirr, das in einem lauten Aufschrei endete.

Als Almayer sich der Ansammlung näherte, löste sich ein Mann daraus und rannte an ihm vorüber der Siedlung zu, ohne auf Almayers Aufforderung, stehen zu bleiben und den Grund der Aufregung bekannt zu geben, zu achten. Schon am Rande der Menge fand Almayer sich von starrsinnigen Menschen aufgehalten, die weder seine Bitten, Platz zu machen, noch die leichten Stöße beachteten, mit denen er sich seinen Weg ans Ufer zu bahnen suchte.

Während er sich so behutsam vordrängte, glaubte er plötzlich aus dem dichtesten Teil der Menge die Stimme seiner Frau zu hören. Beim besten Willen konnte er die schrillen Töne nicht verkennen, doch waren die Worte zu undeutlich, als daß er ihren Sinn verstanden hätte. Er hörte auf, sich vorzudrängen, und wollte statt dessen die Umstehenden um Auskunft bitten, als ein langgezogener, durchdringender Schrei die Luft durchschnitt und das Gemurmel der Menge und die Stimmen der Auskunftgebenden verstummen ließ. Einen Augenblick lang war Almayer vor Staunen und Entsetzen versteinert, denn nun war er gewiß, den Schrei vernommen zu haben, mit dem seine Frau die Toten bejammerte. Ninas ungewöhnliche Abwesenheit kam ihm zum Bewußtsein, und von seiner Angst um ihr Wohlergehen rasend gemacht, stieß er sich blindlings und heftig durch die Menge, die mit Ausrufen der Überraschung und des Schmerzes vor seinem tollen Ansturm wich. Auf der Landzunge lag auf einem kleinen freigemachten Platz die Leiche des Fremden, die man soeben zwischen den angetriebenen Stämmen hervorgezerrt hatte. Ihr zur Seite stand Babalatchi, das Kinn auf seinen Stab gestützt, und betrachtete mit einem Auge unverwandt die formlose Masse gebrochener Gliedmaßen, zerfetzten Fleisches und blutiger Stoffreste. Als Almayer sich durch den Ring entsetzter Zuschauer zwängte, warf Mrs. Almayer ihren eigenen Schleier über das Gesicht des ertrunkenen Mannes, hockte sich nieder und stieß von neuem ein Klagegeheul aus, das der jetzt schweigenden Menge Schauer über den Rücken jagte. Der triefnasse Mahmat wandte sich zu Almayer, um ihm Bericht zu erstatten.

Im ersten Moment der Befreiung von seiner schrecklichen Angst flimmerte es vor Almayers Augen, und er lauschte den Worten, die um ihn her gesprochen wurden, ohne zu begreifen. Als er mit einer großen Willensanstrengung wieder seiner Sinne mächtig wurde, hörte er Mahmat sagen:

»So ist es geschehen, Tuan. Sein Sarong hatte sich in diesem gebrochenen Zweig verfangen, und sein Kopf war unter Wasser. Als ich erkannte, was es war, wollte ich es hier nicht haben. Er sollte sich lösen und wegtreiben. Warum sollen wir einen Fremden mitten zwischen unseren Häusern begraben – damit sein Geist unsere Frauen und Kinder ängstigt? Haben wir nicht schon genug Geister?«

Hier unterbrach ihn beifälliges Murmeln. Mahmat sah Babalatchi vorwurfsvoll an.

»Aber Tuan Babalatchi befahl mir, die Leiche an Land zu ziehen« – er fuhr fort, seine Zuhörer anzusehen, sprach aber nur zu Almayer –, »und ich zog sie bei den Füßen heran; und dann habe ich ihn durch den Schlamm gezerrt, obwohl mein Herz wünschte, ihn flußab treiben zu sehen, damit er vielleicht an Bulangis Ufer strandet – möge das Grab seines Vaters geschändet werden.«

Hierauf erklang unterdrücktes Lachen, denn die Feindschaft zwischen Mahmat und Bulangi war allgemein bekannt und von unerschöpflichem Interesse für die Bewohner von Sambir. Mitten in diese Heiterkeit erhob Mrs. Almayer von neuem ihr Klagegeschrei.

»Allah! Was plagt diese Frau!« rief Mahmat ärgerlich. »Ich habe diese Leiche berührt, die Gott weiß woher kommt, und mich wahrscheinlich noch vor dem Frühstück verunreinigt. Auf Befehl von Tuan Babalatchi habe ich das getan, dem weißen

Mann zu Gefallen. Bist du zufrieden, o Tuan Almayer? Und was wird mein Lohn sein? Tuan Babalatchi hat versprochen, daß ich eine Belohnung erhalten werde und zwar von dir. Bedenke das. Ich bin unrein geworden und wenn nicht unrein, dann vielleicht doch behext. Sieh seine Fußringe an! Wer hat je gehört, daß eine Leiche in der Nacht zwischen Stämmen angetrieben wird und goldene Fußreife trägt? Das deutet auf Hexerei. Indessen«, fügte Mahmat nach einer nachdenklichen Pause hinzu, »ich will mir mit Verlaub diese Fußspange nehmen, denn ich besitze einen Zauber gegen Geister und fürchte mich nicht. Gott ist groß.«

Mahmats Beredsamkeit wurde durch einen neuen Ausbruch lärmender Trauer von Mrs. Almayer unterbrochen. Almayer sah verwirrt abwechselnd seine Frau, Mahmat und Babalatchi an, und heftete schließlich seinen faszinierten Blick auf die Leiche, die mit bedecktem Gesicht in unnatürlich verzerrter Haltung im Schlamm lag: die Gliedmaßen zermalmt und gebrochen; ein Arm verdreht und aufgerissen; weiße Knochen sahen an mehreren Stellen durch zerfetztes Fleisch; die Hand mit den gespreizten Fingern berührte beinahe den Fuß.

»Weißt du, wer das ist?« fragte er leise Babalatchi.

Babalatchi starrte vor sich hin und bewegte kaum die Lippen, während Mrs. Almayers beharrliches Jammergeschrei sein Flüstern übertönte, das nur für Almayers Ohren bestimmt war.

»Es war Schicksal. Sieh vor dich, weißer Mann. Ich kann an diesen zerfetzten Fingern einen Ring sehen, der mir gut bekannt ist.«

Bei diesen Worten tat Babalatchi einen achtlosen Schritt vorwärts und setzte wie zufällig seinen Fuß auf die Hand der Leiche und drückte sie in den weichen Schlamm. Er schwang drohend seinen Stab gegen die Menge, die sich ein wenig zurückzog.

»Fort mit euch«, sagte er streng, »und schickt eure Frauen an die Feuer, die sie nicht hätten verlassen sollen, um einem toten Fremden nachzulaufen. Dies ist Männerarbeit. Ich beschlagnahme die Leiche im Namen des Raja. Niemand möge hierbleiben bis auf die Sklaven von Tuan Almayer. Entfernt euch!«

Die Menge begann sich zögernd zu zerstreuen. Zuerst gingen die Frauen und schleppten die Kinder weg, die sich mit aller Macht sträubten. Die Männer schlenderten langsam hinterher in stets wechselnden Gruppen, die sich langsam auflösten, als sie die Häuser erreichten und jedermann mit schnellen Schritten seine Hütte aufsuchte, in Erwartung der morgendlichen Reismahlzeit. Nur auf der kleinen Anhöhe, von der sich das Land zur schlammigen Spitze senkte, blieben einige wenige Männer, Freunde oder Feinde von Mahmat, zurück und betrachteten neugierig noch eine Weile die kleine Gruppe, die am Ufer um die Leiche stand.

»Ich verstehe dich nicht, Babalatchi«, sagte Almayer. »Was ist das für ein Ring, von dem du sprichst? Wer er nun auch sei, du hast die Hand dieses armen Burschen jedenfalls tief in den Schlamm getreten. Mach sein Gesicht frei«, fuhr er zu Mrs. Almayer gewandt fort, die neben dem Kopf der Leiche hockte, sich hin und her wiegte, von Zeit zu Zeit ihre wirren grauen Locken schüttelte und leise jammerte.

»Hai!« rief Mahmat, der sich in der Nähe gehalten hatte. »Sieh doch, Tuan; die Stämme haben sich so aneinander gepreßt«, und dabei drückte er die Handflächen gegeneinander, »und sein Kopf muß dazwischen geraten sein, denn jetzt ist kein Gesicht da, das du betrachten könntest. Es ist zwar noch Fleisch da und Knochen, die Nase, die Lippen und vielleicht auch die Augen, aber niemand kann eins vom anderen unterscheiden. Es stand geschrieben am Tag, da er geboren wurde, daß ihn niemand sollte im Tode betrachten und sagen können, dies ist das Gesicht meines Freundes.«

»Ruhe, Mahmat; das ist genug!« sagte Babalatchi. »Und sieh nicht mehr seinen Fußreif an, du Schweinefleischesser. Tuan Almayer«, fuhr er mit leiserer Stimme fort, »hast du Dain heute morgen gesehen?«

Almayer riß die Augen auf und schaute erschreckt drein. »Nein«, sagte er hastig; »hast du ihn nicht gesehen? Ist er nicht beim Raja? Ich erwarte ihn; warum kommt er nicht?«

Babalatchi senkte traurig den Kopf.

»Er ist ja gekommen, Tuan. Er fuhr letzte Nacht ab, als der Sturm groß war und der Fluß zornig redete. Die Nacht war sehr schwarz, aber in ihm brannte ein Licht, das ihm den Fluß bis zu deinem Haus glatt wie einen schmalen Bach erscheinen ließ und die zahlreichen Baumstämme nicht größer als getrocknete Grashalme; deshalb fuhr er; und nun liegt er hier.« Und Babalatchi wies mit dem Kopf auf die Leiche.

»Woran willst du das erkennen?« sagte Almayer erregt und stieß seine Frau zur Seite. Er riß den Schleier weg und blickte auf die formlose Masse von Fleisch, Haar und trockenem Schlamm, an deren Stelle das Gesicht des ertrunkenen Mannes hätte sein sollen.

»Niemand kann das erkennen«, sagte er und wandte sich schaudernd ab.

Babalatchi hatte sich hingekniet und rieb den Schlamm von den steifen Fingern der ausgestreckten Hand. Dann erhob er sich und ließ vor Almayers Augen einen goldenen Ring mit einem großen grünen Stein blinken.

»Den kennst du gut«, sagte er. »Er verließ niemals Dains Hand. Selbst jetzt noch mußte ich die Haut abreißen, um ihn zu lösen. Glaubst du mir nun?«

Almayer hob die Hände zum Kopf und ließ sie schlaff in einer Geste äußerster Verzweiflung sinken. Babalatchi, der ihn neugierig betrachtete, sah verwundert, daß er lächelte. Eine sonderbare Vorstellung hatte von Almayers Hirn Besitz ergriffen, das von diesem neuen Mißgeschick verwirrt worden war. Es kam ihm vor, als sei er Jahre hindurch in eine tiefe Schlucht gefallen. Tag um Tag, Monat um Monat, Jahr um Jahr, war er gestürzt, gestürzt, gestürzt; in einen glatten, runden, schwarzen Schacht, und die dunklen Wände waren mit atemberaubender Geschwindigkeit an ihm vorbei in die Höhe gerast. Das geschah mit ungeheuerem Getöse, und er glaubte, es immer noch zu hören; nun aber war er mit einem schrecklichen Aufprall auf dem Grunde angekommen und siehe! er lebte und war unversehrt, und Dain war tot und hatte alle Knochen gebrochen. Das kam ihm lustig vor. Ein toter Malaie; er hatte ohne jede Gefühlsregung viele tote Malaien gesehen; jetzt fühlte er sich den Tränen nahe, aber wegen des Schicksals eines ihm bekannten weißen Mannes; eines Mannes, der in einen tiefen Abgrund gefallen und nicht gestorben war. Es kam ihm vor, als stehe er neben sich, ein wenig abseits, und betrachte einen gewissen Almayer, der in großer Verlegenheit war. Armer, armer Mann! Warum nur schneidet er sich nicht die Kehle durch? Er wollte ihm zureden; es verlangte ihn sehr danach, ihn tot über diese andere Leiche hingestreckt zu sehen. Warum stirbt er nur nicht und endet diese Qual? Ohne es zu merken, stöhnte er laut und zuckte beim Klang seiner eigenen Stimme ängstlich zusammen. Wurde er verrückt? Von diesem Einfall erschreckt, wandte er sich ab und rannte nach Hause, wobei er immer wieder vor sich hinsprach: »Ich bin nicht verrückt; selbstverständlich bin ich nicht verrückt, nein, nein, nein!« Er versuchte, diesen Gedanken festzuhalten. Nicht verrückt, nicht verrückt. Er stolperte, während er blindlings die Treppen hinaufrannte und schnell und immer schneller diese Worte wiederholte, in denen seine Rettung zu liegen schien. Er sah Nina dort stehen, wollte etwas zu ihr sagen, konnte sich aber in dem ängstlichen Bemühen, nicht zu vergessen, daß er nicht verrückt wurde, nicht mehr darauf besinnen, was es war,

und rannte um den Tisch herum, wobei er diese Worte im Geist unablässig wiederholte, bis er an einen der Lehnstühle stieß und sich erschöpft hineinfallen ließ. Da saß er, blickte Nina wild an, versicherte sich selbst immer wieder, daß er nicht geisteskrank sei, und fragte sich, warum das Mädchen mit entsetzt aufgerissenen Augen von ihm zurückwich? Was war nur mit ihr los? Dies war höchst unsinnig. Er schlug heftig mit der Faust auf den Tisch und rief heiser: »Gib mir etwas Gin! Schnell!« Und als Nina davoneilte, blieb er still und reglos sitzen und wunderte sich über den Lärm, den er verursacht hatte. Nina kehrte mit einem Glas, das halb mit Gin gefüllt war, zu ihrem Vater zurück, der abwesend vor sich hinstarrte. Almayer fühlte sich nun sehr müde, wie wenn er von einer weiten Reise zurückgekommen wäre. Es war ihm, als sei er an diesem Morgen viele Meilen gegangen, und es verlangte ihn nun sehr nach Ruhe. Er ergriff das Glas mit zitternder Hand, und als er trank, klirrten seine Zähne gegen das Gefäß, das er leerte und schwerfällig auf den Tisch zurückstellte. Er wandte den Blick langsam der neben ihm stehenden Nina zu und sagte fest:
»Jetzt ist alles vorbei, Nina. Er ist tot, und ich kann alle meine Boote verbrennen.«
Er war sehr stolz darauf, so ruhig sprechen zu können. Ganz gewiß wurde er nicht verrückt. Diese Gewißheit verlieh ihm großen Trost, und er erzählte nun von der Auffindung der Leiche und hörte behaglich der eigenen Stimme zu. Nina stand ruhig da, eine Hand leicht auf die Schulter des Vaters gestützt, mit unbewegtem Gesicht, doch jeder Zug, die Haltung ihres ganzen Körpers drückte scharfe, angstvolle Aufmerksamkeit aus.
»Dain ist also tot«, sagte sie kalt, als ihr Vater zu sprechen aufhörte.
Almayers erzwungene Fassung verließ ihn; er geriet in heftige Empörung.

»Du stehst da, als wärst du nur halb lebendig, und sprichst mit mir«, rief er zornig, »als sei das eine Angelegenheit ohne Belang. Jawohl, er ist tot! Begreifst du das? Tot! Aber was kümmert dich das? Dir ist alles ganz egal; dich hat es nicht gekümmert zu sehen, wie ich mich abquäle, arbeite, schufte; und meine Leiden hast du nie wahrgenommen. Nein, nie. Du hast kein Herz und keine Seele, sonst hättest du begriffen, daß ich mich immer nur für dich, für dein Glück geplagt habe. Ich wollte reich werden; ich wollte hier fort. Ich wollte sehen, wie sich weiße Männer tief vor der Macht deiner Schönheit und deines Reichtums verneigen. So alt ich bin, wollte ich doch noch in ein fernes Land, in eine Zivilisation, die mir fremd ist, um ein neues Leben in der Betrachtung deines großen Glückes, deiner Triumphe, deiner Zufriedenheit zu finden. Darum habe ich unter diesen Wilden hier geduldig die Last der Arbeit, der Enttäuschung und Erniedrigung getragen; und es war alles schon zum Greifen nahe.«

Er blickte in das aufmerksame Gesicht seiner Tochter und sprang auf, wobei er den Stuhl umstieß.

»Hörst du? Es war zum Greifen nahe, so, daß ich fast die Hand drauflegen konnte.«

Er unterbrach sich, versuchte die aufsteigende Wut zu bezwingen, doch gelang ihm das nicht.

»Hast du denn gar kein Gefühl?« fuhr er fort. »Hast du ohne Hoffnung gelebt?« Ninas Schweigen reizte ihn; er hob die Stimme, obgleich er versuchte, seine Erregung zu beherrschen. »Ist es dir denn genug, in diesem Elend zu leben und in diesem jämmerlichen Loch zu sterben? Sag doch etwas, Nina; hast du kein Mitgefühl? Findest du kein Wort des Trostes für mich? Für mich, der ich dich so geliebt habe?«

Er wartete eine Weile auf Antwort, und als keine kam, schüttelte er die Faust dicht vor dem Gesicht seiner Tochter.

»Ich glaube gar, du bist schwachsinnig!« schrie er.

Er sah sich nach dem Stuhl um, hob ihn auf und setzte sich steif darauf. Seine Wut war in ihm gestorben, und er schämte sich seines Ausbruches, war jedoch erleichtert bei dem Gedanken, daß er nun seiner Tochter den Sinn seines Lebens klargemacht hatte. Er war dabei ganz gutgläubig, täuschte sich über die gefühlsmäßige Einschätzung seiner Motive, war unfähig, die Verschlagenheit seiner Mittel, die Unwirklichkeit seiner Ziele und die Vergeblichkeit seiner Reue einzusehen. Und nun füllte sein Herz einzig die große Zärtlichkeit und Liebe für seine Tochter. Er wollte sie unglücklich sehen, seine Verzweiflung mit ihr teilen; aber er wollte das in der Art aller schwachen Charaktere, die im Unglück nach der Gesellschaft von Wesen verlangen, die an der Ursache dieses Unglücks keinen Anteil haben. Wenn sie selbst litte, könnte sie ihn verstehen und bemitleiden; aber jetzt wollte oder konnte sie nicht ein Wort des Trostes oder der Liebe für ihn in seiner schrecklichen Lage finden. Das Bewußtsein seiner völligen Einsamkeit traf sein Herz mit einer Gewalt, die ihn erzittern ließ. Er schwankte, fiel mit dem Gesicht vornüber auf den Tisch und streckte die Arme weit und starr von sich. Nina machte eine schnelle Bewegung zu ihrem Vater hin und sah auf den grauen Kopf und die breiten Schultern hinunter, die von der Heftigkeit der Empfindungen geschüttelt wurden, welche nun endlich in Schluchzen und Tränen Erleichterung fanden.
Nina seufzte tief und trat vom Tisch weg. Ihre Züge verloren den Ausdruck steinerner Gleichgültigkeit, der ihren Vater zu diesem Ausbruch von Zorn und Kummer getrieben hatte. Ihr Gesicht, das der Vater nun nicht sah, machte eine schnelle Verwandlung durch. Sie hatte Almayers Flehen um Teilnahme, um ein Wort des Trostes, anscheinend gleichgültig gelauscht, und doch war ihr Herz von widersprechenden Empfindungen zerrissen worden, welche von Ereignissen herrührten, die sie nicht vorausgesehen, mindestens aber nicht so früh erwartet

hatte. Tief bewegt vom Anblick des Jammers ihres Vaters, wissend, daß sie die Macht habe, diesem Jammer mit einem Wort Einhalt zu tun, und vom Verlangen beseelt, dieses zerrissene Herz zu besänftigen, vernahm sie mit Schrecken die Stimme ihrer übermächtigen Leidenschaft, die ihr zu schweigen befahl. Und sie unterwarf sich nach einem kurzen wilden Kampf, den ihr altes Selbst gegen ihr neues Lebensprinzip führte. Sie hüllte sich in vollkommenes Schweigen als in den einzigen Schutz vor einem verhängnisvollen Eingeständnis. Sie wagte nicht, ein Zeichen zu geben oder ein Wort zu flüstern, da sie damit zuviel zu sagen fürchtete; und gerade die Heftigkeit der Empfindungen, die ihre tiefste Seele aufwühlten, schien sie in Stein zu verwandeln. Die geweiteten Nasenflügel und die blitzenden Augen waren die einzigen Zeichen des Sturmes, der in ihr tobte, und diese Zeichen der Gefühle seiner Tochter gewahrte Almayer nicht, denn seine Fähigkeit, zu sehen, war beeinträchtigt, getrübt von Selbstmitleid, von Zorn und Verzweiflung.

Hätte Almayer seine Tochter angeschaut, als sie sich über das Geländer der Veranda lehnte, dann hätte er sehen können, wie ihr gleichmütiger Ausdruck dem Schmerz wich, der seinerseits verging und auf dem wunderschönen Antlitz tiefe Falten wachsamer Sorge zurückließ. Die langen Grashalme im vernachlässigten Hof standen gerade aufgerichtet vor ihren Augen in der Mittagshitze. Vom Ufer her hörte sie Stimmen, und das Schleifen nackter Füße näherte sich dem Haus; man vernahm, wie Babalatchi Almayers Leuten Anweisungen erteilte, und hörte das gedämpfte Klagen von Mrs. Almayer, als die kleine Prozession, welche die Leiche des Ertrunkenen trug, unter Vorantritt der bekümmerten Matrone um die Ecke des Hauses bog. Babalatchi hatte den zerbrochenen Fußreifen des Ertrunkenen an sich genommen und trug ihn nun in der Hand, als er neben den Trägern einherging; Mahmat hielt sich schüchtern hinter ihm und hoffte auf die versprochene Belohnung.

»Legt ihn dort nieder«, befahl Babalatchi Almayers Leuten und deutete auf einen Stoß trockener Bretter vor der Veranda. »Legt ihn dort hin. Er war ein Kaffir und der Sohn eines Hundes, und er war der Freund des weißen Mannes. Er trank von dem starken Wasser der Weißen«, fügte er mit gespieltem Entsetzen hinzu, »das habe ich selbst gesehen.«

Die Männer streckten die gebrochenen Gliedmaßen auf zwei Bretter aus, die sie nebeneinander gelegt hatten, und Mrs. Almayer bedeckte die Leiche mit einem weißen Tuch, worauf sie sich nach einer geflüsterten Beratung mit Babalatchi an ihre häuslichen Pflichten begab. Nachdem Almayers Leute ihre Last niedergelegt hatten, zerstreuten sie sich auf der Suche nach schattigen Plätzchen, wo sie ihren Tag vertrödeln wollten. Babalatchi blieb allein bei der Leiche zurück, die im hellen Sonnenschein starr unter dem weißen Tuch lag.

Nina kam die Treppe herunter und trat zu Babalatchi, der die Hand an die Stirn führte und sich achtungsvoll niederhockte.

»Du hast da ein Schmuckstück«, sagte Nina und sah Babalatchi ins Auge.

»Ja, Mem Putih«, erwiderte der höfliche Staatsmann. Dann winkte er Mahmat näher zu sich heran und rief dabei: »Komm her!«

Mahmat näherte sich etwas zögernd. Er vermied es, Nina anzusehen, und heftete statt dessen seine Blicke auf Babalatchi.

»Hör mal«, sagte Babalatchi scharf. »Du hast den Ring und die Fußspange gesehen und weißt, daß sie Dain, dem Händler, und niemand anderem gehörten. Dain ist gesternd abend in einem Kanu zurückgekehrt. Er hat mit dem Raja gesprochen und ist mitten in der Nacht aufgebrochen, um über den Fluß zum Haus des weißen Mannes zu fahren. Es war starkes Hochwasser, und heute morgen hast du ihn im Fluß entdeckt.«

»Ich habe ihn an den Füßen herausgezogen«, murmelte Mahmat vor sich hin. »Tuan Babalatchi, es muß eine Belohnung geben!« sagte er dann laut.
Babalatchi hielt Mahmat eine goldene Spange vor die Augen. »Was ich zu dir gesprochen habe, Mahmat, ist für die Ohren aller bestimmt, aber was ich dir jetzt gebe, ist nur für deine Augen gedacht. Nimm.«
Mahmat griff schnell nach dem Reif und verbarg ihn in den Falten seines Lendentuches. »Bin ich denn verrückt, daß ich dieses Ding in einem Haus sehen lasse, in dem drei Frauen wohnen?« knurrte er. »Ich werde ihnen aber von Dain, dem Händler, berichten und das wird genug Gerede geben.«
Er wandte sich ab und ging davon, und beschleunigte seinen Schritt, sobald er Almayers Hof hinter sich hatte.
Babalatchi sah ihm nach, bis er hinter dem Gebüsch verschwand. »Habe ich es gut gemacht, Mem Putih?« fragte er Nina demütig.
»Das hast du«, erwiderte Nina. »Den Ring magst du selbst behalten.«
Babalatchi berührte Lippen und Stirn und stand auf. Er sah Nina an, als erwarte er, daß sie noch etwas sagen werde, doch sie wandte sich dem Haus zu und stieg die Treppe hinauf, wobei sie ihn mit der Hand fortwinkte.
Babalatchi nahm den Stab auf und traf Anstalten zu gehen. Es war sehr warm, und die Aussicht, die lange Fahrt stromaufwärts zum Haus des Rajas zu machen, erfreute ihn nicht. Und doch mußte er hinüber paddeln und dem Raja berichten – über die Ereignisse berichten; über die Änderung seiner Pläne; über seine Vermutungen. Er ging zum Steg und machte sich daran, die Leine seines Kanus zu lösen.
Vor seinen Augen lag die breite, gerade Strecke des Stromes, dessen glänzende Oberfläche von den schwarzen Flecken der Fischerboote gesprenkelt war. Es schien, als veranstalteten die

Fischer ein Rennen. Babalatchi unterbrach seine Tätigkeit und sah mit plötzlich erwachtem Interesse auf. Der Mann im vordersten Kanu befand sich nun in Rufweite der ersten Häuser von Sambir, legte sein Paddel nieder, stand auf und schrie: »Die Boote! Die Boote! Die Boote des Kriegsschiffes kommen! Sie sind schon da!«
Wieder belebte sich die Siedlung, und überall rannten die Leute zum Ufer. Die Männer machten die Boote los, Frauen standen in Gruppen beieinander und sahen zur Flußbiegung hin. Über den Bäumen, die das Ufer säumten, erschien eine leichte Rauchwolke wie ein schwarzer Fleck auf dem glänzenden Bau des wolkenlosen Himmels.
Babalatchi stand ratlos mit der Leine in der Hand. Er sah stromabwärts, dann wieder hinauf zu Almayers Haus und wieder auf den Fluß, als könne er sich nicht entschließen. Endlich vertäute er eilig wieder das Kanu und rannte zum Haus und die Verandatreppe hinauf.
»Tuan! Tuan!« rief er eifrig. »Die Boote kommen, die Boote des Kriegsschiffes. Mach dich lieber bereit. Die Offiziere werden ganz gewiß herkommen.«
Almayer hob den Kopf langsam vom Tisch und sah Babalatchi blöde an.
»Mem Putih!« rief Babalatchi Nina zu. »Sieh ihn doch an, er hört nicht. Du mußt achtgeben«, fügte er bedeutungsvoll zu.
Nina nickte ihm mit einem ungewissen Lächeln zu und war im Begriff zu sprechen, als der scharfe Knall der Kanone, die sich im Bug der Dampfbarkasse befand, welche gerade ins Blickfeld kam, ihr das Wort auf den Lippen erstarren ließ. Das Lächeln verschwand, und an seine Stelle trat der gewohnte Ausdruck besorgter Wachsamkeit. Von den fernen Bergen kam das Echo zurück wie ein langgezogener, bekümmerter Seufzer, mit dem das Land auf die Stimme seiner Beherrscher antwortete.

VIII

In der Siedlung erfuhr man sehr rasch, wessen Leichnam es sei, der nun in Almayers Hof lag. Während des Vormittages standen die meisten Bewohner auf der langen Straße herum und besprachen die geheimnisvolle Rückkehr und den unerwarteten Tod jenes Mannes, der ihnen als der Händler bekanntgeworden war. Seine Ankunft während des Nordost-Monsuns, sein langer Aufenthalt unter ihnen, seine plötzliche Abfahrt in der Brigg, und mehr als alles andere das geheimnisvolle Auftauchen der Leiche zwischen dem Treibholz, die angeblich die seine war, boten Stoff, über den man ausgiebig staunen und wieder und wieder mit unvermindertem Interesse sprechen konnte. Mahmat ging von Haus zu Haus und von Gruppe zu Gruppe, stets bereit, seine Erzählung zu wiederholen: wie er die Leiche erblickt habe, die sich mit ihrem Sarong in der Astgabel verfangen gehabt; wie Mrs. Almayer als eine der ersten seinen Ruf vernommen und die Leiche erkannt habe, noch ehe er sie an Land gezogen hatte; wie Babalatchi ihm befohlen, sie aus dem Wasser zu fischen. »An den Füßen habe ich ihn an Land gezogen und einen Kopf hatte er gar nicht«, verbreitete sich Mahmat, »und wie konnte die Frau des weißen Mannes wissen, wer es war? Sie ist eine Hexe, das ist wohlbekannt. Und habt ihr bemerkt, wie der weiße Mann selbst beim Anblick der Leiche fortlief? Er lief wie ein Hirsch!« Und an dieser Stelle ahmte Mahmat zur großen Freude der Zuschauer Almayers lange Schritte nach. Und für all seine Mühe habe er nichts bekommen. Tuan Babalatchi habe den Ring mit dem grünen Stein behalten. »Nichts!

Nichts!« Er spuckte angeekelt vor sich auf den Boden und verließ dann diese Gruppe, um ein neues Publikum zu suchen. Diese Neuigkeiten, die sich bis in die entferntesten Winkel der Siedlung verbreiteten, erreichten Abdulla im Hintergrund seines kühlen Schuppens, wo er die arabischen Schreiber und jene seiner Leute überwachte, die die Kanus aus dem Landesinneren löschten und beluden. Reshid, der an der Mole beschäftigt war, wurde vor seinen Onkel gerufen und traf ihn wie gewöhnlich ganz ruhig und sogar heiter, aber immerhin doch sehr überrascht. Das Gerücht von der Aufbringung und Zerstörung der Brigg Dains hatte die Ohren der Araber schon vor drei Tagen auf dem Weg über die Seefischer und die Bewohner des unteren Pantai erreicht. Die Nachricht war von einem Nachbarn zum anderen den Strom hinaufgewandert, bis Bulangi, dessen Reisfelder sich der Siedlung am nächsten befanden, die Nachricht selbst zu Abdulla gebracht hatte, um dessen Gunst er sich bemühte. Das Gerücht sprach aber auch von einem Kampf und davon, daß Dain an Bord seines Schiffes getötet worden sei. Und nun redete alle Welt von Dains Besuch beim Raja und von seinem Tod bei der Überquerung des Flusses im Dunkeln auf dem Weg zu Almayer. Das war nicht zu begreifen. Reshid fand das sehr merkwürdig. Es beunruhigte ihn und erfüllte ihn mit Zweifeln. Abdulla indessen teilte die Abneigung des Alters gegen die Lösung von Rätseln und zeigte nach der ersten Überraschung eine ihn gut kleidende Resignation. Er bemerkte, daß der Mann nun jedenfalls tot und daher nicht länger mehr gefährlich sei. Weshalb über die Verordnungen des Schicksals grübeln, insbesondere wenn sie für die Rechtgläubigen so günstig ausfielen? Und nach einer frommen Anrufung Allahs, des Gnadenvollen und Barmherzigen, schien Abdulla die Angelegenheit zunächst einmal für erledigt zu halten. Nicht so Reshid. Er wich seinem Onkel nicht von der Seite und zupfte nachdenklich an seinem säuberlich gestutzten Bart.

»Es wird soviel gelogen«, murmelte er. »Er ist schon einmal gestorben und dann wieder lebendig geworden, um jetzt von neuem zu sterben. Die Holländer werden sehr bald hier sein und ihn von uns fordern. Sollte ich nicht lieber meinen Augen glauben als den Zungen der Weiber und der müßigen Männer?«
»Es heißt ja, daß die Leiche in Almayers Hof verbracht worden ist«, sagte Abdulla. »Wenn du hingehen willst, so mußt du es tun, ehe die Holländer kommen. Geh am Abend. Man soll nicht sagen können, daß man uns in letzter Zeit im Hof jenes Mannes gesehen hat.«
Reshid erkannte diese letzte Bemerkung als zutreffend und verließ seinen Onkel. Er lehnte sich an den Türpfosten und sah träge durch den Hof und das offene Tor auf die Straße der Siedlung hinaus. Sie lag verlassen, gerade und gelb in der Glut des Sonnenlichtes. In der Mittagshitze, die von der dampfenden Erde zurückgestrahlt wurde, schienen die glatten Stämme der Palmen, die Umrisse der Hütten und das Dach von Almayers Haus, das am anderen Ende der Straße über dem Gebüsch vor dem dunklen Hintergrund des Waldes sichtbar war, zu flimmern. Schwärme gelber Schmetterlinge flogen auf, ließen sich nieder, nur um sich wieder zu kurzem Flug vor Reshids halb geschlossenen Augen zu erheben. Zu seinen Füßen summten dumpf die Insekten im hohen Gras des Hofes. Er sah schläfrig zu.
Von einem der Seitenpfade zwischen den Häusern trat nun eine Frau auf die Straße, eine zarte mädchenhafte Gestalt, die im Schatten eines großen Tabletts dahinging, das sie auf dem Kopf balancierte. Da Reshid etwas Bewegliches wahrnahm, erwachten seine halb schlafenden Sinne ein wenig. Er erkannte Taminah, die Sklavin Bulangis, mit dem Tablett, auf dem sie Backwerk feilbot – eine täglich wiederkehrende Erscheinung ohne jede Bedeutung. Sie war auf dem Weg zu Almayers Haus. Man konnte sich ihrer bedienen. Er raffte sich auf, lief zum

Tor und rief: »Taminah, oh!« Das Mädchen blieb stehen, zögerte und kehrte widerstrebend um. Reshid wartete und bedeutete ihr ungeduldig, näherzukommen.
Taminah stand mit niedergeschlagenen Augen vor Reshid. Er sah sie eine Weile an, ehe er fragte: »Gehst du zu Almayers Haus? Man behauptet in der Siedlung, daß Dain, der Händler, er, den man heute morgen ertrunken auffand, im Kampong des weißen Mannes liegt.«
»Auch ich habe davon gehört«, flüsterte Taminah, »und heute morgen sah ich die Leiche am Ufer. Wo sie jetzt ist, weiß ich nicht.«
»So hast du sie also gesehen?« fragte Reshid eifrig. »Ist es Dain? Du bist ihm doch oft begegnet, du würdest ihn wiedererkennen.«
Die Lippen des Mädchens bebten, und eine Weile stand sie stumm und hastig atmend da.
»Ich habe ihn vor nicht langer Zeit gesehen«, sagte sie schließlich. »Das Gerede ist wahr; er ist tot. Was willst du von mir, Tuan? Ich muß gehen.«
In diesem Augenblick ertönte der Knall eines Kanonenschusses von der Dampfbarkasse her und unterbrach Reshids Antwort. Er ließ das Mädchen stehen und rannte zum Haus, und im Hof traf er auf Abdulla, der zum Tor eilte.
»Die Orang Blanda sind da«, sagte Reshid, »und jetzt werden wir unseren Lohn erhalten.«
Abdulla schüttelte zweifelnd den Kopf. »Die Belohnung der weißen Männer bleibt lange aus«, sagte er. »Im Zorn sind die Weißen schnell, im Dank aber langsam. Wir werden ja sehen.«
Er stand am Tor, strich seinen grauen Bart und lauschte den fernen Begrüßungsrufen am anderen Ende der Niederlassung. Als Taminah sich abwandte, um ihren Weg fortzusetzen, rief er sie zurück.

»Höre, Mädchen«, sagte er. »Es werden viele Weiße in Almayers Haus kommen. Du wirst dort sein, um den Männern des Meeres dein Gebäck zu verkaufen. Du darfst mir berichten, was du siehst und hörst. Komm vor Sonnenuntergang her, und ich werde dir ein blaues Tuch mit roten Tupfen geben. Geh nun und vergiß nicht, zurückzukommen.«

Als sie sich auf den Weg machte, gab er ihr mit dem Ende seines langen Stockes einen Stoß, der sie stolpern ließ.

»Diese Sklavin ist sehr langsam«, bemerkte er gegen seinen Neffen und sah dem Mädchen mißbilligend nach.

Taminah ging dahin, das Tablett auf dem Kopf, die Augen starr zu Boden gerichtet. Im Vorbeigehen vernahm sie aus den offenen Türen der Hütten freundliche Aufforderungen, mit ihrer Ware hereinzukommen, doch achtete sie nicht darauf, sondern vernachlässigte ihre geschäftlichen Pflichten, denn sie war sehr mit ihren Gedanken beschäftigt. Seit dem frühen Morgen hatte sie viel gehört und auch vieles gesehen, das ihr Herz mit einer Freude füllte, in die sich große Qual und Angst mischten. Vor Sonnenaufgang, noch ehe sie Bulangis Haus verlassen hatte, um nach Sambir zu paddeln, hatte sie vor dem Haus Stimmen vernommen, als alle anderen Bewohner noch schliefen. Und nun, da sie wußte, was dort in der Dunkelheit gesprochen worden war, hielt sie ein Leben in der Hand und trug großen Kummer im Herzen. Doch ihrem federnden Schritt, ihrer geraden Haltung und dem von ihrer alltäglichen Miene teilnahmsloser Gleichgültigkeit verschleierten Gesicht hätte niemand ansehen können, daß sie unter der sichtbaren Last des Tabletts, auf dem sich das von den sorgsamen Händen der Frauen Bulangis hergestellte Gebäck türmte, noch eine weitere Bürde trug. In dieser geschmeidigen, pfeilschlanken Gestalt, die so anmutig und frei dahinging, hinter diesen sanften Augen, aus denen nichts sprach als unbewußte Ergebenheit, schlummerten alle Empfindungen und alle Leidenschaften, alle Hoffnungen und alle Befürchtungen, der Fluch des Lebens und der Trost des Todes. Und sie wußte nichts von alledem. Sie lebte den schlanken Palmen gleich, an denen sie jetzt vorüberging, strebte ins Licht, trug Verlangen nach dem Sonnenschein, fürchtete den Sturm und war sich all dieser Dinge nicht bewußt. Die Sklavin hatte keine Hoffnung und wußte von keiner Veränderung. Sie kannte keinen anderen Himmel, kein anderes Wasser, keinen anderen Wald, keine andere Welt, kein anderes Dasein. Sie verspürte keinen Wunsch, keine Hoffnung, keine Neigung, fürchtete nichts außer Schlägen und spürte außer gelegentlichem Hunger keine lebhafte Empfindung; und auch Hunger litt sie nur selten, denn Bulangi war reich, und es gab immer Reis im Überfluß in dem einsamen Haus zwischen den Feldern. Die Abwesenheit von Schmerz und Hunger war für sie das Glück, und wenn sie sich unglücklich fühlte, so lag es daran, daß sie nach der Arbeit des Tages matter war als gewöhnlich. Und in der heißen Nacht des Südwestmonsuns schlief sie dann traumlos unter den hellen Sternen auf der Plattform, die vor dem Haus über den Fluß hinausgebaut war. Auch drinnen schlief man dann; Bulangi nahe der Tür, seine Frauen weiter hinten im Haus und die Kinder bei ihren Müttern. Taminah konnte sie atmen hören, die schläfrige Stimme Bulangis, den hellen Schrei eines Kindes vernehmen, das sogleich mit zärtlichen Worten beruhigt wurde. Und sie schloß die Augen zum Murmeln des Wassers unter ihr, zum Flüstern des warmen Windes über ihr, sie ahnte nichts von dem unaufhörlichen Wirken der tropischen Natur, die vergeblich, mit den tausend leisen Stimmen des nahen Waldes zu ihr sprach; sie lag eingehüllt in die schweren Düfte, die ihren Kopf umspielten, in dem weißen Schleier des Morgennebels, der in der feierlichen Stille über ihr hing, in welche die Schöpfung vor Tagesanbruch versinkt.

So war ihr Dasein vor der Ankunft der Brigg mit den Fremden verlaufen. Sie erinnerte sich noch gut an diese Ankunft, an den Aufruhr in der Siedlung, das nie endende Staunen, an die Tage und Nächte, die mit Gespräch und Unruhe erfüllt gewesen waren. Sie erinnerte sich daran, wie schüchtern sie vor den fremden Männern gewesen war, bis die am Ufer vertäute Brigg sozusagen Teil der Siedlung geworden und die Furcht in der Vertrautheit ständigen Umganges geschwunden war. Ihr Besuch an Bord der Brigg war zum Bestandteil der täglichen Runde geworden. Unter den ermunternden Zurufen und den mehr oder weniger anständigen Witzen der über die Reling lehnenden Männer schritt sie zögernd die schrägen Planken der Gangway hinauf. Dann verkaufte sie ihre Waren an diese Männer, die so laut sprachen und die sich so freimütig bewegten. Es waren immer viele Leute an Bord, ein unaufhörliches Kommen und Gehen; Zurufe wurden gewechselt, Befehle gegeben und mit Geschrei ausgeführt; Blöcke klapperten, aufgerollte Taue wurden umher geworfen. Sie saß etwas abseits im Schatten des Sonnensegels, hielt ihr Tablett vor sich hin, bedeckte das Gesicht mit dem Schleier und war unter so vielen Männern sehr scheu. Sie lächelte ihren Käufern zu, sprach aber zu keinem und ließ alle Scherze unbewegt an sich herabgleiten. Sie hörte viele Geschichten von fernen Ländern, fremden Gewohnheiten und merkwürdigen Begebenheiten um sich herum erzählen. Diese Männer waren kühn; aber auch die kühnsten von ihnen sprachen mit Furcht von ihrem Herrn. Oft ging der Mann, den sie ihren Herrn nannten, an ihr vorüber, aufrecht und gleichgültig im Stolz seiner Jugend, in glänzenden reichen Kleidern, an denen der goldene Schmuck klirrte, und jeder trat zurück und beobachtete aufmerksam seine Lippen, bereit, seinen Anweisungen zu gehorchen. Bei diesen Gelegenheiten schien ihr ganzes Leben in ihre Augen zu strömen und sie betrachtete ihn unter ihrem Schleier her, verzaubert und doch voller Angst, Aufmerksamkeit zu erregen. Eines

Tages bemerkte er sie und fragte: »Wer ist das Mädchen?« »Eine Sklavin, Tuan! Ein Mädchen, das Gebäck verkauft«, erwiderte ein Dutzend Stimmen gleichzeitig. Sie erhob sich voller Furcht, um an Land zu laufen, doch da rief er sie zurück; und als sie zitternd und gesenkten Hauptes vor ihm stand, sprach er gütige Worte, wobei er mit der Hand ihr Kinn anhob und ihr lächelnd in die Augen sah. »Fürchte dich nicht«, sagte er. Danach sprach er sie nicht wieder an. Jemand rief vom Ufer; er wandte sich um und vergaß ihr Vorhandensein. Taminah sah Almayer am Ufer stehen, mit Nina am Arm. Sie hörte Ninas fröhlichen Zuruf und sah, wie Dains Gesicht sich freudig verklärte, als er ans Ufer sprang. Seitdem haßte sie den Klang von Ninas Stimme.

Von diesem Tag an besuchte sie Almayers Hof nicht mehr und verbrachte statt dessen die Mittagsstunden im Schatten des Sonnensegels der Brigg. Sie wartete auf ihn, und wenn er herantrat, klopfte ihr Herz schneller und schneller in einem wilden Sturm neugeweckter Empfindungen, von Freude und Hoffnung und Furcht, der sich legte, wenn Dain sich zurückzog und sie erschöpft wie nach einem Kampf lange Zeit verträumt und ermattet sitzenblieb. Am Nachmittag paddelte sie dann gemächlich heimwärts oder sie ließ das Kanu in der trägen Strömung des Seitenarmes treiben. Das Paddel hing nachlässig im Wasser, während sie im Heck saß und mit einer Hand das Kinn stützte, die Augen weit geöffnet hielt und aufmerksam dem Flüstern ihres Herzens lauschte, das schließlich zu einem Gesang von außerordentlicher Lieblichkeit anzuschwellen schien. Während sie zu Hause den Reis schälte, lauschte sie diesem Gesang; er verschloß ihre Ohren vor dem schrillen Gezänk der Frauen Bulangis, den ärgerlich an sie gerichteten Vorwürfen. Und wenn die Sonne im Untergehen begriffen war, ging sie zum Badeplatz und hörte auch dort den Gesang, während sie im zarten Gras am flachen Ufer stand, ihr Gewand vor sich auf dem Boden, und das Spiegelbild ihrer Gestalt auf der glasklaren Oberfläche des Baches betrachtete. Sie lauschte diesem Lied, wenn sie langsam zurückging, ihr nasses Haar über der Schulter. Wenn sie sich unter den hellen Sternen zur Ruhe legte, schloß sie die Augen, eingeschläfert vom Murmeln des Wassers unter ihr, vom Flüstern des lauen Windes über ihr, von der Stimme der Natur, die aus dem leisen Raunen des großen Waldes zu ihr sprach, und vom Gesang ihres eigenen Herzens. Sie hörte es, ohne es zu verstehen, und genoß die traumhafte Freude ihres neuen Daseins, ohne sich über deren Bedeutung oder Ende zu sorgen, bis Schmerz und Zorn sie zum vollen Bewußtsein des Lebens brachten. Und sie litt grauenhaft, als sie das erstemal Ninas langes Kanu, das die beiden Liebenden in die weißen Nebel des großen Flusses trug, lautlos am schlafenden Haus Bulangis vorübertreiben sah. Eifersucht und Zorn erreichten ihren Gipfel in einem Anfall körperlichen Schmerzes, der sie zu Boden warf, wo sie sich keuchend wand wie ein verendendes Tier. Gleichwohl bewegte sie sich weiter geduldig in dem Hexenkreis ihres Sklavendaseins, verrichtete ihre Arbeit Tag um Tag und verschloß die Gewalt dieses Kummers, für den sie auch vor sich selbst keine Bezeichnung fand, in ihrer Brust. Sie wich vor Nina zurück, wie sie vor der scharfen Klinge eines Messers zurückgewichen wäre, die in ihr Fleisch schnitt, aber sie besuchte immer wieder die Brigg, um die stumme, unwissende Seele an ihrer eigenen Verzweiflung zu laben. Sie erblickte Dain viele Male. Nie sprach er zu ihr, nie sah er sie an. Konnten seine Augen nur das Bild einer einzigen Frau sehen? Konnten seine Ohren nur die Stimme einer einzigen Frau hören? Er bemerkte sie niemals, nicht ein einziges Mal.

Und dann ging er fort. Sie sah ihn und Nina zum letztenmal an jenem Morgen, als Babalatchi, während er seine Fischreusen prüfte, den Verdacht, die Tochter des weißen Mannes habe eine

Liebesaffäre mit Dain, über jeden Zweifel bestätigt fand. Dain verschwand, und Taminahs Herz, in dem der Keim aller Liebe und allen Hasses nutzlos und unfruchtbar lag, in dem die Möglichkeit aller Leidenschaften und aller Opfer schlief, vergaß Freude und Leiden, als es der Hilfe durch die Sinne ermangelte. Ihr halb geformter, unzivilisierter Sinn, der Sklave ihres Körpers – wie ihr Körper Sklave eines anderen Willens war – vergaß das schwache, verschwommene Bild des Ideals, das seinen Ursprung im körperlichen Verlangen ihrer wilden Natur gehabt hatte. Sie fiel in den Stumpfsinn ihres früheren Lebens zurück und fand Trost – sogar eine gewisse Art von Glück – in dem Gedanken, daß Nina und Dain jetzt getrennt waren, vermutlich für immer. Er würde vergessen. Dieser Gedanke beschwichtigte die letzten Zuckungen einer absterbenden Eifersucht, die nun keine Nahrung mehr fand, und Taminah erlangte Frieden. Es war wie die öde Ruhe der Wüste, in der Frieden herrscht, nur weil kein Leben darin ist.

Und nun war er zurückgekehrt. Sie hatte seine Stimme erkannt, die im Dunkeln laut nach Bulangi gerufen hatte. Sie war hinter ihrem Herrn hergeschlichen, um diesen berauschenden Klang aus der Nähe zu hören. Dain war da, in einem Boot, und er sprach zu Bulangi. Taminah, die mit angehaltenem Atem lauschte, vernahm noch eine Stimme. Die tolle Freude, die sie noch vor einer Sekunde nicht mehr in ihrem rasend klopfenden Herzen bändigen zu können geglaubt hatte, erstarb, und sie wand sich von neuem in der körperlichen Qual, die sie schon einmal beim Anblick von Dain und Nina befallen hatte. Nun sprach Nina, befahl und flehte abwechselnd, und Bulangi widersprach, erhob ernste Vorstellungen und stimmte schließlich zu. Er ging ins Haus, um eines von den hinter der Tür aufgeschichteten Paddeln zu holen. Draußen ging das Gemurmel zweier Stimmen weiter, und ab und zu verstand sie eines der Worte. Sie begriff, daß er auf der

Flucht vor den Weißen, auf der Suche nach einem Versteck, daß er in Gefahr war. Aber sie hörte auch Worte, welche die stürmische Eifersucht weckten, die so viele Tage in ihrem Busen geschlafen hatte. Während sie in der schwarzen Finsternis zwischen den Pfosten im Schlamm kauerte, vernahm sie vom Boot her jenes Geflüster, das Mühe, Entbehrung, Gefahr, ja selbst das Leben leichthin abtat, wenn dafür nur eine kurze innige Umarmung, ein Blick, ein Atemhauch und die Berührung weicher Lippen eingetauscht werden konnten. So sprach Dain, als er im Kanu saß und Ninas Hand hielt, während er auf Bulangis Rückkehr wartete; und Taminah, die sich gegen den schleimigen Pfosten lehnte, war es, als drücke ein schweres Gewicht sie nieder, tief in das ölige Wasser zu ihren Füßen. Sie wollte schreien; wollte sich auf Dain und Nina stürzen und ihre undeutlichen Schatten auseinanderreißen, wollte Nina in das glatte Wasser stoßen, sie umklammern und sie auf den Grund drücken, wo dieser Mann sie nicht würde finden können. Sie konnte nicht schreien, sich nicht rühren. Dann waren auf der Bambusplattform über ihrem Kopf Schritte zu hören; sie sah, wie Bulangi sich in das kleinste seiner Kanus setzte und die Führung übernahm, während das andere Boot, von Dain und Nina gepaddelt, folgte. Unter dem leisen Klatschen der verstohlen ins Wasser getauchten Paddel glitten die undeutlichen Gestalten an ihren schmerzenden Augen vorüber und verschwanden in der Dunkelheit.

So verharrte sie in der nassen Kälte, unfähig sich zu rühren, und atmete qualvoll unter dem zermalmenden Gewicht, das die geheimnisvolle Hand des Schicksals so plötzlich auf ihre Schultern gelegt hatte; obwohl sie fror, war ihr, als brenne sie innerlich in einem Feuer, das sich von ihrem Leben zu nähren schien. Als der anbrechende Tag einen schwach goldenen Streifen über den schwarzen Umriß der Wälder legte, nahm sie ihr Tablett auf und begab sich in die Siedlung, wo sie, einzig von der Gewohnheit getrieben, ihren Pflichten oblag. Als sie sich Sambir näherte, bemerkte sie die Erregung und vernahm zunächst überrascht die Kunde von der Auffindung der Leiche Dains. Selbstverständlich war dies nicht wahr. Das wußte sie sehr gut. Sie bedauerte, daß er nicht tot war. Sie hätte Dain lieber tot und damit ein für allemal dieser Frau – allen Frauen – entzogen gesehen. Sie fühlte sich sehr versucht, Nina aufzusuchen, ohne jedoch recht zu wissen, warum. Sie haßte Nina und fürchtete sie, und fühlte sich doch unwiderstehlich zu Almayers Haus getrieben, um das Gesicht der weißen Frau zu sehen, aus der Nähe in diese Augen zu blicken, diese Stimme zu hören, für deren Klang Dain bereit war, die Freiheit, ja das Leben aufs Spiel zu setzen. Sie hatte Nina oft gesehen, hatte monatelang täglich ihre Stimme vernommen. Was war Besonderes darin? Was eignete diesem Wesen, daß es einen Mann sprechen machen konnte, wie Dain gesprochen hatte, daß es ihn blind gegen alle anderen Gesichter, taub gegen alle anderen Stimmen machen konnte?

Sie ließ die Menge am Ufer zurück, wanderte ziellos zwischen den leeren Häusern umher und widerstand der Versuchung, die sie zu Almayers Kampong drängte, um dort in Ninas Augen das Geheimnis ihres eigenen Jammers zu entdecken. Die Sonne stieg höher, verkürzte die Schatten und goß eine Flut von Licht und erstickender Hitze über sie aus, während sie in ihrer ziellosen Flucht vor der Qual im eigenen Herzen zwischen den Häusern, den Büschen und hohen Bäumen aus dem Schatten ins Licht und aus dem Licht in den Schatten wanderte. In ihrer äußersten Verzweiflung fand sie nicht die Worte, um Erlösung zu erflehen, sie wußte keinen Himmel, an den sie ihr Gebet hätte richten können, sie schleppte sich auf müden Füßen weiter, überrascht und erschreckt von der Sinnlosigkeit eines Leidens, das ohne Ursache und ohne Aussicht auf Linderung über sie verhängt worden war.

Das kurze Gespräch mit Reshid und der Vorschlag Abdullas gaben ihr die Fassung ein wenig zurück und lenkten ihre Gedanken ab. Dain war offenbar in Gefahr. Er verbarg sich vor den Weißen. Soviel hatte sie gestern nacht verstanden. Alle glaubten ihn tot. Sie wußte, daß er lebte und auch, wo er sich versteckt hielt. Was wollten die Araber über die Weißen wissen? Was wollten die Weißen von Dain? Wollten sie ihn töten? Sie konnte ihnen alles sagen – nein, sie würde nichts sagen, aber in der Nacht würde sie zu ihm gehen und ihm sein Leben für ein Wort, für ein Lächeln, ja selbst für eine Handbewegung verkaufen und ihm als Sklavin in entfernte Länder folgen, weit fort von Nina. Doch lauerten da Gefahren. Der einäugige Babalatchi zum Beispiel, der alles wußte; die Frau des weißen Mannes! – Sie war eine Hexe. Vielleicht würden sie reden. Und dann war da noch Nina. Sie wollte sich beeilen und sehen, was vorging.
In ihrer Ungeduld verließ sie den Pfad und rannte durch das zwischen den Palmen wachsende Unterholz auf Almayers Haus zu. Sie kam hinter dem Haus an einer Stelle heraus, wo ein schmaler Graben voll stehenden Wassers, der Überlauf vom Fluß, Almayers Kampong von der übrigen Siedlung trennte. Das dichte Ufergebüsch verbarg den geräumigen Hof mit dem Küchenschuppen vor ihren Blicken. Mehrere dünne Rauchfahnen stiegen zwischen den Büschen auf, und das dahinter hervordringende Geräusch fremder Stimmen sagte Taminah, daß die Männer des Meeres, die zu dem Kriegsschiff gehörten, bereits gelandet waren und sich zwischen dem Graben und dem Haus gelagert hatten. Links von ihr trat eine der Sklavinnen Almayers an den Bach, neigte sich über das glänzende Wasser und wusch einen Kessel aus. Rechts von ihr waren die Spitzen der Bananensträucher über den Büschen sichtbar, die unter der Berührung unsichtbarer, pflückender Hände zitterten und schwankten. Auf dem stillen Wasser

drängten sich mehrere Kanus aneinander, die an einem dicken Pflock vertäut waren und den Graben gerade an der Stelle, wo Taminah sich befand, fast überbrückten. Die Stimmen im Hof verstärkten sich gelegentlich zu lautem Gelächter, zu Rufen und Antworten, verstummten wieder, und das Schweigen wurde bald darauf durch neuen Lärm unterbrochen. Hin und wieder wurde der dünne blaue Rauch dicker und schwärzer und trieb in stark riechenden Wolken über den Bach hin, wobei er Taminah vorübergehend in einen erstickenden Schleier hüllte; wenn das frische Holz dann aber hell aufloderte, verzog sich der Rauch im grellen Sonnenlicht, und nur der aromatische Duft des Holzes trieb vom knackenden Feuer zu ihr herüber.

Taminah stellte das Tablett auf einen Baumstumpf und richtete den Blick auf Almayers Haus, von dem sie das Dach und einen Teil der geweißten Wand über den Büschen sehen konnte. Almayers Sklavin beendete ihre Arbeit und drängte sich, nachdem sie eine Weile neugierig Taminah betrachtet hatte, durch das dichte Gestrüpp zurück in den Hof. Um Taminah herum herrschte nun völlige Stille. Sie warf sich zu Boden und verbarg das Gesicht in den Händen. Nun, da sie so nahe war, fand sie nicht den Mut, Nina aufzusuchen. Bei jedem Anschwellen der Stimmen vom Hof her zitterte sie vor Angst, Nina zu hören. Sie faßte den Entschluß, an Ort und Stelle die Dunkelheit abzuwarten und dann geradenwegs zu Dains Versteck zu fahren. Von ihrem Standort aus konnte sie die Bewegungen der weißen Männer und Ninas, aller Freunde und aller Feinde Dains beobachten. Beide waren ihr gleich verhaßt, denn beide würden ihn von ihr entfernen. Sie verbarg sich im hohen Gras, um ungeduldig den Sonnenuntergang zu erwarten, der besonders langsam zu kommen schien.

Auf der anderen Seite des Grabens, hinter dem Gebüsch an den hellen Feuern, lagerten die Seeleute von der Fregatte, die der gastlichen Einladung Almayers gefolgt waren. Almayer, den das Flehen und die inständigen Bitten Ninas seiner Apathie entrissen hatten, war es gelungen, rechtzeitig am Steg zu erscheinen, um die Offiziere bei ihrer Landung zu begrüßen. Der befehlshabende Leutnant nahm die Einladung ins Haus mit der Bemerkung an, daß man in jedem Fall mit Almayer zu reden habe – wenn vielleicht auch nichts Angenehmes, fügte er hinzu. Almayer hörte ihn kaum. Er tauschte zerstreut Händedrücke und ging voran zum Haus. Er war sich der höflichen Worte kaum bewußt, mit denen er die Fremden begrüßte und die er, in dem Bemühen unbefangen zu erscheinen, mehrmals wiederholte. Die Verstörtheit ihres Gastgebers entging den Augen der Offiziere nicht, und der Leutnant teilte vertraulich und leise seinen Untergebenen mit, daß er an Almayers Nüchternheit zweifle. Der junge Fähnrich lachte und sprach flüsternd die Hoffnung aus, der weiße Mann möge nicht so betrunken sein, daß er vergesse, Erfrischungen anzubieten. »Sehr gefährlich sieht er nicht aus«, fügte er hinzu, während sie beide Almayer die Verandatreppe hinauf folgten.

»Nein, er gleicht mehr einem Narren als einem Schurken; ich habe schon von ihm gehört«, erwiderte sein Vorgesetzter.

Man setzte sich um den Tisch. Almayer mischte mit zitternder Hand Gincocktails, die er rundherum anbot, trank auch selbst und fühlte sich bei jedem Schluck stärker, fester und besser im Stande, allen Schwierigkeiten der Lage ins Auge zu blicken. Da er nicht wußte, was der Brigg zugestoßen war, ahnte er nicht, welchen Zweck die Offiziere mit ihrem Besuch wirklich verfolgten. Er hegte ganz allgemein den Verdacht, daß irgend etwas über den Handel mit Schießpulver bekanntgeworden sein könnte, war aber auf nichts anderes gefaßt als auf eine vorübergehende Verlegenheit. Nachdem er sein Glas geleert hatte, begann er unbefangen zu schwatzen, wobei er sich im Sessel zurücklehnte und nachlässig ein Bein über die Lehne hängen ließ. Der Leutnant saß rittlings auf seinem Stuhl, hielt die glühende Zigarre im Mund und hörte listig lächelnd hinter den dicken Qualmwolken zu, die zwischen seinen zusammengepreßten Lippen hervorquollen. Der junge Fähnrich lehnte beide Ellenbogen auf den Tisch, stützte den Kopf in die Hände und starrte schläfrig vor sich hin, von Müdigkeit und vom Gin benommen. Almayer redete immer weiter.

»Es ist mir ein großes Vergnügen, weiße Gesichter zu sehen. Ich habe hier viele Jahre in tiefer Einsamkeit verbracht. Die Malaien sind, wie Sie wohl begreifen, keine passende Gesellschaft für einen Weißen; überdies sind sie unfreundlich; sie verstehen unsere Gewohnheiten nicht. Sie sind ausgepichte Halsabschneider. Ich glaube, ich bin der einzige Weiße an der ganzen Ostküste, der ständig hier wohnt. Gelegentlich kommen Besucher aus Makassar oder Singapur – Händler, Agenten oder Forscher, aber das geschieht selten. Vor einem Jahr etwa war ein wissenschaftlicher Forscher hier. Er wohnte in meinem Haus und trank von morgens bis abends. Er lebte einige Monate sehr vergnügt, und als sein mitgebrachter Schnaps zu Ende war, kehrte er nach Batavia zurück mit einem Bericht über die hiesigen Bodenschätze. Hahaha! Gut, was?«

Er unterbrach sich plötzlich und starrte seine Gäste gedankenlos an. Während sie lachten, sagte er sich die alte Geschichte vor: ›Dain ist tot, alle meine Pläne sind zunichte geworden. Das ist das Ende aller Hoffnungen und aller Dinge.‹ Sein Mut sank. Es wurde ihm entsetzlich übel.

»Sehr gut, ausgezeichnet!« riefen die beiden Offiziere.

Almayer kämpfte mit einem neuen Wortschwall gegen seine Verzagtheit an.

»Was machen wir denn nun wegen des Essens? Sie haben einen Koch mitgebracht. Sehr gut. Da drüben im Hof ist ein Küchenschuppen. Ich kann Ihnen eine Gans zur Verfügung stellen. Sehen Sie sich meine Gänse an – die einzigen Gänse an der Ostküste – vielleicht auf der ganzen Insel. Ist das Ihr Koch?

Sehr gut! Hier, Ali, zeige dem Chinesen den Küchenschuppen und sage Mem Almayer, sie soll ihm dort Platz machen. Meine Frau wird nicht in Erscheinung treten, meine Herren, vielleicht jedoch meine Tochter. Unterdessen trinken Sie vielleicht noch einen Schluck. Der Tag ist heiß.«

Der Leutnant nahm die Zigarre aus dem Mund, musterte kritisch die Asche, klopfte sie ab und wandte sich an Almayer.

»Wir haben eine ziemlich unangenehme Angelegenheit mit Ihnen zu besprechen.«

»Das tut mir leid«, erwiderte Almayer, »es kann aber gewiß nichts Ernstes sein.«

»Wenn Sie den Versuch, wenigstens vierzig Männer in die Luft zu sprengen, nicht für eine ernste Sache ansehen, dann werden Sie wohl kaum Leute finden, die der gleichen Ansicht sind wie Sie«, entgegnete der Offizier scharf.

»In die Luft sprengen! Was? Ich weiß nichts davon«, stieß Almayer hervor. »Wer hat das getan oder versucht?«

»Ein Mann, mit dem Sie Geschäfte gemacht haben«, erklärte ihm der Leutnant. »Er war hier unter dem Namen Dain Maroola bekannt. Sie haben ihm das Schießpulver verkauft, das sich in der Brigg befand, die wir aufgebracht haben.«

»Wie haben Sie denn von der Brigg gehört?« fragte Almayer. »Davon, daß er Pulver gehabt haben soll, weiß ich überhaupt nichts.«

»Vor einigen Monaten hat ein hiesiger arabischer Händler Batavia über die Vorgänge an diesem Platz informiert«, sagte der Offizier. »Wir haben die Brigg in der Flußmündung erwartet, doch entwischte sie uns, und wir mußten den Burschen nach Süden verfolgen. Als er uns in Sicht bekam, lief er zwischen die Riffe und setzte die Brigg auf Strand. Die Besatzung floh in den Booten, ehe wir die Brigg in Besitz nehmen konnten. Als unsere Boote sich dem Schiff näherten, flog es in einer ungeheueren Explosion auseinander; eins unserer Boote war schon so nahe, daß es voll Wasser schlug. Dabei ertranken zwei Leute – das ist das Ergebnis Ihrer Spekulationen, Mr. Almayer. Jetzt suchen wir diesen Dain. Wir haben gute Gründe anzunehmen, daß er sich in Sambir versteckt hält. Wissen Sie, wo er ist? Ich empfehle Ihnen, sich durch rückhaltlose Offenheit bei der Behörde wieder etwas in Gunst zu setzen. Wo ist dieser Dain?«

Almayer erhob sich und trat ans Geländer der Veranda. Es hatte den Anschein, als dächte er nicht über die Frage des Offiziers nach. Er blickte auf die Leiche nieder, die ausgestreckt und starr unter ihrem weißen Tuch lag, das die Sonne, die sich hinter die Wolken im Westen zurückzog, blaßrosa färbte. Der Leutnant wartete auf die Antwort, wobei er hastig an seiner halb erloschenen Zigarre paffte. Im Hintergrund bewegte Ali sich geräuschlos, deckte den Tisch und placierte feierlich schlecht zusammenpassendes, schäbiges Geschirr, Blechlöffel, Gabeln mit abgebrochenen Zinken, Messer mit sägeblattähnlichen Schneiden und lockeren Griffen. Er hatte beinahe vergessen, wie man den Tisch für Weiße deckte. Er war gekränkt, denn Mem Nina wollte ihm nicht helfen. Er trat zurück, um stolz einen bewundernden Blick auf sein Werk zu werfen. So mußte es richtig sein, und falls der Herr nachher zornig sein und fluchen sollte – um so schlimmer für Mem Nina. Warum half sie nicht? Er verließ die Veranda, um das Essen aufzutragen.

»Nun, Mr. Almayer?« fragte der Leutnant nach längerem Schweigen, »wollen Sie meine Frage ebenso offen beantworten, wie ich sie gestellt habe?«

Almayer wandte sich um und blickte den Fragenden fest an: »Was wollen Sie mit diesem Dain machen, wenn Sie ihn erwischen?« fragte er.

Das Gesicht des Offiziers rötete sich. »Das ist keine Antwort«, versetzte er gereizt.

»Und was wollen Sie mit mir machen?« fuhr Almayer fort, ohne auf diese Unterbrechung zu achten.

»Wollen Sie etwa versuchen zu handeln?« knurrte der andere. »Damit wären Sie auf dem falschen Weg, das darf ich Ihnen versichern. Im Augenblick habe ich hinsichtlich Ihrer Person keine Anweisungen, aber wir haben darauf gerechnet, daß Sie uns behilflich sein werden, diesen Malaien einzufangen.«

»Ah!« unterbrach Almayer, »dachte ich es doch: ohne mich können Sie nichts machen, und da ich den Mann gut kenne, soll ich Ihnen dabei helfen, ihn zu finden.«

»Genau das erwarten wir«, stimmte der Offizier zu. »Sie haben das Gesetz gebrochen, Mr. Almayer, und Sie sind uns Genugtuung schuldig.«

»Und das würde mich retten?«

»In gewisser Weise ja. Ihr Kopf steht nun nicht gerade auf dem Spiel«, versetzte der Leutnant mit kurzem Lachen.

»Nun gut«, sagte Almayer entschlossen, »ich werde Ihnen den Mann ausliefern.«

Beide Offiziere erhoben sich flink und sahen sich nach den Degen um, die sie abgelegt hatten. Almayer lachte schroff.

»Sachte, meine Herren!« sagte er. »Ich werde das zu dem Zeitpunkt und in der Form tun, die ich für richtig halte. Nach dem Essen sollen Sie ihn haben, meine Herren.«

»Das ist ja lächerlich«, drängte der Leutnant. »Dies ist eine ernste Angelegenheit, Mr. Almayer. Der Mann ist ein Verbrecher. Er verdient den Strang. Während wir essen, kann er entfliehen; die Nachricht von unserer Ankunft –«

Almayer trat zum Tisch. »Ich gebe Ihnen mein Ehrenwort darauf, meine Herren, daß er nicht fliehen wird; ich habe ihn in sicherem Gewahrsam.«

»Die Festnahme müßte eigentlich vor Einbruch der Dunkelheit erfolgen«, bemerkte der junge Fähnrich.

»Falls ein Mißgeschick passiert, mache ich Sie dafür verantwortlich. Wir sind bereit, können aber ohne Sie nichts unternehmen«, setzte der Ältere mit offenkundigem Ärger hinzu.

Almayer machte eine zustimmende Bewegung. »Auf mein Ehrenwort«, wiederholte er zerstreut. »Und jetzt wollen wir essen«, sagte er munter.

Nina erschien in der Tür und hielt den Vorhang zur Seite, um Ali und die alte Malaiin durchzulassen, welche die Speisen auftrug; dann trat sie zu den drei Männern an den Tisch.

»Gestatten Sie – meine Tochter«, sagte Almayer wichtigtuerisch. »Nina, diese Herren, Offiziere der vor dem Pantai ankernden Fregatte, haben mir die Ehre erwiesen, meine Gäste zu sein.«

Nina erwiderte die tiefen Verbeugungen der beiden Offiziere mit einem leichten Senken des Kopfes und nahm ihrem Vater gegenüber am Tisch Platz. Man setzte sich. Der Steuermann der Dampfbarkasse erschien mit einigen Flaschen Wein.

»Sie gestatten wohl, daß wir diese Flaschen auf den Tisch stellen?« erkundigte sich der Leutnant bei Almayer.

»Was! Wein! Sehr gütig. Gewiß doch. Ich selbst habe keinen. Die Zeiten sind recht schwer.«

Diese letzten Worte sprach Almayer mit unsicherer Stimme. Wieder trat ihm lebhaft vor Augen, daß Dain tot war, und er glaubte, eine unsichtbare Hand seine Kehle umklammern zu fühlen. Er griff nach der Ginflasche, während der Wein entkorkt wurde, und trank einen großen Schluck. Der Leutnant, der mit Nina sprach, warf ihm einen schnellen Blick zu. Der junge Fähnrich fing an, sich von dem Staunen und der Verwirrung zu erholen, in die Ninas unerwartetes Erscheinen und ihre große Schönheit ihn gestürzt hatten. ›Sie ist wunderschön und imponierend‹, dachte er, ›doch schließlich nur ein Halbblut.‹ Diese Überlegung machte ihm Mut genug, Nina von der Seite anzublicken. Nina beantwortete gerade mit gleichmütiger Miene und leiser, monotoner Stimme die höflichen Fragen des älteren Offiziers über das Land und ihre Lebensweise. Almayer stieß den Teller zurück und trank den Wein seiner Gäste in düsterem Schweigen.

IX

»Kann ich denn glauben, was du mir berichtest? Das ist wie eine Geschichte für Männer, die im Halbschlaf am Lagerfeuer zuhören, und sie scheint von einer Frauenzunge zu stammen.«

»Wen könnte ich hier täuschen wollen, o Raja?« erwiderte Babalatchi. »Ohne dich bin ich nichts. Alles, was ich dir erzählt habe, halte ich für wahr. Jahrelang bin ich unter deiner schützenden Hand sicher gewesen. Es ist jetzt nicht die Zeit, Argwohn zu hegen. Die Gefahr ist sehr groß. Wir müssen beratschlagen und sogleich handeln, noch ehe die Sonne untergeht.«

»Richtig, richtig«, murmelte Lakamba nachdenklich.

Die letzte Stunde hatten sie gemeinsam im Empfangsraum im Hause des Rajas verbracht, denn nachdem Babalatchi gesehen, wie die holländischen Offiziere an Land gegangen waren, hatte er den Fluß überquert, um seinem Herrn über die Ereignisse des Vormittages zu berichten und mit ihm darüber zu beraten, wie man sich angesichts der veränderten Umstände verhalten solle. Beide waren verblüfft und erschreckt vom unerwarteten Verlauf der Ereignisse. Der Raja saß mit gekreuzten Beinen auf seinem Stuhl und blickte starr zu Boden; Babalatchi hockte in trübseliger Haltung nahebei.

»Wo, sagtest du, hält er sich jetzt versteckt?« fragte Lakamba und unterbrach damit das von düsteren Vorahnungen erfüllte Schweigen, in das beide sich lange Zeit verloren hatten.

»Auf der Rodung von Bulangi – der, die am weitesten vom Haus entfernt ist. Dorthin sind sie noch in der gleichen Nacht gefahren. Die Tochter des weißen Mannes hat ihn hingebracht. Das hat sie mir selbst ganz offen gesagt, denn sie ist eine halbe

Weiße und kennt keine Scham. Sie sagte, sie habe ihn erwartet, während er hier war; er sei erst geraume Zeit später aus der Dunkelheit aufgetaucht und ihr erschöpft zu Füßen gefallen. Er habe wie tot dagelegen, doch habe sie ihn in ihren Armen ins Leben zurückgebracht, ihm ihren eigenen Atem eingehaucht. Das sagte sie mir ins Gesicht, so wie ich es jetzt dir sage, Raja. Sie ist wie eine Weiße und kennt keine Scham.«

Er verstummte tief entrüstet. Lakamba nickte. »Nun und dann?« fragte er.

»Sie haben die alte Frau gerufen«, berichtete Babalatchi weiter, »und er hat ihnen alles erzählt – von der Brigg, und daß er versucht hat, viele Männer zu töten. Er wußte, daß die Orang Blanda ganz in der Nähe waren, obwohl er uns darüber nichts gesagt hat; er kannte die Größe der Gefahr. Er glaubte, viele getötet zu haben, aber es starben nur zwei, wie ich von den Seeleuten erfuhr, die in den Booten des Kriegsschiffes gekommen sind.«

»Und der andere, der, den man im Fluß gefunden hat?« unterbrach Lakamba.

»Das war einer von seinen Bootsleuten. Als das Kanu zwischen den Stämmen kenterte, schwammen die beiden zusammen weiter, doch muß der andere verletzt worden sein. Dain hielt ihn über Wasser. Er ließ ihn im Gebüsch liegen, als er zum Haus hinaufging. Als alle wieder herunterkamen, hatte sein Herz zu schlagen aufgehört. Dann sprach die alte Frau; Dain fand ihren Rat gut. Er nahm seine Fußspange ab, zerbrach sie und streifte sie ihm über den Fuß. Seinen Ring steckte er ihm an den Finger. Er zog seinen Sarong aus und bekleidete das Ding damit, das keine Kleider mehr brauchte. Die beiden Frauen halfen, indem sie die Leiche aufrechthielten. Sie wollten alle Augen täuschen, die Vermutungen der Bewohner von Sambir in die Irre leiten, sie etwas beschwören lassen, das gar nicht da war, und sie hindern, den weißen Männern etwas zu verraten. Dann fuhren Dain und die weiße Frau weg, um Bulangi aufzusuchen und ein Versteck zu finden. Die alte Frau blieb bei der Leiche.«

»Hai!« rief Lakamba. »Sie ist weise.«

»Ja, sie besitzt einen eigenen Teufel, der ihr Ratschläge ins Ohr flüstert«, stimmte Babalatchi zu. »Sie schleppte die Leiche mit großer Mühe bis zur Landspitze, an der viele Stämme angeschwemmt worden waren. Das alles geschah in der Dunkelheit, nachdem der Sturm vorüber war. Dann wartete sie. Im ersten Morgenlicht zermalmte sie das Gesicht des Mannes mit einem schweren Stein, warf die Leiche zwischen die Stämme und blieb beobachtend in der Nähe. Bei Sonnenaufgang kam Mahmat Banjer und fand den Toten. Alle glaubten, es sei Dain; selbst mich täuschten sie, aber nicht für lange. Auch der weiße Mann glaubte es und zog sich vergrämt ins Haus zurück. Als wir allein waren, sprach ich zu der Frau, da mir Zweifel gekommen waren, und sie, die meinen Zorn und deine Macht fürchtet, sagte mir die Wahrheit und bat mich, bei der Rettung Dains mitzuhelfen.«

»Er darf den Orang Blanda nicht in die Hände fallen«, sagte Lakamba; »aber wenn das ohne Aufsehen zu machen ist, soll er sterben.«

»Das ist es aber nicht, Tuan! Vergiß nicht die Frau, die halb weiß und deshalb unlenkbar ist, und die ein großes Geschrei erheben würde. Auch sind die Offiziere hier. Sie sind schon zornig genug. Dain muß fliehen; er muß fort. Wir müssen ihm jetzt um unserer eigenen Sicherheit willen beistehen.«

»Sind die Offiziere sehr zornig?« erkundigte sich Lakamba interessiert.

»Das sind sie. Ihr Oberhäuptling benutzte starke Worte, als er zu mir sprach – zu mir, der ich ihn in deinem Namen begrüßte. Ich glaube nicht«, fügte Babalatchi nach kurzer Pause sehr besorgt hinzu, »ich glaube nicht, daß ich jemals einen weißen

Häuptling so zornig gesehen habe. Er behauptete, wir seien nachlässig oder noch Schlimmeres, und sagte, er wolle mit dem Raja sprechen, und ich sei ein Mensch ohne Bedeutung!«

»Mit dem Raja sprechen!« wiederholte Lakamba nachdenklich. »Höre, Babalatchi; ich bin krank und muß mich zurückziehen; fahr über den Fluß und sage das den weißen Männern.«

»Ja«, antwortete Babalatchi, »ich werde gleich übersetzen; aber was soll nun mit Dain geschehen?«

»Schaff ihn weg, so gut es geht. Diese Sache bedrückt mein Gemüt außerordentlich«, seufzte Lakamba.

Babalatchi stand auf, trat nahe an seinen Herrn heran und sagte eindringlich:

»Eine unserer Praus liegt an der südlichen Flußmündung. Das holländische Kriegsschiff liegt weiter nördlich und beobachtet die Haupteinfahrt. Ich werde Dain heute nacht in einem Kanu durch die versteckten Wasserläufe an Bord der Prau bringen lassen. Sein Vater ist ein mächtiger Fürst und wird von unserer Großmut hören. Die Prau soll ihn bis nach Ampanam bringen. Du wirst großen Ruhm erwerben, und eine wertvolle Freundschaft wird dein Lohn sein. Almayer wird den Offizieren zweifellos die Leiche als den Leichnam Dains geben, und die törichten weißen Männer werden sagen, ausgezeichnet, möge Friede einkehren. Und damit wird der Kummer von deinem Herzen genommen sein, Raja.«

»Wahr! Wahr!« sagte Lakamba.

»Und da alles dieses durch mich herbeigeführt wird, der ich dein Sklave bin, wirst du mich großmütig belohnen. Das weiß ich! Der weiße Mann trauert um den verlorenen Schatz nach Art der Weißen, die nach Dollars dürsten. Wenn erst einmal alles geregelt ist, werden wir vielleicht den Schatz von dem weißen Mann bekommen. Dain muß fliehen, und Almayer muß leben.«

»Geh nun, Babalatchi, geh!« drängte Lakamba und erhob sich. »Ich bin sehr krank und brauche Arznei. Sag das dem weißen Häuptling.«
So kurzerhand war Babalatchi jedoch nicht loszuwerden. Er wußte wohl, daß sein Herr nach Art der Großen gerne die Last der Plage und Gefahr auf die Schultern seiner Diener abwälzte, aber in der heiklen Lage, in der man sich befand, mußte der Raja seine Rolle spielen. Für die weißen Männer und die Allgemeinheit durfte er so krank sein, wie er wollte, wenn er dabei nur die Ausführung wenigstens eines Teiles des von Babalatchi so sorgsam ausgearbeiteten Planes übernahm. Babalatchi wollte, daß nach Einbruch der Dunkelheit ein großes Kanu mit zwölf Bootsleuten bemannt zu Bulangis Rodung geschickt werde. Es könne notwendig werden, Dain zu überwältigen. Man könne von einem verliebten Mann nicht erwarten, daß er klar den Weg erkenne, der zu seiner Sicherheit führt, wenn dieser ihn von dem Gegenstand seiner Neigung entfernt, argumentierte Babalatchi, und in diesem Fall müsse man Gewalt anwenden, um ihn zur Abfahrt zu bestimmen. Ob der Raja dafür sorgen wolle, daß das Kanu von vertrauenswürdigen Leuten bemannt werde? Das müsse ganz im geheimen veranlaßt werden. Vielleicht wolle der Raja selbst kommen, um mit dem ganzen Gewicht seiner Autorität auf Dain einzuwirken, falls dieser sich widersetzlich zeigen und sich etwa weigern solle, sein Versteck zu verlassen? Der Raja wollte kein bindendes Versprechen abgeben und drängte Babalatchi ängstlich zu gehen, da er einen unerwarteten Besuch der weißen Männer befürchtete. Der greise Staatsmann verabschiedete sich widerstrebend und begab sich auf den Hof.
Bevor er zu seinem Boot hinunterging, blieb Babalatchi eine Weile auf dem geräumigen offenen Platz stehen, auf den dickblättrige Bäume schwarze Schattenkleckse warfen. Sie schienen auf einer Flut glatten, starken Lichtes zu treiben, die über

Häuser und Zäune und bis über den Fluß hin wogte, an dem sie sich brach, und in tausend glitzernden kleinen Wellen blitzte wie ein aus Gold und Azur gewobenes Band, gesäumt vom strahlenden Grün der Wälder auf beiden Ufern des Pantai. In der vollkommenen Stille vor dem Erwachen der Nachmittagsbrise stand die unregelmäßig gezackte Silhouette der Wipfel reglos und wie von einer unsicheren Hand auf das klare Blau des heißen Himmels gezeichnet. Im Innenhof, der durch den hohen Zaun geschützt war, roch es nach welkenden Blüten aus dem Wald, nach trocknendem Fisch und gelegentlich auch nach dem beißenden Qualm der Kochfeuer, der sich zwischen den belaubten Zweigen kräuselte oder träge durch das vertrocknete Gras strich.

Als Babalatchi zu der Flaggenstange aufsah, die eine Gruppe niedriger Bäume in der Mitte des Hofes überragte, flatterte die dreifarbene Fahne der Niederlande zum erstenmal ein wenig, seitdem sie am Morgen bei der Ankunft der Boote des Kriegsschiffes gehißt worden war. Unter dem leisen Rauschen der Blätter senkte sich die Brise in schwachen Stößen herab und spielte eine Weile launisch mit diesem Symbol der Macht Lakambas, das gleichzeitig auch das Zeichen seiner Abhängigkeit war; dann frischte die Brise auf, und die Flagge entfaltete sich und wehte nun lang ausgestreckt und knatternd über den Bäumen. Ein Schatten glitt über den Fluß, überrollte und verdeckte das Glitzern der untergehenden Sonne. Eine große, weiße Wolke trieb gemächlich über den dunkler werdenden Himmel und blieb im Westen stehen, als wolle sie darauf warten, daß die Sonne sie dort einhole. Menschen und Dinge schüttelten die Benommenheit des heißen Nachmittags ab und erwachten unter dem ersten Anhauch der Seebrise zum Leben. Babalatchi eilte zum Wassertor hinab; doch ehe er hindurchging, blieb er stehen, um sich noch einmal den Hof mit seinem Licht und Schatten und den lustig brennenden Feuern anzusehen, an denen Lakambas Krieger und Diener in Gruppen saßen. Sein eigenes Haus stand unter anderen Gebäuden in diesem Hof, und der Staatsmann von Sambir fragte sich beklommenen Herzens, wann und wie er wohl je in sein Haus zurückkehren dürfe? Er hatte es jetzt mit einem Mann zu tun, der gefährlicher war als jedes ihm bekannte wilde Tier: mit einem stolzen Mann, einem nach Fürstenart launischen Mann, einem Verliebten. Und er sollte nun zu diesem Mann kühl und weltklug sprechen. Konnte es etwas Schrecklicheres geben? Wie, wenn dieser Mann sich durch irgendeine eingebildete Kränkung oder einen Mangel an Rücksicht auf seine Neigungen beleidigt fühlte und plötzlich Amok lief? Der kluge Ratgeber wäre dann zweifellos das erste Opfer, und der Tod würde sein Lohn sein. Und diese schauderhafte Situation wurde durch die Gefahr nicht verbessert, die von den geschäftigen Narren, den weißen Männern, ausging. Vor Babalatchi tauchte das Bild eines trostlosen Exils im fernen Madura auf. Würde das nicht noch schlimmer sein als der Tod? Und dann war da diese halbweiße Frau mit den drohenden Augen. Wie konnte er voraussehen, was ein unbegreifliches Wesen dieser Art tun oder nicht tun würde? Sie wußte so viel, daß es ganz unmöglich war, Dain zu töten. Das war gewiß. Und doch ist der spitze, scharfkantige Kris ein guter und verschwiegener Freund, dachte Babalatchi, während er den seinen liebevoll prüfte und ihn mit einem bedauernden Seufzer in die Scheide zurückstieß, ehe er sein Kanu losmachte. Als er die Leine loswarf, sich abstieß und das Paddel zur Hand nahm, wurde ihm ungemein deutlich, wie wenig befriedigend es war, wenn Frauen sich in Staatsangelegenheiten einmischten. Junge Frauen selbstverständlich. Für Mrs. Almayers gereifte Klugheit und das Talent zur Intrige, das dem weiblichen Verstand mit den Jahren kommt, empfand er die ehrlichste Achtung.

Er paddelte geruhsam und ließ das Kanu stromab treiben, während er den Fluß auf dem Wege zur Landzunge überquerte. Die Sonne stand noch hoch, und es eilte nicht. Seine Arbeit konnte erst mit Einbruch der Dunkelheit beginnen. Er wich dem Steg von Lingard aus, umschiffte die Landspitze und paddelte den Bach hinauf, der hinter Almayers Haus entlang führte. Es lagen dort viele Kanus, die Nasen dicht aneinander, alle am gleichen Pflock festgemacht. Babalatchi schob sein kleines Fahrzeug dazwischen und ging an Land. Auf der anderen Seite des Baches bewegte sich etwas im Gras.

»Wer versteckt sich dort?« rief Babalatchi. »Komm heraus und sprich zu mir.«

Niemand antwortete. Babalatchi stieg über den Bach, indem er von einem Kanu ins andere trat, und stocherte heftig mit seinem Stab an dem verdächtigen Ort herum. Taminah sprang mit einem Schrei auf.

»Was machst du hier?« fragte er überrascht. »Ich wäre beinahe auf dein Tablett getreten. Bin ich ein Dayak, daß du dich bei meinem Anblick verstecken mußt?«

»Ich war müde und habe geschlafen«, flüsterte Taminah verwirrt.

»Geschlafen! Du hast heute nichts verkauft, und wenn du nach Haus kommst, wird man dich schlagen«, sagte Babalatchi.

Stumm und verlegen stand Taminah da. Babalatchi betrachtete sie aufmerksam und sehr befriedigt. Ganz gewiß wollte er dem Dieb Bulangi fünfzig Dollars mehr bieten. Das Mädchen sagte ihm zu.

»Geh nun nach Haus. Es ist spät«, sagte er scharf. »Sage Bulangi, daß ich, noch ehe die Nacht halb herum ist, in der Nähe seines Hauses sein werde und daß er sich auf eine lange Reise vorbereiten soll. Verstehst du? Eine lange Reise nach Süden. Sage ihm das, ehe die Sonne untergeht, und vergiß meine Worte nicht.«

Taminah machte eine zustimmende Geste und sah zu, wie

Babalatchi wieder den Bach überquerte und durch das Gebüsch verschwand, das Almayers Hof eingrenzte. Sie trat ein wenig weiter vom Bach weg und ließ sich wieder ins Gras sinken. Hier lag sie mit dem Gesicht nach unten und bebte in tränenlosem Jammer.

Babalatchi ging auf der Suche nach Mrs. Almayer schnurstracks in den Küchenschuppen. Im Hof herrschte großer Aufruhr. Ein fremder Chinese kommandierte am Küchenfeuer und verlangte lärmend nach einer weiteren Kasserole. Er überschüttete eine Gruppe von Sklavinnen, die, von seiner Heftigkeit halb erschreckt, halb belustigt, ein wenig abseits standen, im Kantondialekt und in schlechtem Malaiisch mit Verwünschungen. Von den Lagerfeuern, an denen die Matrosen der Fregatte saßen, kamen muntere Zurufe, Gelächter und Spott. Mitten in diesem lärmenden Durcheinander stieß Babalatchi auf Ali, der eine leere Schüssel in der Hand trug.

»Wo sind die weißen Männer?« fragte Babalatchi.

»Sie essen auf der vorderen Veranda«, erwiderte Ali. »Halte mich nicht auf, Tuan. Ich verabreiche den weißen Männern ihr Essen und bin sehr beschäftigt.«

»Wo ist Mem Almayer?«

»Im Korridor. Sie horcht.«

Ali grinste und ging weiter; Babalatchi erstieg die Planke zur hinteren Veranda, winkte Mrs. Almayer heraus und verstrickte sie in eine ernste Unterhaltung. Durch den langen Korridor, vor dessen Ende der rote Vorhang hing, konnten sie hören, wie Almayer von Zeit zu Zeit polternd in die Unterhaltung eingriff, was Mrs. Almayer dazu veranlaßte, Babalatchi bedeutsam anzuschauen.

»Höre«, sagte sie. »Er hat viel getrunken.«

»Das hat er«, flüsterte Babalatchi. »Er wird heute nacht fest schlafen.«

Mrs. Almayer sah ungewiß drein.

»Manchmal hält ihn der Teufel des starken Gins wach, und dann wandelt er fluchend die ganze Nacht auf der Veranda umher; wir meiden dann seine Nähe«, erklärte Mrs. Almayer aus dem größeren Erfahrungsreichtum ihrer zwanzigjährigen Ehe.

»Aber dann hört er nichts, er begreift nichts, und selbstverständlich verfügt seine Hand über keine Kraft. Heute nacht soll er nichts hören.«

»Nein«, stimmte Mrs. Almayer energisch, aber mit behutsam gedämpfter Stimme zu. »Wenn er etwas hört, wird er töten.«

Babalatchi sah ungläubig drein.

»Hai Tuan, du darfst mir glauben. Habe ich nicht viele Jahre mit diesem Mann verbracht? Habe ich nicht, als ich noch jünger war und er gelegentlich Argwohn hegte, den Tod im Auge dieses Mannes erblickt? Wäre er ein Mann meines eigenen Volkes gewesen, so hätte ich einen solchen Blick nicht zweimal gesehen; aber er –«

Mit lässiger Handbewegung schien sie auf Almayers schwächliche Scheu vor übereiltem Blutvergießen schwärzeste Verachtung zu häufen.

»Wenn er zwar den Wunsch, nicht aber die Kraft hat, was gibt es dann für uns zu fürchten?« fragte Babalatchi nach kurzem Schweigen, während dessen beide Almayers lauten Reden gelauscht hatten, bis diese sich in der allgemeinen Unterhaltung verloren.

»Was haben wir zu fürchten?« wiederholte Babalatchi.

»Um die Tochter zu halten, die er liebt, würde er, ohne zu zögern, dich und mich niederstechen«, erklärte Mrs. Almayer. »Wenn das Mädchen fort ist, wird er sich wie ein losgeketteter Teufel aufführen. Dann ist es für uns beide ratsam, Vorsicht zu üben.«

»Ich bin ein alter Mann und fürchte den Tod nicht«, antwortete Babalatchi und heuchelte Gleichmut. »Aber was wirst du tun?«

»Ich bin eine alte Frau und möchte am Leben bleiben«, erwiderte Mrs. Almayer. »Sie ist ja auch meine Tochter. Ich will Schutz zu Füßen unseres Raja suchen, ihn im Namen der Vergangenheit anflehen, da wir beide jung waren, und er –«
Babalatchi hob die Hand.
»Genug. Du sollst beschützt werden«, sagte er beschwichtigend.
Wieder hörte man Almayers Stimme, und wieder unterbrachen die beiden Lauscher ihr Gespräch, um die wirren, lärmenden Äußerungen zu vernehmen, die mit wechselnder Lautstärke, unterbrochen durch unvermutete Pausen und bereichert durch laute Wiederholungen, derart vorgetragen wurden, daß aus dem unverständlichen Wirrwarr erregten Geschreis, dem Almayer noch durch Faustschläge auf den Tisch Nachdruck verlieh, einzelne Sätze und Worte klar und deutlich an ihre Ohren drangen. In den kurzen Redepausen wurde das hohe, klagende Klirren der dicht beieinander stehenden und von der Erschütterung vibrierenden Wassergläser leiser, bis es wieder anschwoll, wenn ein neuer Einfall einen neuen Wortschwall hervorrief, und die schwere Hand von neuem niedersausen ließ. Endlich hörte das zänkische Gebrüll auf, und die sirrende Klage der in Unruhe versetzten Gläser verstummte widerstrebend.
Babalatchi und Mrs. Almayer hatten neugierig gehorcht, die Körper vorgeneigt, die Ohren dem Korridor zugewandt. Jedesmal, wenn Almayer lospolterte, nickten sie einander mit einer höchst lächerlich wirkenden Miene sittlicher Entrüstung zu; sie verblieben auch noch in ihrer Haltung, als der Lärm schon aufgehört hatte.
»Das ist der Ginteufel«, wisperte Mrs. Almayer. »Ja; so redet er manchmal, wenn niemand zugegen ist, der ihn hört.«
»Was sagt er?« fragte Babalatchi eifrig. »Du müßtest ihn doch verstehen.«
»Ich habe ihre Sprache vergessen. Etwas habe ich verstanden.

Er sprach respektlos vom weißen Herrscher in Batavia und seinem Schutz und sagte, daß man ihm Unrecht getan habe; das hat er mehrmals gesagt. Mehr habe ich nicht verstanden. Horch, da spricht er wieder!«

»Tse, tse, tse«, machte Babalatchi und versuchte entsetzt auszusehen, hatte aber ein erfreutes Zwinkern in seinem Auge. »Zwischen diesen weißen Männern wird es großen Ärger geben. Ich will nun ums Haus gehen und selbst sehen. Sag deiner Tochter inzwischen, daß sie eine unerwartete, lange Reise vor sich hat, an deren Ende Ruhm und Herrlichkeit ihrer harren. Sage ihr auch, daß Dain fort muß oder sterben wird, und daß er allein nicht fahren will.«

»Nein, allein wird er nicht fahren«, wiederholte Mrs. Almayer langsam und recht nachdenklich, während sie in den Korridor schlich, nachdem sie Babalatchi um die Hausecke herum hatte verschwinden sehen.

Von lebhafter Neugier getrieben, eilte Babalatchi zur Vorderseite des Hauses. Dort angelangt, stieg er aber vorsichtig und behutsam Schritt um Schritt die Verandatreppe hinauf. Auf der höchsten Stufe ließ er sich lautlos nieder, die Füße auf die nächst niedrige Stufe gesetzt und zum Rückzug bereit, sollte seine Anwesenheit nicht erwünscht sein. In dieser Stellung fühlte er sich recht sicher. Der Tisch stand mit dem Ende zu ihm, und er konnte Almayers Rücken sehen. Nina war ihm gegenüber, und die beiden Offiziere sah er von der Seite; von den vier um den Tisch versammelten Personen bemerkten indessen nur Nina und der junge Offizier sein lautloses Erscheinen. Mit einem Senken der Augenlider deutete Nina an, daß sie ihn gesehen hatte; sie richtete dann sogleich das Wort an den jungen Fähnrich, der sich ihr aufmerksam zuwandte, aber ihr Blick ruhte fest auf dem Gesicht des Vaters, während Almayer lärmend redete.

»...illoyal und skrupellos! Was haben Sie je für mich getan, daß ich loyal sein sollte? Sie haben dieses Land nicht fest genug in der Hand. Ich mußte für mich selber sorgen, und als ich um Schutz bat, hat man mir gedroht und sich abfällig geäußert, und mir die Verleumdungen der Araber ins Gesicht geworfen. Mir! Einem Weißen!«

»So beruhigen Sie sich doch, Almayer«, tadelte der Leutnant; »ich habe das alles schon gehört.«

»Warum reden Sie mir dann von Skrupeln? Ich brauchte Geld, und dafür habe ich Schießpulver hergegeben. Wie konnte ich denn wissen, daß deshalb ein paar von Ihren erbärmlichen Leuten in die Luft fliegen würden? Skrupel! Pah!«

Er faßte unsicher nach den Weinflaschen, prüfte eine nach der anderen und murmelte dabei vor sich hin. »Kein Wein mehr«, knurrte er enttäuscht.

»Sie haben genug gehabt, Almayer«, bemerkte der Leutnant, während er sich eine Zigarre anbrannte. »Ist es nicht Zeit, daß Sie uns Ihren Gefangenen ausliefern? Ich nehme doch an, daß Sie Dain Maroola irgendwo in sicherem Gewahrsam haben. Trotzdem sollten wir diese Angelegenheit hinter uns bringen, und dann können wir noch etwas trinken. Und sehen Sie mich nicht so an.«

Almayer starrte aus steinernen Augen und griff sich mit zitternden Händen an die Kehle.

»Gold«, sagte er mühsam. »Hm! Eine Hand an der Gurgel, Sie entschuldigen wohl. Ich wollte sagen – ein bißchen Gold für ein bißchen Schießpulver. Was ist dabei?«

»Ich weiß, ich weiß«, beschwichtigte der Leutnant.

»Nein! Sie wissen nichts. Keiner von Ihnen weiß etwas!« brüllte Almayer. »In der Regierung sitzen lauter Idioten. Glauben Sie mir, Berge von Gold. Ich bin der Mann, der Bescheid weiß; ich und noch einer. Aber der redet nicht. Der ist –«

Er verstummte mit unsicherem Lächeln und versuchte vergeblich, dem Offizier auf die Schulter zu klopfen, wobei er einige leere Flaschen umstieß.

»Persönlich sind Sie ganz nett«, sagte er sodann sehr deutlich und sehr herablassend. Er nickte schläfrig, während er so dasaß und vor sich hinmurmelte.

Die Offiziere sahen einander ratlos an.

»So geht es nicht«, sagte der Leutnant zu seinem Untergebenen. »Lassen Sie die Leute im Hof antreten. Ich muß ihn zur Vernunft bringen. He! Almayer! Wachen Sie auf, Mann. Lösen Sie Ihr Wort ein. Sie haben Ihr Wort gegeben, Sie wissen doch, Ihr Ehrenwort.«

Almayer schüttelte die Hand des Offiziers ungeduldig ab; doch seine schlechte Laune verflüchtigte sich gleich wieder, und er blickte auf, wobei er den Zeigefinger an die Nase legte.

»Sie sind sehr jung; jedes Ding hat seine Zeit«, sagte er mit außerordentlich weiser Miene.

Der Leutnant wandte sich an Nina, die, in den Stuhl zurückgelehnt, den Vater unverwandt beobachtete.

»Ich bedauere diese Vorgänge um Ihretwillen wirklich aufs tiefste«, sagte er. »Ich weiß nicht«, fuhr er mit einiger Verlegenheit fort, »ob ich das Recht habe, eine Bitte an Sie zu richten, es sei denn vielleicht die, sich diese peinliche Szene zu ersparen, aber ich glaube, daß ich Ihnen um Ihres Vaters willen doch vorschlagen muß – ich will sagen, wenn Sie Einfluß auf ihn haben, so sollten Sie diesen doch geltend machen, um ihn dazu zu bewegen, das Versprechen einzuhalten, das er gegeben hat, ehe er – ehe er in diesen Zustand geraten ist.«

Er bemerkte enttäuscht, daß sie unbeweglich mit halbgeschlossenen Augen dasaß und seine Worte überhaupt nicht gehört zu haben schien.

»Darf ich –« fing er wieder an.

»Von was für einem Versprechen reden Sie da?« fragte Nina brüsk, erhob sich und trat zu ihrem Vater.

»Es handelt sich um nichts Unbilliges. Er versprach, uns einen Mann auszuliefern, der im tiefsten Frieden unschuldige Menschen getötet hat, um der Strafe zu entgehen, die ihn erwartet, weil er das Gesetz gebrochen hat. Er plante ein Verbrechen in großem Maßstab. Daß es zum Teil fehlschlug, ist nicht seine Schuld. Selbstverständlich haben Sie von Dain Maroola gehört. Soweit ich verstanden habe, hat Ihr Vater ihn festgenommen. Wir wissen, daß er den Pantai hinauf geflohen ist. Vielleicht–«

»Und er hat weiße Männer getötet!« unterbrach Nina.

»Ich bedauere, sagen zu müssen, daß es Weiße waren. Jawohl, zwei weiße Männer verloren ihr Leben durch den Streich, den uns dieser Schurke gespielt hat.«

»Nur zwei!« rief Nina.

Der Offizier sah sie verblüfft an.

»Ja, hören Sie mal –«, stammelte er verwirrt.

»Es hätten ja mehr sein können«, unterbrach ihn Nina. »Und wenn Sie diesen – diesen Schurken in die Hände bekommen, werden Sie dann abfahren?«

Der Leutnant verbeugte sich zustimmend, immer noch sprachlos.

»Dann will ich ihn für Sie herbeischaffen, und wenn ich ihn aus einer Feuersbrunst holen müßte«, brach es aus ihr hervor. »Ich hasse den Anblick Ihrer weißen Gesichter. Ich hasse den Klang Ihrer sanften Stimmen. So reden Sie zu Frauen, reden sanfte Worte vor einem hübschen Gesicht. Ich kenne Ihre Stimmen von früher. Ich hatte gehofft, hier leben zu können, ohne ein anderes weißes Gesicht als dieses hier sehen zu müssen«, setzte sie weicher hinzu und berührte leicht die Wange ihres Vaters.

Almayer hörte auf, vor sich hinzumurmeln, und öffnete die Augen. Er faßte die Hand seiner Tochter und drückte sie an sein Gesicht, während Nina mit der anderen Hand sein wirres graues Haar glättete und dabei trotzig über den Kopf ihres

Vaters hinweg den Offizier ansah, der nun seine Fassung wiedergewonnen hatte und ihren Blick kalt und fest erwiderte. Unten vor der Veranda hörte man die Schritte der Seeleute, die sich befehlsgemäß aufstellten. Der Fähnrich kam die Stufen herauf, und Babalatchi richtete sich beunruhigt auf, legte seinen Finger an den Mund und versuchte, Ninas Blick zu erhaschen.

»Du bist ein gutes Mädchen«, flüsterte Almayer zerstreut und ließ die Hand seiner Tochter los.

»Vater, Vater!« rief sie und neigte sich leidenschaftlich bittend über ihn. »Sieh doch nur diese beiden Männer, die uns anschauen. Schick sie weg. Ich kann es nicht mehr ertragen. Schick sie weg. Tu, was sie verlangen, und laß sie gehen.«

Sie erblickte nun Babalatchi und verstummte, doch klopfte sie in einem Anfall nervöser Unruhe schnell und unaufhörlich mit dem Fuß auf den Boden. Die beiden Offiziere standen nahe beieinander und sahen neugierig zu.

»Was ist denn passiert? Was ist los?« flüsterte der Jüngere.

»Ich weiß nicht«, hauchte der andere. »Sie tobt, und er ist betrunken. Wenn auch nicht so betrunken, wie er tut. Höchst merkwürdig. Sehen Sie mal!«

Almayer war aufgestanden und stützte sich auf den Arm seiner Tochter. Er verhielt einen Augenblick, ließ dann seine Stütze fahren und taumelte halb durch die Veranda. Er riß sich zusammen und stand hoch aufgereckt, schwer atmend, und blickte zornig um sich.

»Sind die Leute bereit?« fragte der Leutnant.

»Alles bereit, Sir.«

»Nun, Mr. Almayer, gehen Sie voran«, befahl der Leutnant.

Almayer sah ihn an, als sehe er ihn zum erstenmal. »Zwei Männer«, sagte er mühsam. Die Anstrengung des Sprechens schien ihn um sein Gleichgewicht zu bringen. Er tat einen schnellen Schritt, um nicht zu fallen, und stand dann schwan-

kend da. »Zwei Männer«, begann er wieder mit Mühe. »Zwei weiße Männer in Uniform – ehrenwerte Männer. Ich will sagen – Ehrenmänner. Das sind Sie doch?«
»Hören Sie auf damit«, versetzte der Offizier ungeduldig. »Lassen Sie uns endlich Ihren Freund holen.«
»Wofür halten Sie mich eigentlich?« fragte Almayer wild.
»Für betrunken, aber doch nicht für so betrunken, daß Sie nicht mehr wüßten, was Sie tun. Schluß jetzt mit diesem Unfug«, sagte der Offizier streng, »oder ich lasse Sie aus Ihrem eigenen Haus abführen.«
»Abführen!« lachte Almayer mißtönig. »Hahaha! Abführen! Seit zwanzig Jahren versuche ich von diesem höllischen Ort fortzukommen und es gelingt mir nicht. Hören Sie, Mann! Ich kann nicht und werde es auch nie können. Nie!«
Er endete mit einem Schluchzen und stieg unsicher die Treppe hinunter. Im Hof trat der Leutnant auf ihn zu und nahm ihn beim Arm. Der Fähnrich und Babalatchi gingen dicht hinter ihm.
»Schon besser, Almayer«, sagte der Offizier ermutigend. »Wo gehen Sie hin? Hier sind nur Bretter. He«, fuhr er fort und schüttelte ihn etwas, »brauchen wir die Boote?«
»Nein«, antwortete Almayer giftig. »Sie brauchen ein Grab.«
»Was? Da reden Sie wieder Unsinn! Sprechen Sie doch vernünftig.«
»Grab!« brüllte Almayer und versuchte, sich loszureißen. »Ein Loch in der Erde, verstehen Sie denn nicht? Sie müssen betrunken sein. Lassen Sie mich los! Lassen Sie mich gefälligst los!«
Er riß sich von dem Offizier los und torkelte auf die Bretter zu, wo der Leichnam unter seiner weißen Hülle lag; dann drehte er sich schnell um und blickte in den Halbkreis der aufmerksamen Gesichter. Die Sonne sank nun rasch und warf die langen Schatten des Hauses und der Bäume über den Hof, doch

verweilte das Licht noch auf dem Fluß, wo Stämme in der Strommitte dahintrieben und sich sehr deutlich und schwarz im blaßrosa Schimmer abzeichneten. Die Stämme der Bäume im Wald am östlichen Ufer waren schon in Finsternis getaucht, während die Wipfel sich schwach im scheidenden Licht wiegten. Die Luft war schwer und kühl in der Brise, die in leichten Stößen über dem Wasser erstarb.

Almayer fröstelte, als er einen Versuch machte zu sprechen, und faßte mit unsicherer Bewegung an seine Kehle, als müsse er sie von der Umklammerung durch eine unsichtbare Hand befreien. Seine blutunterlaufenen Augen wanderten blicklos über die Gesichter.

»So!« sagte er schließlich. »Sind alle da? Es ist ein gefährlicher Mensch.«

Er zerrte heftig an dem Tuch; die Leiche rollte steif von den Brettern und blieb starr und hilflos zu seinen Füßen liegen.

»Kalt, völlig kalt«, sagte Almayer und blickte mit freudlosem Lächeln um sich. »Es tut mir leid, daß ich Ihnen nichts Besseres anbieten kann. Sie können ihn auch nicht hängen. Wie Sie bemerken wollen, meine Herren«, setzte er ernst hinzu. »ist überhaupt kein Kopf und kaum ein Hals vorhanden.«

Der letzte Lichtstrahl wurde von den Wipfeln weggerissen, über dem Fluß wurde es plötzlich dunkel, und in der tiefen Stille schien das Murmeln des strömenden Wassers den unendlichen Raum aus grauen Schatten zu erfüllen, die sich auf das Land hernieder senkten.

»Dies ist Dain«, sagte Almayer zu der schweigenden Gruppe gewandt, die ihn umstand. »Und ich habe mein Wort gehalten. Erst schwand mir eine Hoffnung, dann noch eine, und dies war meine letzte. Nun ist nichts mehr übrig. Sie glauben wohl, daß Sie es hier nur mit *einem* toten Mann zu tun haben? Ich versichere Ihnen, daß Sie sich irren. Ich selbst bin viel toter. Warum hängen Sie nicht mich?« schlug er plötzlich ganz

freundlich dem Leutnant vor. »Glauben Sie mir, es wäre nur eine For- Forma- Formalität.«
Diese letzten Worte murmelte er nur noch vor sich hin und schwankte dem Haus zu. »Scher dich weg!« brüllte er Ali an, der ihm schüchtern zu Hilfe kommen wollte. Aus der Ferne betrachteten Gruppen erschreckter Männer und Frauen seinen schwankenden Weg; er zog sich am Geländer die Treppen hinauf und erreichte mit großer Mühe einen Stuhl, auf den er sich schwer fallen ließ. Eine Weile saß er da, vor Wut und Erschöpfung keuchend, und sah sich unsicher nach Nina um; dann machte er eine drohende Geste zum Hof hin, wo er Babalatchis Stimme vernommen hatte, und stieß zur Begleitung krachend zerbrechenden Geschirrs mit dem Fuß den Tisch um. Dann knurrte er noch einmal drohend vor sich hin, ließ den Kopf auf die Brust sinken, schloß die Augen und schlief tief aufseufzend ein.
In jener Nacht erblickte die friedliche und blühende Siedlung Sambir zum erstenmal in ihrer Geschichte Lichter in ›Almayers Wahn‹. Es waren die Laternen der Boote, welche von den Seeleuten in der Veranda aufgehängt worden waren, wo die beiden Offiziere ein Verhör abhielten, um festzustellen, ob die Geschichte, die Babalatchi ihnen erzählt hatte, wahr sei. Babalatchi war nun wieder ein bedeutender Mann. Beredt und eindringlich rief er Himmel und Erde zu Zeugen dafür an, daß er die Wahrheit spreche. Auch andere Zeugen waren vorhanden. Mahmat Banjer und andere wurden einer strengen Befragung unterworfen, die sich bis spät in den Abend erstreckte. Man sandte einen Boten zu Abdulla, der sich seines ehrwürdigen Alters halber entschuldigen ließ, dafür aber Reshid schickte. Mahmat mußte den Fußreif vorzeigen und wütend und enttäuscht zusehen, wie der Leutnant ihn als Beweisstück für den Tod Dains, das mit dem offiziellen Bericht der Kommission einzuschicken war, in die Tasche steckte. Auch Babalatchis Ring

wurde zum gleichen Zwecke beschlagnahmt, doch hatte sich der erfahrene Staatsmann von allem Anfang an mit diesem Verlust vertraut gemacht. Er bedauerte ihn nicht, solange er nur die Gewißheit hatte, daß die Weißen ihm Glauben schenkten. Er stellte sich diese Frage ernsthaft, als er nach Abschluß der Untersuchung als einer der letzten fortging. Gewißheit hatte er nicht. Immerhin, falls man ihm wenigstens diese eine Nacht Glauben schenkte, wollte er Dain aus der Reichweite dieser Offiziere entfernen und sich dann sicherfühlen. Er ging schnell davon, wobei er sich gelegentlich umschaute, da er befürchtete, verfolgt zu werden, doch sah und hörte er nichts.

»Zehn Uhr«, sagte der Leutnant und blickte gähnend auf seine Uhr. »Wenn wir zurückkommen, werde ich vom Kapitän wohl einige freundliche Bemerkungen zu hören bekommen. So eine elende Geschichte.«

»Glauben Sie, daß alles wahr ist?« fragte der Jüngere.

»Wahr! Es könnte gerade noch möglich sein. Aber auch wenn es nicht wahr ist – was können wir tun? Wenn wir ein Dutzend Boote hätten, könnten wir die Seitenarme überwachen; aber auch das würde nicht viel nützen. Dieser verrückte Betrunkene hat ganz recht; wir haben die Küste nicht fest genug in der Hand. Die Leute machen, was sie wollen. Sind unsere Hängematten aufgehängt?«

»Jawohl, ich habe es dem Bootsmann gesagt. Ein merkwürdiges Pärchen da drüben«, sagte der Fähnrich und deutete auf Almayers Haus.

»Hm! Wirklich merkwürdig. Was haben Sie mit ihr geredet? Ich habe mich ja die meiste Zeit dem Vater gewidmet.«

»Ich versichere Ihnen, daß ich mich größter Höflichkeit befleißigt habe«, beteuerte der andere mit Nachdruck.

»Schon gut. Regen Sie sich nicht auf. Soweit ich sehe, hat sie dann also was gegen Höflichkeit. Ich dachte schon, Sie seien vielleicht zärtlich geworden. Sie wissen, wir sind im Dienst.«

»Selbstverständlich. Das vergesse ich nie. Ich war kühl und höflich, nichts weiter.«

Beide lachten ein wenig, und da sie nicht müde waren, begannen sie nebeneinander auf der Veranda auf und ab zu gehen. Der Mond erhob sich verstohlen über die Bäume und verwandelte den Fluß plötzlich in einen Strom von blitzendem Silber. Der Wald trat aus der schwarzen Leere hervor und stand düster und schwermütig über dem glänzenden Wasser. Die Brise erstarb zu einer reglosen Flaute.

Nach Art der Seeleute marschierten die beiden Offiziere gemessenen Schrittes hin und her, ohne ein Wort zu wechseln. Die lockeren Dielen knarrten trocken und aufdringlich unter ihren Schritten im lautlosen Schweigen der Nacht. Als sie sich wieder einmal umwandten, blieb der Jüngere aufmerksam stehen.

»Haben Sie das gehört?« fragte er.

»Nein!« sagte der andere. »Was denn?«

»Ich glaubte einen Schrei zu hören. Einen ganz schwachen Schrei. Es hörte sich an wie die Stimme einer Frau. In dem Haus da drüben. Ah! Wieder! Hören Sie es?«

»Nein«, versetzte der Leutnant, nachdem er eine Weile gelauscht hatte. »Ihr jungen Leute hört immer Frauenstimmen. Wenn Sie träumen wollen, legen Sie sich lieber in die Hängematte. Gute Nacht.«

Der Mond stieg höher, und die warmen Schatten wurden kleiner und verkrochen sich, als wollten sie sich vor dem kalten grausamen Licht verstecken.

X

»Endlich ist sie untergegangen«, sagte Nina zu ihrer Mutter und zeigte dabei auf die Berge, hinter denen die Sonne versunken war. »Höre, Mutter, ich werde nun hinüberfahren zu Bulangis Fluß, und falls ich nicht wieder zurückkommen sollte –«

Sie unterbrach sich, und etwas wie Zweifel trübte vorübergehend das Feuer unterdrückten Jubels, das in ihren Augen glühte und während dieses ganzen aufregenden Tages die heitere Unbeweglichkeit ihrer Züge mit einem Funken strahlenden Lebens erhellt hatte – während dieses Tages der Freude und Erwartung, der Hoffnung und Angst, der unbestimmten Trauer und des gedämpften Jubels. Solange die Sonne mit jenem blendenden Glanz schien, in welchem ihre Liebe geboren und gewachsen war, bis sie ihr ganzes Wesen umfaßte, wurde Nina in ihrem unwandelbaren Entschluß durch das geheimnisvolle Raunen ihres Verlangens bestärkt, dieses Verlangens, das ihr Herz mit ungeduldiger Sehnsucht nach der Dunkelheit füllte, welche das Ende der Gefahr und des Kampfes bedeutete und den Anfang des Glückes, der Erfüllung ihrer Liebe und ihres Lebens. Endlich war die Sonne untergegangen! Die kurze tropische Dämmerung war vorüber, noch ehe Nina den langen Seufzer der Erleichterung ausstoßen konnte; die plötzlich eingefallene Finsternis schien angefüllt von drohenden Stimmen, die sie aufforderten, sich blindlings ins Unbekannte zu stürzen, ihrem eigenen Verlangen treu zu bleiben und sich der Leidenschaft zu ergeben, welche sie geweckt hatte und teilte. Er wartete! In der Einsamkeit der versteckten Lichtung, in der tiefen Stille des Waldes wartete er allein, ein Flüchtling, der um sein Leben bangte. Gleichgültig gegen die Gefahr wartete er auf sie. Einzig um ihretwillen war er gekommen; und nun, da die Zeit nahte, da ihm sein Lohn werden sollte, fragte sie sich verzweifelt, was wohl dieser erkältende Zweifel an ihrem eigenen Willen und Begehren bedeuten mochte? Mit Mühe schüttelte sie die Furcht vor dieser flüchtigen Schwäche ab. Er sollte seinen Lohn erhalten. Ihre weibliche Liebe und ihre Frauenehre überwanden das schwächliche Mißtrauen vor der unbekannten Zukunft, die in der Dunkelheit des Flusses auf sie wartete.

»Nein, du wirst nicht zurückkehren«, murmelte Mrs. Almayer prophetisch. »Ohne dich wird er nicht abfahren, und wenn er hier bleibt –« sie deutete mit der Hand gegen die Lichter von ›Almayers Wahn‹, und der unbeendete Satz klang in einem bedrohlichen Knurren aus.

Die beiden Frauen hatten sich hinter dem Haus getroffen und gingen nun langsam zum Bach hin, in dem alle Kanus vertäut lagen. Am Rande des Gebüsches angekommen, blieben sie wie auf Verabredung stehen; Mrs. Almayer legte die Hand auf den Arm ihrer Tochter und mühte sich vergeblich, dem Mädchen in das abgewandte Gesicht zu sehen. Als sie zu reden versuchte, gingen ihre Worte in einem unterdrückten Schluchzen unter, das sich, von den Lippen dieser Frau kommend, die von allen menschlichen Leidenschaften doch nur Zorn und Haß zu kennen schien, recht seltsam ausnahm.

»Du wirst nun fortgehen, um eine große Fürstin zu werden«, sagte sie schließlich, und ihre Stimme war wieder fest. »Und wenn du klug bist, wirst du große Macht haben, die viele Tage währen und bis in dein hohes Alter reichen wird. Was bin ich gewesen? Eine Sklavin mein Leben lang, und ich habe für einen Mann Reis gekocht, der weder Mut noch Klugheit besitzt. Hai! Aber ich wurde immerhin von einem Fürsten und

Krieger jenem Mann zum Geschenk gemacht, der beides nicht war. Hai, Hai!«

Sie jammerte leise vor sich hin, beklagte die verpaßten Gelegenheiten, Morde zu begehen und Unheil zu stiften, die ihr geworden wären, hätte man sie mit einer ähnlich fühlenden Seele verbunden. Nina beugte sich über Mrs. Almayers eingeschrumpfte Gestalt, und im Licht der Sterne, die am schwarzen Himmel erschienen und nun mit angehaltenem Atem über diesem merkwürdigen Abschied leuchteten, musterte sie aufmerksam die verwelkten Züge ihrer Mutter und sah aus der Nähe in die eingesunkenen Augen, die durch lange schmerzliche Erfahrung hellsichtig in Ninas eigene dunkle Zukunft blicken konnten. Wie eh und je war sie wieder fasziniert von der Erregung ihrer Mutter und von ihrer orakelhaften Ausdrucksweise, die zusammen mit ihren Ausbrüchen von Heftigkeit nicht wenig dazu beigetragen hatten, ihr in der Siedlung den Ruf einer Hexe zu verschaffen.

»Ich war eine Sklavin, aber du sollst eine Königin sein«, fuhr Mrs. Almayer fort und sah starr vor sich hin, »vergiß aber nicht die Stärke und die Schwäche der Männer. Zittere vor seinem Zorn, damit er im Licht des Tages deine Furcht sieht; im Herzen jedoch magst du lachen, denn nach Sonnenuntergang ist er dein Sklave.«

»Ein Sklave! Er! Der Herr des Lebens! Du kennst ihn nicht, Mutter!«

Mrs. Almayer ließ sich herab, höhnisch zu lachen.

»Du sprichst wie eine närrische Weiße«, versetzte sie. »Was weißt du schon vom Zorn und der Liebe der Männer? Hast du den Schlaf von Männern bewacht, die vom Töten müde sind? Hast du um dich den Arm gespürt, der einen Kris tief in ein zuckendes Herz stoßen kann? Ja! Du bist eine Weiße und solltest zu einem Weibergott beten!«

»Warum sagst du das? Ich habe dir so lange zugehört, bis ich mein altes Leben vergessen habe. Wäre ich weiß, stünde ich dann hier, bereit abzufahren? Mutter, ich will noch einmal ins Haus gehen und das Gesicht meines Vaters sehen.«

»Nein!« widersprach Mrs. Almayer heftig. »Nein, er schläft nun den Schlaf des Gins; und wenn du zurückgehst, wacht er vielleicht auf und sieht dich. Nein, er soll dich nie wieder zu Gesicht bekommen. Als der schreckliche alte Mann dich mir wegnahm, als du noch klein warst, du weißt doch –«

»Es ist solange her«, murmelte Nina.

»Ich weiß es aber noch«, fuhr Mrs. Almayer wild fort, »ich wollte noch einmal dein Gesicht sehen. Er sagte, nein! Ich hörte dich weinen und sprang in den Fluß. Damals warst du seine Tochter; heute bist du meine Tochter. Du sollst nie wieder in dieses Haus zurückkehren; nie wieder sollst du diesen Hof überqueren. Nein, nein!«

Ihre Stimme war nun fast ein Schrei. Auf der anderen Seite des Baches hörte man im hohen Gras etwas rascheln. Die beiden Frauen vernahmen es und horchten eine Weile stumm und überrascht.

»Ich gehe jetzt«, sagte Nina leise, aber bestimmt. »Was geht mich dein Haß oder deine Rache an?«

Sie ging auf das Haus zu, Mrs. Almayer hängte sich an sie und versuchte, sie zurückzuhalten.

»Halt, du sollst nicht gehen!« keuchte sie.

Nina stieß ihre Mutter ungeduldig zurück und raffte ihr Gewand, um ungehindert laufen zu können. Mrs. Almayer stürzte an ihr vorüber, drehte sich herum und trat der Tochter mit ausgebreiteten Armen entgegen.

»Einen Schritt weiter«, rief sie keuchend, »und ich schreie. Siehst du die Lichter dort im großen Haus? Dort sitzen zwei Weiße, und sie sind zornig, weil sie nicht das Blut des Mannes haben können, den du liebst. Und in jenen dunklen Hütten«, fuhr sie fort und war schon ruhiger, als sie gegen die Siedlung

deutete, »könnte meine Stimme Männer wecken, welche die Soldaten der Orang Blanda zu ihm führen, der auf dich wartet.«
Sie konnte das Gesicht ihrer Tochter nicht erkennen, aber die weiße Gestalt stand stumm und unentschlossen vor ihr in der Dunkelheit. Mrs. Almayer nutzte ihren Vorteil.
»Gib dein altes Leben auf! Vergiß!« sagte sie bittend. »Vergiß, daß du je ein weißes Gesicht gesehen hast; vergiß ihre Worte; vergiß ihre Gedanken. Sie sprechen Lügen. Und sie denken Lügen, weil sie uns verachten, die wir besser sind als sie, wenn auch nicht so stark. Vergiß ihre Freundschaft und ihre Verachtung; vergiß ihre vielen Götter. Warum nur willst du dich der Vergangenheit erinnern, Mädchen, wo doch ein Krieger und Fürst bereit ist, um ein Lächeln von dir viele Leben – ja selbst sein eigenes – zu geben?«
Während sie sprach, schob sie ihre Tochter sanft zu den Kanus, verbarg dabei ihre eigene Angst, ihre Besorgnis und ihre Zweifel unter einer Flut leidenschaftlicher Worte, welche Nina keine Zeit zu denken und keine Gelegenheit ließen, sich aufzulehnen, selbst wenn sie das gewollt hätte. Aber sie wollte es jetzt gar nicht. Am Grunde des flüchtigen Verlangens, noch einmal das Gesicht ihres Vaters zu sehen, lag keine starke Zuneigung. Sie empfand keine Skrupel und kein Bedauern darüber, daß sie jenen Mann so brüsk verließ, dessen Gefühle Nina nicht verstehen, ja nicht einmal bemerken konnte. Sie klammerte sich nur ganz instinktiv an ihr altes Leben, die alten Gewohnheiten, die vertrauten Gesichter; sie empfand die Angst vor dem Endgültigen, die in jeder menschlichen Brust lauert und so viele Heldentaten und so viele Verbrechen verhindert. Jahrelang hatte sie zwischen Mutter und Vater gestanden, der Mutter, die in ihrer Schwäche stark, und dem Vater, der dort so schwach war, wo er hätte stark sein können. Zwischen diesen beiden so verschiedenen, so entgegengesetzten Wesen hatte sie stummen

Herzens gestanden, erstaunt und bestürzt von der Tatsache ihrer eigenen Existenz. Es schien so widersinnig und so erniedrigend, dort in die Siedlung geworfen zu sein, die Tage ohne Hoffnung, ohne Verlangen an sich vorbei und in die Vergangenheit eilen zu sehen, ohne ein Ziel, das das Leben gerechtfertigt hätte, welches immer schwerer für sie zu ertragen war. Sie hatte wenig Vertrauen und keinerlei Verständnis für die Träume ihres Vaters; doch die wilde Raserei ihrer Mutter stieß irgendwo ganz tief in ihrer verzweifelten Seele auf ein Echo; und sie träumte ihre eigenen Träume mit der hartnäckigen Inbrunst des Gefangenen, der innerhalb der Mauern seiner Zelle an die Freiheit denkt. Mit der Ankunft Dains hatte sie den Weg zur Freiheit gefunden, indem sie der Stimme ihrer jäh erwachten Triebe gehorchte, und mit überraschter Freude hatte sie geglaubt, in seinen Augen die Antwort auf alle Fragen ihres Herzens lesen zu können. Sie begriff jetzt Grund und Ziel des Lebens; und in der triumphierenden Entschleierung dieses Geheimnisses warf sie verächtlich ihre Vergangenheit mit den traurigen Gedanken, den bitteren Empfindungen und den schwächlichen Neigungen fort, die in der Berührung mit ihrer unbändigen Leidenschaft verwelkt und gestorben waren.

Mrs. Almayer löste Ninas Kanu, richtete sich dann mühsam auf und blieb, die Leine in der Hand, stehen und sah ihre Tochter an.

»Schnell«, sagte sie, »fahr ab, ehe der Mond heraufkommt, solange es dunkel ist auf dem Fluß. Ich fürchte die Sklaven Abdullas. Diese Jammergestalten schleichen oft in der Nacht umher, sie könnten dich sehen und dir folgen. Es liegen zwei Paddel im Kanu.«

Nina näherte sich der Mutter und berührte mit den Lippen sanft die zerfurchte Stirn. Mrs. Almayer schnaufte verächtlich, um gegen eine Zärtlichkeit zu protestieren, von der sie nichtsdestoweniger fürchtete, sie könne ansteckend sein.

»Werde ich dich je wiedersehen, Mutter?« murmelte Nina.
»Nein«, sagte Mrs. Almayer nach kurzem Schweigen. »Warum solltest du hierher zurückkommen, wo es mir vom Schicksal bestimmt ist, zu sterben? Du wirst weit weg von hier in Pracht und Herrlichkeit leben. Wenn ich höre, daß die Weißen von den Inseln vertrieben sind, dann werde ich wissen, daß du lebst und dich meiner Worte erinnert hast.«
»Ich werde mich immer daran erinnern«, erwiderte Nina ernst; »wo aber ist meine Macht, und was kann ich tun?«
»Laß ihn nicht zu lange in deine Augen blicken und nicht seinen Kopf auf deine Knie legen, ohne ihn daran zu erinnern, daß Männer kämpfen sollen, ehe sie ruhen. Und wenn er zaudert, gib ihm selbst seinen Kris und schick ihn fort, wie es der Frau eines mächtigen Fürsten zukommt, wenn der Feind nahe ist. Möge er die weißen Männer erschlagen, die hierher kommen, um mit uns zu handeln, Gebete auf den Lippen und geladene Gewehre in den Händen. Ah –« schloß sie mit einem Seufzer – »sie sind auf allen Meeren und an allen Küsten und sehr zahlreich!«
Sie schwang den Bug des Kanus in den Fluß, ließ es aber noch nicht los, sondern hielt nachdenklich und unentschlossen den Bootsrand. Nina berührte mit dem Paddel das Ufer, bereit, sich in den Strom hinauszustoßen.
»Was ist denn, Mutter?« fragte sie leise. »Hörst du etwas?«
»Nein«, sagte Mrs. Almayer abwesend. »Höre, Nina«, fuhr sie plötzlich nach kurzer Pause fort, »in späteren Jahren werden auch noch andere Frauen –«
Ein erstickter Schrei aus dem Kanu unterbrach sie, und das Paddel fiel polternd zu Boden, als es Nina aus der Hand rutschte, die sie abwehrend erhoben hatte. Mrs. Almayer ließ sich am Ufer auf die Knie nieder und lehnte sich ins Boot hinein, um ihr Gesicht ganz nahe an das ihrer Tochter zu bringen. »Es wird andere Frauen geben«, wiederholte sie mit fester

Stimme; »ich sage dir das, denn du bist zur Hälfte eine Weiße und könntest vergessen, daß er ein großer Fürst ist und daß solche Dinge notwendig sind. Verbirg deine Wut und laß ihn auf deinem Gesicht nicht den Schmerz sehen, der an deinem Herzen fressen wird. Geh ihm mit freudigen Augen und klugen Lippen entgegen, denn zu dir wird er kommen, wenn er traurig ist oder zweifelt. Solange er viele Frauen ansieht, wird deine Macht dauern, sollte aber eine einzige da sein, eine einzige, mit der er dich zu vergessen scheint, dann –«

»Das könnte ich nicht überleben«, rief Nina und bedeckte das Gesicht mit beiden Händen, »sprich nicht so, Mutter; das kann nicht sein.«

»Dann«, fuhr Ars. Almayer unbeeindruckt fort, »dann darfst du dieser Frau kein Erbarmen zeigen, Nina.«

Sie schob das Boot ein wenig weiter zum Fluß hin und packte es mit beiden Händen am Heck.

»Weinst du etwa?« fragte sie streng ihre Tochter, die mit bedecktem Gesicht reglos dasaß. »Steh auf, nimm dein Paddel, denn er hat lange genug gewartet. Und vergiß nicht, Nina, kein Erbarmen; wenn du zuschlagen mußt, tu es mit fester Hand.«

Sie umklammerte das Boot mit aller Kraft, schwang sich weit über das Wasser hinaus und stieß das leichte Fahrzeug hinaus in den Strom. Während sie sich von dieser Anstrengung erholte, suchte sie vergeblich noch einmal das Bild des Kanus zu erhaschen, das sich plötzlich in dem weißen Nebel aufgelöst zu haben schien, der über den erwärmten Wassern des Pantai hing. Nachdem sie kniend eine Weile angespannt gelauscht hatte, erhob sich Mrs. Almayer mit tiefem Seufzen, wobei zwei Tränen langsam über ihre welken Wangen rollten. Sie wischte sie schnell mit einer Strähne ihres grauen Haares fort, als schäme sie sich, konnte aber einen weiteren tiefen Seufzer nicht unterdrücken, denn ihr Herz war schwer, und da sie zärtliche

Gefühle nicht kannte, litt sie sehr darunter. Diesmal glaubte sie ein schwaches Geräusch, ein Echo ihres eigenen Seufzers gehört zu haben, und sie blieb stehen, spitzte die Ohren, um auch den geringsten Laut zu vernehmen, und spähte besorgt in das nahe Gebüsch.

»Wer ist da?« fragte sie mit unsicherer Stimme, während ihre Phantasie die Einsamkeit des Ufers mit spukhaften Gestalten bevölkerte. »Wer ist da?« wiederholte sie leise.

Es erfolgte keine Antwort; nur die Stimme des Flusses murmelte traurig und eintönig hinter dem weißen Schleier, schien augenblicksweise anzuschwellen und dann wieder im sanften Gurgeln seiner Wirbel zu verstummen, die gegen das Ufer spülten.

Mrs. Almayer schüttelte den Kopf wie in Beantwortung ihrer eigenen Gedanken und entfernte sich schnell vom Gebüsch, wobei sie aufmerksam nach rechts und links blickte. Sie ging geradenwegs auf den Küchenschuppen zu und bemerkte, daß die Glut dort heller leuchtete als sonst, so als habe jemand im Laufe des Abends noch einmal Holz aufgelegt. Als sie herantrat, erhob sich Babalatchi, der an der warmen Glut gehockt hatte, und traf sie im Schatten vor dem Schuppen.

»Ist sie weg?« fragte der besorgte Staatsmann hastig.

»Ja«, antwortete Mrs. Almayer. »Was tun die weißen Männer? Wann hast du sie verlassen?«

»Ich glaube, sie schlafen jetzt. Wenn sie doch nie erwachten!« rief Babalatchi wild. »Oh! Was sind sie für Teufel, und wieviel Ärger und Gerede hat es wegen dieses Kadavers gegeben. Ihr Häuptling hat mich zweimal mit der Hand bedroht und hat gesagt, er wolle mich an einen Baum binden lassen! Mich!« wiederholte er und schlug heftig an seine Brust.

Mrs. Almayer lachte höhnisch: »Und du hast dich verbeugt und um Gnade gebettelt. Männer, die Waffen trugen, pflegten sich in meiner Jugend anders zu benehmen.«

»Und wo sind sie denn, die Männer deiner Jugend? Du närrisches Weib!« erwiderte Babalatchi wütend. »Von den Holländern getötet. Haha! Aber ich werde am Leben bleiben und sie täuschen. Ein Mann weiß, wann er kämpfen und wann er friedfertige Lügen erzählen muß. Wenn du nicht ein Weib wärest, wüßtest du es auch.«

Mrs. Almayer schien ihn jedoch nicht zu hören. Mit vorgebeugtem Oberkörper und ausgestrecktem Arm lauschte sie nach einem Geräusch hinter dem Schuppen.

»Es sind merkwürdige Geräusche zu hören«, flüsterte sie sichtlich geängstigt. »Ich habe in der Luft Klagelaute vernommen, Seufzen und Weinen. Das war am Ufer. Und eben habe ich wieder –«

»Wo?« fragte Babalatchi mit veränderter Stimme. »Was hast du gehört?«

»Ganz nahe. Es war wie ein tiefes Atemholen. Hätte ich doch nur das Papier über der Leiche verbrannt, ehe sie begraben wurde.«

»Ja«, stimmte Babalatchi zu. »Aber die Weißen haben ihn sogleich in das Loch werfen lassen. Du weißt, daß er den Tod im Fluß fand«, fügte er dann heiterer hinzu, »und daß sein Geist daher die Kanus anrufen, das Land aber in Ruhe lassen wird.«

Mrs. Almayer, die den Hals lang gemacht hatte, als sie versuchte, um die Ecke des Schuppens zu blicken, zog den Kopf ein.

»Es ist niemand da«, sagte sie beruhigt. »Ist es nicht Zeit, daß das Kriegskanu des Raja zur Lichtung fährt?«

»Ich habe hier auf das Kanu gewartet, denn ich muß selbst dabei sein«, erklärte Babalatchi. »Ich werde jetzt hinüberfahren und nachsehen, wo sie so lange bleiben. Wann kommst du? Unser Raja gewährt dir Schutz.«

»Ich werde vor Tagesanbruch hinüberpaddeln. Ich kann ja meine Dollars nicht zurücklassen«, murmelte Mrs. Almayer.

Sie trennten sich. Babalatchi überquerte den Hof, um am Bach sein Kanu zu besteigen, und Mrs. Almayer ging langsam zum Haus, erstieg die Planke, überquerte die hintere Veranda und betrat den Korridor, der zur Vorderseite des Hauses führte; ehe sie aber hineinging, wandte sie sich auf der Schwelle um und sah zurück in den leeren stillen Hof, der nun von den Strahlen des aufgehenden Mondes erleuchtet wurde. Kaum war sie verschwunden, als ein verschwommener Schatten sich zwischen den Stämmen der Bananenpflanzung löste, über den mondhellen Platz huschte und in der Finsternis unter der Veranda verschwand. Es hätte der Schatten einer ziehenden Wolke sein können, so lautlos und schnell war er dahingeglitten, wenn nicht die aufgestörten Grashalme gewesen wären, deren Rispen noch einige Zeit im Mondlicht zitterten und schwankten, ehe sie reglos und flimmernd wie ein Muster von Silber vor einem düsteren Hintergrund zur Ruhe kamen.

Mrs. Almayer zündete die Kokosnußlampe an, hob behutsam den roten Vorhang und betrachtete ihren Mann, wobei sie die Lampe mit der Hand abschirmte. Almayer schlief schwer, im Sessel zusammengekauert, ein Arm hing herunter, den anderen hatte er vor sein Gesicht gelegt, als wolle er einen unsichtbaren Feind abwehren, und die Beine hielt er weit von sich gestreckt; er merkte nichts von den unfreundlichen Augen, die ihn verächtlich musterten. Zu seinen Füßen lag der umgestoßene Tisch inmitten der Trümmer von Geschirr und Flaschen. Der Eindruck, als handle es sich hier um die Spuren eines verzweifelten Kampfes, wurde noch verstärkt durch die Stühle, die heftig durch den Raum geschleudert, auf der Veranda herumlagen und in ihrer hilflosen Haltung jämmerlich betrunken wirkten. Nur Ninas großer Schaukelstuhl stand schwarz und reglos auf seinen hohen Kufen und erhob sich über das Chaos zerstörter Möbel mit unnachgiebiger Würde, als warte er auf seinen Gast. Mit einem letzten verächtlichen Blick auf den Schläfer glitt

Mrs. Almayer hinter den Vorhang und in ihr eigenes Zimmer. Zwei Fledermäuse, von der Dunkelheit und der friedlichen Atmosphäre ermutigt, nahmen ihre stummen Spiele über Almayers Kopf wieder auf, und lange Zeit störte nichts die Stille des Hauses, außer dem tiefen Atem des Schlafenden und dem leisen Klirren des Silbers in den Fingern der Frau, die ihre Flucht vorbereitete. Im heller werdenden Licht des Mondes, der nun über den Nachtnebel heraufgestiegen war, zeichneten sich die Gegenstände auf der Veranda mit all der unverhüllten Häßlichkeit ihrer Unordnung scharf als schwarze, schattige Massen ab, und auf der schmutzigen, geweißten Wand entstand eine Karikatur des schlafenden Almayer in grotesk übertriebenem Detail von Haltung und Miene, zu heldischem Format vergrößert. Die unzufriedenen Fledermäuse verschwanden auf der Suche nach dunkleren Orten, und ein Gecko erschien mit kurzen, nervösen Stoßbewegungen; freudig überrascht von dem Anblick des weißen Tischtuches blieb er in einer atemlosen Unbeweglichkeit darauf stehen, die an plötzlichen Tod erinnert hätte, wäre nicht der melodische Ruf gewesen, den er mit einem weniger abenteuerlustigen Freund tauschte, der sich unter den Brettern im Hof versteckt hielt. Dann knarrten die Dielen im Korridor, der Gecko verschwand, und Almayer bewegte sich unruhig seufzend: langsam kehrte er aus der fühllosen Versunkenheit trunkenen Schlafes durch das Land der Träume ins wache Bewußtsein zurück. Geplagt von seinem Traum, rollte Almayer den Kopf von einer Schulter zur anderen; die Himmel waren wie ein schwerer Mantel auf ihn herabgestürzt und schwebten in bestirnten Falten tief unter ihm. Über ihm Sterne; Sterne um ihn herum; und von den Sternen zu seinen Füßen erhob sich ein Flüstern, flehend und tränenvoll, und bekümmerte Gesichter glitten durch die Sternenhaufen, welche den unendlichen Raum unter ihm füllten. Wie konnte er dem zudringlichen Wehgeschrei und dem Blick der starrenden traurigen Augen in den Gesichtern entgehen, die sich um ihn drängten, bis er unter dem zermalmenden Gewicht der Welten, die seine schmerzenden Schultern niederdrückten, nach Atem ringen mußte? Fliehen! Aber wie? Wenn er eine Bewegung versuchte, würde er ins Nichts treten und im tosenden Zusammenbruch des Universums untergehen, dessen einzige Stütze er war. Und was sagten die Stimmen? Sie drängten ihn aufzubrechen! Warum? Um zu vernichten. Warum nicht gar! Die Absurdität der ganzen Angelegenheit erfüllte ihn mit Entrüstung. Er setzte die Füße fester und spannte die Muskeln an, heldenhaft entschlossen, seine Last in alle Ewigkeit zu tragen. Und ganze Zeitalter vergingen, während er diese übermenschliche Anstrengung inmitten vorüberrauschender, kreisender Welten vollführte, zu dem klagenden Murmeln bekümmerter Stimmen, die ihn drängten abzulassen, ehe es zu spät sei – bis die geheimnisvolle Macht, die ihm diese gigantische Mühe auferlegt hatte, schließlich zu seiner Vernichtung auszuholen schien. Angsterfüllt spürte er, wie eine Hand ihn unerbittlich an der Schulter rüttelte, während der Chor der Stimmen ihn immer lauter anflehte zu gehen, zu gehen, bevor es zu spät sei. Er fühlte, wie er rutschte, sein Gleichgewicht verlor, wie jemand an seinem Bein zerrte und er fiel. Mit einem schwachen Schrei entschlüpfte er der Qual dieser zergehenden Schöpfung und geriet in einen halbwachen Zustand, der immer noch unter dem Bann seines Traumes zu stehen schien.

»Was? Was?« murmelte er schläfrig, ohne sich zu rühren oder die Augen zu öffnen. Sein Kopf war noch schwer, und er hatte nicht den Mut, die Lider zu öffnen. In den Ohren klang ihm immer noch jenes flüsternde Flehen – »Bin ich wach? warum höre ich die Stimmen?« fragte er sich selbst verwirrt. »Noch kann ich den gräßlichen Alptraum nicht loswerden. – Ich war sehr betrunken. – Was schüttelt mich denn da? Ich träume noch. – Ich muß die Augen aufmachen und das loswerden. Ganz offenbar bin ich nur halbwach.«

Er machte eine Anstrengung, um seine Lähmung abzuschütteln, und sah nahe vor sich ein Gesicht, das ihn aus hellweißen Augäpfeln anstarrte. Er schloß die Augen wieder in verblüfftem Schrecken, richtete sich im Stuhl auf und zitterte an allen Gliedern. Was war das für eine Erscheinung? – Ohne Zweifel ein Geschöpf seiner Phantasie – seine Nerven waren tags zuvor stark angegriffen worden – und dazu der Alkohol! Wenn er den Mut hätte noch einmal hinzuschauen, würde nichts mehr da sein. – Gleich wollte er hinsehen. – Nur noch ein bißchen ruhiger werden – so – jetzt.

Er blickte hin. Ihm gegenüber auf der Veranda stand eine Frau im stahlgrauen Licht, die Hände flehend vorgestreckt; und durch den Raum zwischen ihm und der hartnäckigen Erscheinung floß das Gemurmel der Worte, das in wirren, quälenden Sätzen an sein Ohr drang und deren Sinn er auch bei größter Anstrengung nicht verstehen konnte. Wer sprach da malaiisch? Wer war fortgelaufen? Warum war es zu spät – und zu spät wofür? Was bedeuteten diese Worte von Haß und Liebe, die so merkwürdig miteinander vermischt waren, die immer wiederholten Namen, die wieder und wieder an sein Ohr drangen – Nina, Dain; Dain, Nina? Dain war tot, und Nina schlief, ohne etwas von den schrecklichen Veranstaltungen zu ahnen, denen er hier unterworfen wurde. Sollte er in alle Ewigkeit gequält werden, im Schlafen und im Wachen, bei Tag und bei Nacht keinen Frieden haben? Was bedeutete das?

Diese letzten Worte schrie er laut heraus. Die schattenhafte Frau schien in sich zusammenzusinken und ein wenig von ihm zur Tür zurückzuweichen, und dann war da ein Schrei. Aufs äußerste von der unverständlichen Natur seiner Qual gereizt, stürzte sich Almayer auf die Erscheinung, die sich seinem Griff entzog, und prallte schwer gegen die Mauer. Schnell wie der Blitz drehte er sich um und verfolgte hurtig die geheimnisvolle Gestalt, die mit durchdringendem Geschrei vor ihm floh, und dies Geschrei nährte die Flamme seines Zornes. Über die Möbelstücke – um den umgefallenen Tisch – und nun hatte er das Wesen hinter Ninas Stuhl in die Ecke gedrängt. Es wich bald rechts und bald links vor ihm aus, der Stuhl schaukelte wie toll zwischen ihnen, wenn er es zu packen suchte, schrie es gellend auf, und er knurrte sinnlose Flüche durch die zusammengebissenen Zähne. Oh! Das fürchterliche Geräusch, das ihm den Kopf spaltete und ihm den Atem benahm – es würde ihn töten. – Es mußte aufhören! Das irrsinnige Verlangen, dieses schreiende Ding zu zermalmen, ließ ihn sich kühn zu einem verzweifelten Angriff über den Stuhl werfen, und in einer Staubwolke krachten beide zwischen splitterndem Holz zu Boden. Das letzte Kreischen erstarb unter ihm zu einem schwachen Gurgeln, und er hatte sich endlich die Erlösung einer vollkommenen Stille verschafft.

Er sah das Gesicht der Frau unter sich. Eine lebendige Frau. Er kannte sie. Beim Himmel! Taminah! Er sprang auf, schämte sich seiner Wut und wischte sich ratlos über die Stirn. Das Mädchen hockte sich auf die Knie und umklammerte, verzweifelt um Gnade flehend, seine Beine.

»Fürchte dich nicht«, sagte er und hob sie sanft auf. »Ich werde dir nichts tun. Warum kommst du in der Nacht in mein Haus? Und wenn du schon kommen mußtest, warum bist du nicht hinter den Vorhang gegangen, wo die Frauen schlafen?«

»Der Platz hinter dem Vorhang ist leer«, keuchte Taminah und rang zwischen ihren Worten nach Luft. »Es sind keine Frauen mehr in deinem Haus, Tuan. Ehe ich versuchte, dich zu wecken, sah ich die alte Mem fortgehen. Ich wollte auch nicht zu deinen Frauen, ich wollte zu dir.«

»Die alte Mem?« wiederholte er. »Meinst du meine Frau?«

Sie nickte.

»Aber vor meiner Tochter fürchtest du dich doch nicht?« fragte Almayer.
»Hast du mich denn nicht gehört?« rief sie. »Habe ich nicht lange Zeit zu dir gesprochen, als du da mit halb geöffneten Augen saßest? Auch sie ist fort.«
»Ich habe geschlafen. Kannst du denn nicht unterscheiden, ob jemand schläft oder wach ist?«
»Manchmal«, antwortete Taminah leise; »manchmal hält sich der Geist nahe bei dem schlafenden Körper und hört vielleicht zu. Ich habe lange gesprochen, ehe ich dich berührte, und ich sprach leise, weil ich fürchtete, der Geist könnte bei einem plötzlichen Geräusch verschwinden und dich für immer schlafend zurücklassen. Ich habe dich erst bei der Schulter gepackt, als du anfingst, Worte zu murmeln, die ich nicht verstehen konnte. Hast du mich also nicht gehört und weißt nichts?«
»Nichts von dem, was du gesagt hast. Was war es? Sag es noch einmal, wenn du willst, daß ich es erfahre.«
Er nahm sie bei der Schulter und führte sie, ohne daß sie sich wehrte, in den vorderen Teil der Veranda, wo es heller war. Sie rang so augenscheinlich verzweifelt die Hände, daß er anfing, sich zu ängstigen.
»Sprich«, sagte er. »Du hast Lärm genug gemacht, um die Toten zu erwecken. Und nicht einmal die Lebenden sind gekommen«, flüsterte er beunruhigt vor sich hin. »Bist du stumm? Sprich!« wiederholte er.
In einem Wortschwall, der nach kurzem Kampf von ihren zitternden Lippen brach, berichtete sie ihm von Ninas Liebe und ihrer eigenen Eifersucht. Mehrere Male sah er sie wütend an und gebot ihr Schweigen; aber er konnte die Laute nicht aufhalten, die, wie ihm schien, in einem heißen Strom hervorbrachen, um seine Füße wirbelten und ihn in dampfend heißen Schwaden umwallten, höher und höher stiegen, sein Herz erstickten, seine Lippen wie mit geschmolzenem Blei berühr-

ten, ihn mit brühheißen Dämpfen der Sicht beraubten, sich gnadenlos und tödlich über seinem Kopf schlossen. Als sie von Dains angeblichem Tod sprach, mit dem man ihn erst diesen Tag noch getäuscht hatte, warf er ihr wieder einen schrecklichen Blick zu, so daß sie für einen Augenblick ins Stammeln geriet, doch wandte er sich gleich wieder weg, und sein Gesicht verlor plötzlich allen Ausdruck, und wie versteinert blickte er auf den Fluß hinaus. Ah! Der Fluß! Sein alter Freund, sein alter Feind, der immer mit der gleichen Stimme spricht, während er Jahr um Jahr dahinströmt, Glück und Enttäuschung, Freude oder Schmerz auf dem stets wechselnden und doch immer gleichen Spiegel aus blinkender Strömung und kreiselnden Wirbeln mit sich führt. Viele Jahre lang hatte er dem leidenschaftslosen, beschwichtigenden Murmeln gelauscht, das manchmal das Lied der Hoffnung, manchmal der Gesang des Triumphes oder der Entmutigung gewesen war; öfter noch das Flüstern des Trostes, das von künftigen besseren Tagen sprach. So viele Jahre lang! So viele Jahre! Und nun lauschte er zur Begleitung dieses Murmelns dem langsamen, schmerzenden Schlag seines Herzens. Er lauschte aufmerksam, erstaunt über die Regelmäßigkeit seiner Herzschläge. Er begann mechanisch zu zählen, eins, zwei. Warum zählen? Beim nächsten Schlag mußte es stehenbleiben. Kein Herz konnte so leiden und doch lange Zeit stetig weiter schlagen. Diese regelmäßigen Schläge wie von einem umwickelten Hammer, die da in seinen Ohren pochten, mußten bald aufhören. Immer noch klopfte es unaufhörlich und grausam. Kein Mensch kann das ertragen: ist dies der letzte, oder wird der nächste der letzte sein? – Wie lange noch? O Gott! Wie lange noch? Seine Hand lastete, ohne daß er es merkte, immer schwerer auf der Schulter des Mädchens, und als sie die letzten Worte ihres Berichtes sprach, kauerte sie zu seinen Füßen und hatte Tränen des Schmerzes, der Scham und der Wut in den Augen. Sollte ihre Rache mißlingen? Dieser weiße Mann glich einem leblosen Stein. Zu spät! Zu spät!

»Und du sahst sie fortgehen?« Almayers Stimme ertönte rauh über ihrem Kopf.

»Habe ich es denn nicht gesagt«, schluchzte sie und versuchte, sich aus seinem Griff zu lösen. »Habe ich dir nicht gesagt, daß ich sah, wie die Hexe das Kanu abstieß? Ich lag im Gras versteckt und hörte alles. Sie, die wir die weiße Mem zu nennen pflegen, wollte umkehren, um dein Gesicht zu sehen, aber die Hexe verbot es ihr und –«

Sie sank noch tiefer auf ihren Ellbogen, drehte sich unter dem Druck der schweren Hand halb herum und sah hämisch zu ihm hinauf.

»Und sie gehorchte«, rief sie, halb lachend, halb weinend vor Schmerz. »Laß mich gehen, Tuan. Warum zürnst du mir? Beeil dich, oder es wird zu spät sein, dieser hinterlistigen Frau deinen Zorn zu zeigen.«

Almayer zerrte sie auf die Füße und sah ihr aus nächster Nähe ins Gesicht, während sie sich sträubte und den Kopf vor seinem wilden Blick abwandte.

»Wer hat dich hergeschickt, um mich zu quälen?« fragte er heftig. »Ich glaube dir nicht, du lügst.«

Er streckte plötzlich den Arm aus und schleuderte sie über die Veranda zur Tür hin, wo sie still und ohne sich zu rühren liegenblieb, als habe sie ihr Leben in seinen Händen gelassen, ein dunkles Bündel, stumm und reglos.

»Oh! Nina!« flüsterte Almayer in einem Ton, aus dem zugleich Vorwurf und Zärtlichkeit und gepeinigte Liebe sprachen. »Oh! Nina! Ich glaube es nicht.«

Ein leichter Windstoß kam vom Fluß her durch den Hof, bog das Gras nieder und erreichte die Veranda, berührte Almayers Stirn mit kühlem Hauch, in einer Liebkosung voll unendlichen Mitleids. Der Vorhang vor dem Eingang zu dem Gemach der Frauen blähte sich und sank gleich darauf mit überraschender Hilflosigkeit in sich zusammen. Er starrte auf den flatternden Stoff.

»Nina!« schrie Almayer. »Wo bist du, Nina?«

Der Wind verließ mit zitterndem Seufzen das leere Haus, und alles war still.

Almayer versteckte das Gesicht in den Händen, als wolle er einem verhaßten Anblick entgehen. Als er ein leichtes Rascheln hörte, nahm er die Hände von den Augen und sah, daß das dunkle Bündel nicht mehr an der Tür lag.

XI

Inmitten eines ganz in Mondlicht getauchten und mit Reisschößlingen bepflanzten rechteckigen Feldes hockte eine kleine Hütte auf hohen Pfosten. Der Reisighaufen daneben und die Glut eines Feuers, vor dem ein Mann ausgestreckt lag, wirkten sehr klein und wie verloren in dem blaßgrünen Schimmer, der von der Erde zurückgeworfen wurde. Von drei Rändern der Lichtung sahen die großen Bäume des Waldes, die durch üppig wuchernde Schlingpflanzen aneinander gefesselt waren und im trügerischen Licht sehr fern schienen, mit der düsteren Resignation von Riesen, die das Vertrauen in ihre Kraft verloren haben, auf das junge Leben herunter, das zu ihren Füßen sproß. In ihrer Mitte klammerten sich die unbarmherzigen Schlingpflanzen wie gewundene Kabel um die großen Stämme, liefen von Baum zu Baum, hingen als dornige Girlanden von den unteren Zweigen, trieben zarte Ranken hinauf zu den kleinsten Ästen und brachten ihren Opfern in einer Orgie lautloser Zerstörungslust den Tod.

An der vierten Seite des Feldes zog sich eine schwarze Reihe junger Bäume, Büsche und neugewachsenen Unterholzes hin, in der nur an einer Stelle eine Lücke war; die Baumreihe säumte das Ufer jenes Nebenarmes des Pantai, von dem aus man einzig zur Lichtung vordringen konnte. In der Lücke begann der schmale Pfad, der vom Ufer bis zu der aus Gras geflochtenen Hütte führte, die von den Nachtwächtern benutzt wurde, wenn die reifende Ernte vor den Wildschweinen geschützt werden mußte. Der Pfad endete zu Füßen der Pfosten, auf welchen die Hütte ruhte, in einem Kreis, der mit Asche und angekohlten

Holzstücken bedeckt war. In der Mitte dieses Kreises lag Dain am schwachen Feuer.

Er drehte sich ungeduldig seufzend auf die Seite, bettete den Kopf auf den angewinkelten Arm und blieb still liegen, das Gesicht dem verlöschenden Feuer zugewandt. Die Glut verbreitete rötliches Licht, das sich in Dains weit geöffneten Augen spiegelte. Sein Körper war erschöpft von den Anstrengungen der vergangenen Tage, sein Herz matt vom einsamen Warten auf sein Schicksal. Nie zuvor hatte er sich so wehrlos gefühlt. Er hatte den Knall des Kanonenschusses der Barkasse vernommen, er wußte, daß sein Leben in den Händen von Menschen lag, denen er nicht vertrauen konnte, und daß seine Feinde nahe waren.

Während der langen Nachmittagsstunden war er am Waldrand umhergestreift oder hatte, in den Büschen versteckt, den Fluß mit besorgtem Blick nach Zeichen der Gefahr abgesucht. Er fürchtete den Tod nicht, doch verlangte es ihn zu leben, denn das Leben bedeutete für ihn Nina. Sie hatte versprochen zu kommen, mit ihm zu gehen, Gefahr und Triumph mit ihm zu teilen. War sie bei ihm, dann achtete er keiner Gefahr, ohne sie aber bot das Leben ihm weder Glück noch Triumph. So lag er in seinem schattigen Versteck, schloß die Augen und versuchte, das anmutige, bezaubernde Bild der weißen Gestalt zu beschwören, die für ihn Anfang und Ende des Lebens bedeutete. Mit fest zusammengekniffenen Augen und zusammengebissenen Zähnen mühte er sich mit äußerster Kraft, dieses Bild wonnigsten Entzückens festzuhalten. Vergeblich! Sein Herz wurde schwer, als die Gestalt Ninas verblaßte und an ihre Stelle ein anderes Bild trat – das Bild bewaffneter Krieger, zorniger Gesichter, blitzender Waffen – und er den erregten Jubel seiner Feinde zu hören glaubte, die ihn in seinem Versteck aufspürten. Von der Lebensechtheit dieses Wahngebildes erschreckt, öffnete er die Augen, sprang ins Licht hinaus und nahm von neuem seine ziellosen Wanderungen um die Lichtung herum wieder auf. Als er so mit müden Schritten am Rande des Waldes dahinging, warf er ab und an einen Blick in die dunklen Schatten, die ihn lockten mit vorgetäuschter Kühle, ihn zurückwiesen mit ihrer ungebrochenen Düsterkeit, in der zahllose Generationen von Bäumen begraben und verfault lagen und wo ihre Nachfolger in dunkelgrünem Blattwerk wie trauernd standen, riesengroß und hilflos, und darauf warteten, daß die Reihe an sie komme. Nur die Parasiten schienen dort schnell zu Luft und Sonnenschein durchzustoßen, sich an den Toten wie den Sterbenden zu mästen, und ihre Opfer mit rosa und blauen Blüten zu bekränzen, die grell und grausig zwischen den Ästen leuchteten wie ein schneidender, höhnischer Ton in der feierlichen Harmonie der zum Tode verurteilten Bäume.

Hier könnte sich jemand versteckt halten, dachte Dain, als er auf eine Stelle zutrat, wo die Schlingpflanzen abgerissen waren und sich eine Höhlung befand, die der Anfang eines Pfades hätte sein können. Als er sich niederbeugte, um hindurchzusehen, hörte er zorniges Grunzen, und ein Rudel von Wildschweinen brach durchs Unterholz. Säuerlicher Geruch von feuchter Erde und verrotteten Blättern packte ihn an der Kehle, und er zog sich mit ängstlichem Gesicht zurück, als habe ihn der Hauch des Todes getroffen. Sogar die Luft schien dort drin gestorben – schwer und stagnierend, vergiftet mit der Fäulnis zahlloser Jahrhunderte. Er ging weiter, stolperte vor sich hin, getrieben von der nervösen Unrast, die ihn ermüdete, und ihn doch den bloßen Gedanken an Ruhe von sich weisen ließ. War er denn ein Wilder, daß er sich in den Wäldern verstecken und dort – vielleicht im Dunklen – getötet werden sollte, wo nicht einmal Raum war zu atmen? Er wollte seine Feinde in der Sonne erwarten, wo er den Himmel sehen und den Wind spüren konnte. Er wußte wohl, wie es sich für einen malaiischen Fürsten zu sterben ziemt. Die düstere und verzweifelte Wut, dieses merkwürdige Erbteil seiner Rasse, ergriff von ihm Besitz, und er blickte wild mit funkelnden Augen über die Lichtung hinweg zu der Lücke im Gebüsch am Ufer. Von dort würden sie kommen. In seiner Phantasie sah er sie bereits. Er sah die bärtigen Gesichter und die weißen Jacken der Offiziere, sah die Lichtreflexe auf den gegen ihn gerichteten Gewehrläufen. Was war schon die Tapferkeit des größten Kriegers vor der Schußwaffe in der Hand des Sklaven? Er würde ihnen lächelnd entgegengehen, die Hand zum Zeichen der Unterwerfung ausgestreckt, bis er ganz in ihrer Nähe wäre. Er würde freundliche Worte sprechen – noch näher herangehen – noch näher – so nahe, daß sie ihn mit den Händen greifen und nach ihm fassen würden, um ihn gefangenzunehmen. Das wäre der richtige Zeitpunkt: mit einem Sprung und einem Schrei würde er sich mitten unter sie stürzen, mit dem Kris in der Hand, um sich her alles töten, töten, töten und würde sterben mit den Schreien seiner Feinde im Ohr und ihrem warmen, quellenden Blut vor Augen.

Von der Erregung fortgerissen, zerrte er den in seinem Sarong verborgenen Kris hervor, holte tief Luft und stürzte vorwärts, stach ins Leere und fiel aufs Gesicht. In der jäh einsetzenden Reaktion auf seine Erregung lag er wie betäubt da und dachte, daß, selbst wenn er so ruhmreich sterben solle, dies doch geschehen müsse, ehe er Nina sah. Das war auch besser so. Wenn er sie noch einmal sähe, würde der Tod zu schrecklich für ihn sein. Mit Entsetzen mußte er, der Nachkomme von Fürsten und Eroberern, sich eingestehen, daß er an seiner eigenen Tapferkeit zweifelte. Daß er so sehnlich zu leben verlangte, stürzte ihn in eine wahre Hölle von Gewissensbissen. Er fand nicht den Mut, sich zu regen. Er hatte den Glauben an sich verloren, und einzig dieser Glaube war es, der ihn zum Manne machte. Die Qual wich nicht, denn es ist verordnet, daß sie den menschlichen Körper bis zum letzten Atemzug begleite; auch die Furcht blieb.

Er vermochte annähernd die Tiefe seiner leidenschaftlichen Liebe, ihre Stärke und ihre Schwäche zu ermessen, und er empfand Angst.

Die Sonne ging langsam unter. Der Schatten des im Westen stehenden Waldes rückte über die Lichtung vor, umhüllte Dains sonnverbrannte Schultern mit seinem kühlen Mantel und eilte weiter, um sich mit dem Schatten anderer Wälder im Osten zu vermischen. Die Sonne zögerte eine Weile im zarten Geflecht der höheren Zweige, als entziehe sie jenem Körper, der da ausgestreckt im grünen Reisfeld lag, nur ungern ihre freundliche Teilnahme. Die kühle Abendbrise belebte Dain, er setzte sich auf und sah sich um. Währenddessen ließ sich die Sonne schnell herabfallen, als schäme sie sich, auf dieser freundschaftlichen Tat ertappt worden zu sein, und die Rodung, die tagsüber ganz licht gewesen war, wurde plötzlich ganz dunkel, und das Feuer glomm darin wie ein Auge. Dain ging langsam zum Wasser, legte seinen zerrissenen Sarong ab, sein einziges Kleidungsstück, und trat behutsam in den Fluß. Er hatte den ganzen Tag nichts gegessen und nicht gewagt, zum Trinken an den Fluß zu gehen. Als er nun lautlos einige Schwimmzüge machte, trank er von dem Wasser, das seinen Mund umspülte. Dies tat ihm gut, und er kehrte mit mehr Vertrauen zu sich selbst und seinen Mitmenschen zum Feuer zurück. Hätte Lakamba ihn verraten, dann wäre jetzt schon alles vorüber. Er schürte das Feuer, und während es aufloderte, trocknete er sich und legte sich dann neben der Glut nieder. Er konnte nicht schlafen, fühlte aber große Schwere in allen Gliedern.

Seine Unruhe war fort, und er war es zufrieden, stillzuliegen und die Zeit an den Sternen zu messen, die in endloser Folge über den Wäldern heraufzogen und deren Licht von den schwachen Windstößen unter dem wolkenlosen Himmel zu größerer Helligkeit angefacht zu werden schien. Verträumt sagte er sich immer wieder vor, daß Nina kommen werde, bis Gewißheit in sein Herz zog und ihn mit großem Frieden erfüllte. Ja, beim Anbruch des nächsten Tages würden sie gemeinsam auf der großen blauen See sein, die wie das Leben war – fort von den Wäldern, die wie der Tod waren. Er murmelte den Namen Nina mit zärtlichem Lächeln in das Schweigen: das schien den Zauber der Stille zu brechen, und weiter weg, am Fluß, quakte laut ein Frosch, als wolle er antworten. Vielstimmiges Gequake und klagende Krächzlaute drangen aus dem Schlamm unter dem Gebüsch hervor. Er lachte herzlich; zweifellos war das der Liebesgesang der Frösche. Er empfand Zuneigung für sie und lauschte ihnen, erfreut über dieses lärmende Zeichen von Leben in seiner Nähe.

Als der Mond verstohlen über die Bäume schaute, fühlte er die alte Ungeduld und Unruhe zurückkehren. Warum kam sie so spät? Gewiß, es war ein weiter Weg für einen einzelnen Paddler. Mit welcher Geschicklichkeit und Ausdauer konnten doch diese kleinen Hände das schwere Paddel handhaben! Das war höchst wunderbar – so kleine Hände, so weiche kleine Handflächen, die es verstanden, seine Wangen noch leichter zu berühren als ein flatternder Schmetterlingsflügel. Wunderbar! Er verlor sich zärtlich in die Betrachtung dieses unerhörten Mysteriums, und als er von neuem zum Mond aufblickte, war dieser bereits eine Handbreit über die Wipfel emporgeklettert. Ob sie kommen würde? Er zwang sich, still zu liegen, beherrschte das Verlangen, aufzustehen und von neuem über die Lichtung zu streifen. Er warf sich von einer Seite auf die andere; schließlich legte er sich, bebend von der Anstrengung, die es ihn kostete, sich zu bezwingen, auf den Rücken und sah ihr Gesicht zwischen den Sternen auf sich herabblicken.

Das Quaken der Frösche brach unvermittelt ab. Mit der Wachsamkeit des Gejagten richtete Dain sich auf, lauschte aufmerksam und hörte das Wasser mehrere Male aufspritzen, als die

Frösche sich kopfüber hineinstürzten. Er wußte, daß etwas sie erschreckt hatte, und stand auf, argwöhnisch und gespannt. Ein leichtes schabendes Geräusch, dann das trockene Knirschen wie von Holz gegen Holz. Jemand war im Begriff, an Land zu gehen! Er ergriff einen Arm voll Reisig und hielt ihn, ohne die Augen vom Pfad abzuwenden, über die Glut seines Feuers. Er verharrte unentschlossen und sah etwas zwischen den Büschen glänzen; dann trat eine weiße Gestalt aus dem Schatten und schien im blassen Licht zu ihm hin zu schweben. Sein Herz tat einen großen Satz und blieb stehen, dann begann es wieder zu pochen, und die wilden Schläge ließen Dains ganzen Körper erbeben. Er ließ das Reisig in die Glut fallen und glaubte ihren Namen zu rufen – ihr entgegenzustürzen; doch gab er keinen Laut, bewegte sich keinen Zentimeter, sondern stand schweigend und reglos wie eine Statue aus Bronze im Mondlicht, das über seine nackten Schultern floß. Während er so stand und nach Atem rang, ganz außer sich vor Entzücken, trat sie rasch und entschlossen auf ihn zu und warf ihre Arme um seinen Hals wie jemand, der im Begriff ist, sich von gefährlicher Höhe herabzustürzen. Eine kleine blaue Flamme leckte am trockenen Reisig, und nur das Knistern des auflebenden Feuers war zu vernehmen, als sie einander stumm vor Erregung über dieses Wiedersehen anblickten; dann fing das Reisig Feuer, und eine grelle, heiße Flamme loderte auf, höher als ihre Köpfe, und in diesem Licht sahen sie einander in die Augen.

Keiner von beiden sprach. Ein leichter Schauer, der von unten nach oben über seinen starren Körper lief und seine Lippen erbeben ließ, brachte ihn wieder zur Besinnung. Sie bog den Kopf zurück, und ihre Augen tauchten in die seinen in einem jener langen Blicke, welche die schrecklichste Waffe der Frauen sind; ein Blick, der erregender ist als die vertraulichste Berührung und gefährlicher als der Stoß eines Dolches, denn zwar peitscht auch er die Seele aus dem Körper, läßt diesen aber

lebend und wehrlos zurück, auf daß er den launischen Wirbelwinden der Leidenschaft und des Verlangens zum Spielball diene; ein Blick, der den ganzen Körper einhüllt und in die tiefsten Winkel der Seele dringt, der in den Triumph über die bewerkstelligte Eroberung sogleich die Gewißheit von einer gräßlichen Niederlage mischt. Ein solcher Blick wirkt auf den Mann der Wälder und der Meere ebenso wie auf den Mann, der die verschlungenen Pfade der noch gefährlicheren Wildnis von Häusern und Straßen begeht. Männer, die in ihrer Brust die schauerliche Wonne eines solchen Blickes verspürt haben, werden zu bloßen Geschöpfen der Stunde, die das Paradies ist; sie vergessen das Gestern, welches Leid war; denken nicht an das Morgen – das ihnen vielleicht Verderben bringt. Sie wollen in Ewigkeit unter diesem Blick leben. Es ist der Blick, mit dem die Frauen sich ergeben.
Er begriff, und als sei er plötzlich von unsichtbaren Fesseln befreit, stürzte er ihr mit einem Freudenschrei zu Füßen, umfaßte ihre Knie und verbarg seinen Kopf in den Falten ihres Gewandes, wobei er unzusammenhängende Worte der Liebe und Dankbarkeit stammelte. Nie zuvor hatte er sich so stolz gefühlt wie jetzt zu Füßen jener Frau, die halb zu seinen Feinden gehörte. Ihre Finger streichelten zerstreut sein Haar, während sie gedankenverloren dastand. Nun war es geschehen! Ihre Mutter hatte recht. Dieser Mann war ihr Sklave. Während sie auf den vor ihr Knienden hinunterblickte, empfand sie mitleidige Zärtlichkeit für diesen Mann, den sie selbst in Gedanken den Herrn des Lebens zu nennen pflegte. Sie hob den Blick traurig zum südlichen Himmel, unter dem der Pfad ihres Lebens lag – der ihres eigenen und der des Mannes zu ihren Füßen. Sagte er nicht selbst, daß sie das Licht seines Lebens sei? Sie wollte sein Licht und seine Weisheit sein; wollte seine Größe und seine Kraft sein; doch vor allem wollte sie, den Augen aller Menschen verborgen, seine einzige und dauernde

Schwäche sein. Eine echte Frau! In der sublimen Eitelkeit ihres Geschlechtes befangen, war sie in Gedanken schon dabei, aus dem Lehm zu ihren Füßen einen Gott zu kneten, einen Gott, den andere anbeten sollten. Sie war es zufrieden, ihn so zu sehen, wie er jetzt war, und zu fühlen, daß er bei der geringsten Berührung ihrer zarten Finger erbebte. Und während die Augen traurig zu den südlichen Gestirnen aufblickten, schien ein schwaches Lächeln um ihren festen Mund zu spielen. Doch wer konnte das im flackernden Licht des Feuers genau erkennen? Es mochte ein Lächeln des Triumphes, des Machtbewußtseins, des zärtlichen Mitleides oder vielleicht der Liebe sein.

Sie sprach leise zu ihm; er stand auf und legte den Arm um sie, die er nun ganz als sein Eigentum betrachtete; sie lehnte den Kopf an seine Schulter und fühlte sich bereit, im Schutz dieses Armes der ganzen Welt zu trotzen. Er gehörte ihr mit all seinen Tugenden und Fehlern. Seine Stärke und sein Mut, seine Kühnheit und Waghalsigkeit, seine schlichte Klugheit und seine barbarische Durchtriebenheit – dies alles gehörte ihr. Als sie zusammen von der roten Glut des Feuers weg in den silbern herniederrieselnden Mondschein traten, der auf die Lichtung fiel, neigte er den Kopf über ihr Gesicht, und sie sah, daß die Berührung mit ihrer geschmeidigen Gestalt in seinen Augen den Glanz einer verträumten Berauschtheit, einer unermeßlichen Seligkeit geweckt hatte. Ihre Körper wiegten sich rhythmisch, als sie durch das Mondlicht gegen die Schatten der Wälder gingen, die das Glück dieser beiden in feierlicher Unbeweglichkeit zu hüten schienen. Ihre Gestalten verschmolzen in das Spiel von Licht und Schatten am Fuß der großen Bäume, aber noch schwebten zärtlich gemurmelte Worte über der verlassenen Lichtung, wurden nun schwächer und erstarben. Die Brise strich ein letztes Mal wie ein bekümmerter Seufzer über das Land, und in der darauf folgenden, tiefen Stille versanken

Erde und Himmel in die traurig stumme Betrachtung menschlicher Liebe und menschlicher Blindheit.
Langsam gingen sie zum Feuer zurück. Er bereitete ihr einen Sitz aus trockenen Zweigen, warf sich ihr zu Füßen, legte den Kopf in ihren Schoß und überließ sich dem träumerischen Entzücken der vergehenden Stunde. Ihre Stimmen hoben und senkten sich, klangen zärtlich oder lebhaft, während sie von ihrer Liebe und ihrer Zukunft sprachen. Sie lenkte mit wenigen, von Zeit zu Zeit geschickt hingeworfenen Worten seine Gedanken, und er ließ seiner Seligkeit in einem Wortstrom freien Lauf, der je nach der Stimmung, die sie in ihm weckte, leidenschaftlich und zärtlich oder gewichtig und drohend klang. Er sprach ihr von seiner eigenen Insel, wo man weder von düsteren Wäldern noch von schlammigen Flüssen wußte. Er sprach von den terrassierten Feldern, den murmelnden, klar glitzernden Bächen, die von den großen Bergen herabeilten, dem Lande Leben und dem Landmanne Freude spendeten. Und er sprach auch von dem Berggipfel, der sich einsam über dem Baumgürtel erhob, der die Geheimnisse der vorübereilenden Wolken kannte und der die Wohnstatt des geheimnisvollen Geistes seiner Rasse, des Schutzgeistes seines Hauses war. Er sprach von weiten Horizonten, von Stürmen, die hoch über den Gipfeln brennender Berge dahinjagten. Er sprach von seinen Ahnen, die vor Jahrhunderten die Insel erobert hatten, deren künftiger Beherrscher er sein sollte, und als sie lauschend ihr Gesicht dem seinen näherte und er die vollen Flechten ihres langen Haares berührte, empfand er plötzlich das Verlangen, ihr von der See zu sprechen, die er so liebte; und er erzählte ihr von der nie verstummenden Stimme der See, der er als Kind gelauscht und deren verborgener Bedeutung, die kein Lebender noch erkannt, er nachgeforscht hatte; von ihrem sinnverwirrenden Glitzern; von ihrer grundlosen und launischen Wut; von ihrem Antlitz, das sich unablässig ändert und doch immer

bezaubert, während ihre Tiefen sich stets gleichen, kalt und grausam und gesättigt von der Weisheit vernichteten Lebens. Er erzählte ihr, wie die See durch ihren Zauber Männer zu lebenslangen Sklaven machte und sie dann ungeachtet ihrer Hingabe verschlang, erzürnt ob ihrer Furcht vor dem Geheimnis, das sie nie entschleiern würde, nicht einmal vor denen, welche sie am meisten liebten. Während er sprach, hatte Ninas Kopf sich mehr und mehr gesenkt, und ihr Gesicht berührte nun beinahe das seine. Ihr Haar hing über seine Augen, ihr Atem streifte seine Stirn, ihre Arme hielten seinen Körper. Zwei Wesen konnten sich nicht näher sein, doch erriet sie die Bedeutung seiner letzten Worte mehr, als sie sie begriff, dieser Worte, die nach leichtem Zögern in einem schwachen Flüstern von seinen Lippen kamen, das unmerklich in ein tiefes bedeutungsvolles Schweigen überging: »Die See, o Nina, ist wie das Herz einer Frau.«

Sie verschloß seine Lippen mit einem Kuß und antwortete mit fester Stimme: »Aber den Männern, die keine Furcht haben, o Herr meines Lebens, bleibt die See immer treu.«

Über ihren Köpfen verdunkelte ein Schleier fadengleicher Wolken, die wie riesige Spinnweben unter den Sternen dahinschwebten, den Himmel mit der Ankündigung des nahenden Gewitters. Von den unsichtbaren Bergen rollte erster, ferner Donner langgezogen herüber, hallte in den Schluchten wider und verlor sich in den Wäldern des Pantai. Dain und Nina standen auf, und der Mann sah unruhig zum Himmel.

»Babalatchi müßte schon hier sein«, sagte er. »Die Nacht ist mehr als halb vorüber. Unser Weg ist lang, und eine Kugel reist schneller als das beste Kanu.«

»Er wird hier sein, ehe der Mond hinter den Wolken verschwindet«, sagte Nina. »Ich habe ein Platschen im Wasser gehört«, fügte sie hinzu, »hast du es auch gehört?«

»Ein Alligator«, erwiderte Dain kurz mit einem flüchtigen Blick

zum Wasser. »Je dunkler die Nacht«, fuhr er fort, »um so kürzer unser Weg, denn dann können wir uns mitten im Strom halten. Wenn es aber hell ist – und gar nicht einmal heller als jetzt –, müssen wir durch die schmalen Rinnen fahren, wo das Wasser keine Strömung hat und nichts unseren Paddeln zu Hilfe kommt.«
»Dain«, unterbrach Nina ernst, »das war kein Alligator. Ich hörte es nahe der Lände im Gebüsch rascheln.«
»Ja«, versetzte Dain, nachdem er ein Weilchen gelauscht hatte. »Babalatchi kann es nicht sein, denn er kommt ohne Heimlichkeit in einem großen Kriegskanu. Wer auch immer da kommt, will kein Geräusch machen. Aber du hast ihn gehört, und jetzt sehe ich ihn auch«, fuhr er schnell fort. »Es ist nur ein Mann. Stell dich hinter mich, Nina. Wenn es ein Freund ist, soll er willkommen sein; ist es ein Feind, so wirst du ihn sterben sehen.«
Er legte die Hand auf den Kris und erwartete das Nahen des unerwarteten Besuchers. Das Feuer brannte sehr niedrig; kleine Wolken – Vorläufer des Gewitters – strichen schnell über den Mond, und ihre fliegenden Schatten verdunkelten die Lichtung. Dain konnte nicht erkennen, wer der Mann war, doch beunruhigte ihn das stete Näherkommen der hohen Gestalt, und er rief ihr zu, stehenzubleiben. Der Mann hielt in einiger Entfernung an, und Dain erwartete, ihn sprechen zu hören, doch konnte er nichts vernehmen als keuchendes Atmen. Durch ein Loch in den ziehenden Wolken senkte sich flüchtige Helligkeit auf die Lichtung. Bevor es wieder dunkel wurde, erblickte Dain eine Hand, die einen glitzernden Gegenstand gegen ihn ausstreckte, hörte er Ninas Schrei »Vater!«, und im nächsten Augenblick war das Mädchen zwischen ihm und Almayers Revolver. Ninas Schrei erweckte das Echo der schlafenden Wälder, und alle drei standen reglos, als wollten sie die Rückkehr der Stille erwarten, ehe sie ihren unterschiedlichen Gefühlen Aus-

druck verliehen. Als er Nina gewahrte, ließ Almayer den Arm sinken und tat einen Schritt vorwärts. Dain stieß das Mädchen sanft beiseite.
»Bin ich ein wildes Tier, daß du versuchst, mich jählings und im Dunklen zu töten, Tuan Almayer?« brach Dain die gespannte Stille. »Wirf Reisig aufs Feuer«, wandte er sich an Nina, »während ich meinen weißen Freund beobachte, damit dir oder mir kein Leid geschieht, o Entzücken meines Herzens.«
Almayer knirschte mit den Zähnen und hob wiederum den Arm. Mit einem Satz war Dain neben ihm: ein kurzer Kampf, in dessen Verlauf sich ein Schuß aus dem Revolver löste, ohne Schaden anzurichten, dann flog die Waffe, Almayers Hand entrissen, durch die Luft und fiel ins Gebüsch. Die Männer standen nahe und keuchend voreinander. Das geschürte Feuer warf einen flackernden Lichtkreis und beschien das erschreckte Gesicht Ninas, die mit ausgestreckten Händen die Männer ansah.
»Dain!« rief sie warnend, »Dain!«
Er machte eine beschwichtigende Geste, wandte sich dann an Almayer und sagte außerordentlich höflich: »Nun magst du reden, Tuan. Es ist leicht, den Tod auszusenden, bist du aber auch weise genug, das Leben zurückzurufen? Es hätte ihr etwas geschehen können«, fuhr er fort und deutete auf Nina. »Deine Hand zitterte stark; meinetwegen fürchtete ich nichts.«
»Nina!« rief Almayer, »komm sofort hierher. Was bedeutet diese plötzliche Tollheit? Wer hat dich behext? Komm zu deinem Vater, und dann wollen wir gemeinsam versuchen, diesen gräßlichen Alptraum zu vergessen!«
Gewiß, sie im nächsten Augenblick an der Brust zu fühlen, breitete er weit die Arme aus. Sie rührte sich nicht. Als er zu ahnen begann, daß sie nicht die Absicht hatte zu gehorchen, fühlte er, wie tödliche Kälte in sein Herz kroch. Er preßte

die Handflächen gegen die Schläfen und sah in stummer Verzweiflung zu Boden. Dain nahm Nina beim Arm und führte sie zu ihrem Vater hin.

»Sprich zu ihm in der Sprache seines Volkes«, sagte er, »er grämt sich – und wer würde sich nicht grämen, wenn er dich verlöre, meine Perle! Sag ihm die letzten Worte, die er von jener Stimme hören soll, die ihm teuer sein muß, die mir aber das Leben bedeutet.«

Er ließ sie los, trat einige Schritte aus dem Lichtkreis zurück und sah aus dem Dunkeln mit ruhigem Interesse zu. Der Widerschein eines fernen Blitzes strich über die Wolken zu ihren Häuptern, und kurz darauf folgte schwacher Donner, der sich mit Almayers Stimme vermischte, als dieser nun zu sprechen begann.

»Weißt du, was du tust? Weißt du, was dich erwartet, wenn du diesem Mann folgst? Hast du kein Mitleid mit dir? Weißt du, daß du zuerst sein Spielzeug und dann eine verachtete Sklavin, ein Arbeitstier, die Dienerin einer neuen Geliebten dieses Mannes sein wirst?«

Sie gebot ihm mit erhobener Hand Einhalt, wandte ein wenig den Kopf und fragte: »Du hast gehört, Dain! Ist das wahr?«

»Bei allen Göttern!« kam die leidenschaftliche Antwort, »bei Himmel und Erde, bei meinem Haupt und bei deinem schwöre ich: dies ist die Lüge eines weißen Mannes. Ich habe für immer meine Seele in deine Hände gegeben; ich atme mit deinem Atem, ich sehe mit deinen Augen, ich denke mit deinen Gedanken und nehme dich auf ewig in mein Herz.«

»Dieb!« schrie Almayer außer sich.

Auf diesen Ausbruch folgte tiefe Stille, dann war Dains Stimme wieder zu vernehmen.

»Nein, Tuan«, sagte Dain sanft, »auch das ist nicht wahr. Das Mädchen ist freiwillig gekommen. Ich habe nichts weiter getan, als ihr meine Liebe zu zeigen wie ein Mann; sie hörte den Ruf meines Herzens und sie kam, und den Kaufpreis habe ich der Frau gegeben, welche du dein Weib nennst.«

Almayer ächzte, aufs äußerste beschämt und gereizt. Nina legte die Hand leicht auf seine Schulter, und diese Berührung, die nicht stärker war als die eines fallenden Blattes, schien ihn zu beruhigen. Er sprach hastig und diesmal auf englisch.

»Sage mir, was haben sie mit dir gemacht, deine Mutter und dieser Mann? Was hat dich dazu vermocht, dich diesem Wilden auszuliefern? Denn er ist ein Wilder. Zwischen ihm und dir ist eine Schranke, die durch nichts beseitigt werden kann. In deinen Augen sehe ich den Blick derer, die im Wahnsinn Selbstmord begehen. Du bist wahnsinnig. Lächle nicht. Es bricht mir das Herz. Sähe ich dich vor meinen Augen ertrinken, ohne dir helfen zu können, ich könnte keine größeren Qualen leiden. Hast du die Lehren so vieler Jahre vergessen?«

»Nein«, unterbrach sie, »ich erinnere mich gut. Ich weiß auch noch, womit sie endeten. Hohn um Hohn, Abscheu um Abscheu, Haß um Haß. Ich bin nicht von deiner Rasse. Zwischen deinen Leuten und mir ist ebenfalls eine Schranke, die niemand beseitigen kann. Du fragst, warum ich gehen will, und ich frage dich, warum sollte ich bleiben?«

Er taumelte zurück, als habe man ihn ins Gesicht geschlagen, aber mit raschem Griff packte sie ihn am Arm und stützte ihn.

»Warum du bleiben solltest!« erwiderte er langsam und wie betäubt und brach dann ab, verblüfft von der Vollständigkeit seines Unglücks.

»Gestern hast du mir gesagt«, begann sie wieder, »daß ich deine Liebe für mich weder begreife noch sehe: so ist es. Wie könnte ich auch? Es gibt nicht zwei Menschen, die einander verstehen. Sie verstehen nur ihre eigene Stimme. Du wolltest, daß ich deine Gedanken denke, deine Träume teile – Träume von einem Leben zwischen diesen weißen Gesichtern, die mich mit Blicken der Verachtung von sich gewiesen haben. Aber während du redetest, lauschte ich auf die Stimme in mir; dann kam dieser Mann, und alles schwieg; ich hörte nur das Flüstern seiner Liebe. Ihn nennst du einen Wilden! Wie nennst du denn meine Mutter, deine Frau?«

»Nina!« rief Almayer. »Sieh mich nicht so an.«

Sie sah sogleich zu Boden, fuhr aber fort, fast flüsternd zu reden.

»Nach einer Weile sprachen unser beider Stimmen, die jenes Mannes und meine eigene, mit einer Süßigkeit, die nur unseren Ohren verständlich war. Du sprachst damals von Gold, aber unsere Ohren waren voll vom Gesang unserer Liebe, und wir hörten dich nicht. Dann bemerkte ich, daß wir einer mit den Augen des anderen sehen konnten: daß er Dinge sah, die niemand außer mir und ihm zu sehen vermochte. Wir betraten ein Land, in das uns niemand folgen konnte, am allerwenigsten du. Da begann ich zu leben.«

Sie verstummte. Almayer seufzte tief. Immer noch zu Boden blickend, begann sie von neuem zu sprechen.

»Und ich will leben. Ich will mit ihm gehen. Die Weißen haben mich verächtlich abgewiesen, und jetzt bin ich eine Malaiin! Er hat mich in die Arme geschlossen, mir sein Leben zu Füßen gelegt. Er ist tapfer; er wird mächtig sein, und ich halte seine Tapferkeit und seine Kraft in meiner Hand und werde ihn groß machen. Sein Name soll unvergessen sein, wenn unser beider Körper längst zu Staub geworden sind. Ich liebe dich nicht weniger als zuvor, aber ich werde ihn niemals verlassen, denn ohne ihn kann ich nicht leben.«

»Wenn er verstanden hat, was du gesagt hast«, erwiderte Almayer höhnisch, »dann muß er sich sehr geschmeichelt fühlen. Du willst ihn als Werkzeug für die Verwirklichung irgendeines unsinnigen, ehrgeizigen Traumes benutzen. Genug, Nina. Wenn du nicht sofort zum Wasser gehst, wo Ali mit meinem Kanu wartet, werde ich ihn nach Sambir zurückschicken, um die holländischen Offiziere zu holen. Du kannst nicht von dieser Lichtung entkommen, denn ich habe dein Kanu losgemacht. Wenn die Holländer deinen Helden erwischen, werden sie ihn aufknüpfen, so wahr ich hier stehe. Geh jetzt.«

Er machte einen Schritt auf seine Tochter zu, packte sie an der Schulter und deutete mit der anderen Hand auf den Pfad zur Lände.

»Gib acht«, rief Dain; »diese Frau gehört mir!«

Nina riß sich los und sah Almayer fest in die zornigen Augen. »Nein, ich werde nicht gehen«, sagte sie mit verzweifelter Energie, »wenn er stirbt, werde auch ich sterben!«

»Du, sterben?« sagte Almayer verächtlich, »o nein! Du wirst weiter ein Leben der Lüge und Täuschung führen, bis irgendein anderer singender Vagabund daherkommt; wie sagtest du noch? Der Gesang der Liebe! Entscheide dich schnell!«

Er wartete eine Weile und sagte dann bedeutungsvoll: »Soll ich Ali rufen?«

»Rufe«, erwiderte sie auf malaiisch, »du, der nicht einmal seinen eigenen Landsleuten die Treue halten kann. Noch vor wenigen Tagen hast du zu ihrer Vernichtung Schießpulver verkauft; jetzt willst du ihnen den Mann ausliefern, den du noch gestern deinen Freund nanntest! O Dain«, wandte sie sich an die reglose, aber aufmerksame Gestalt im Dunklen, »anstatt dir Leben zu bringen, bringe ich dir den Tod, denn er will Verrat üben, wenn ich dich nicht für immer verlasse!«

Dain trat in den Lichtkreis, legte den Arm um Ninas Hals und flüsterte ihr ins Ohr: »Ich kann ihn töten, wo er steht, ehe ein Laut über seine Lippen kommt. An dir ist es, ja oder nein zu sagen. Babalatchi kann jetzt nicht mehr weit sein.«

Er richtete sich auf, nahm seinen Arm von ihrer Schulter und trat Almayer gegenüber, der die beiden mit gesammelter Wut betrachtete.

»Nein!« rief sie und klammerte sich in wilder Angst an Dain.

»Nein, töte mich! Dann wird er dich vielleicht gehen lassen. Du kennst das Herz des weißen Mannes nicht. Er würde mich lieber tot sehen als neben dir. Vergib mir, deiner Sklavin, aber das darfst du nicht.« Sie fiel ihm heftig schluchzend zu Füßen und wiederholte, »töte mich, töte mich!«

»Ich will dich lebendig«, sagte Almayer, nun auch auf malaiisch, mit düsterer Ruhe. »Du gehst, oder er hängt. Wirst du gehorchen?«

Dain schüttelte Nina ab, warf sich auf Almayer und stieß ihm mit voller Wucht den Griff seines Kris gegen die Brust, hielt aber die Spitze von ihm weg.

»Hai, sieh nur! Es wäre mir leicht gewesen, die Spitze andersherum zu kehren«, sagte er gleichmütig, »geh Tuan Putih«, setzte er dann würdevoll hinzu, »ich gebe dir dein Leben, mein Leben und ihr Leben. Ich bin der Sklave des Wunsches dieser Frau, und sie will es so.«

Es war jetzt kein Lichtschimmer mehr am Himmel, und die Wipfel der Bäume waren ebenso unsichtbar wie ihre Stämme, verborgen von den massigen Wolken, die niedrig über den Wäldern, über der Lichtung und über dem Fluß hingen. Jeder Umriß war in der tiefen Dunkelheit verschwunden, die alles verschlungen zu haben schien, bis auf den Raum. Nur das Feuer glomm wie ein Stern, den die Vernichtung alles Sichtbaren verschont hatte, und nachdem Dain zu sprechen aufgehört, war nichts mehr zu vernehmen als das Schluchzen Ninas, die er am Feuer kniend im Arm hielt. Almayer starrte die beiden düster und nachdenklich an. Als er die Lippen öffnete, um zu sprechen, wurden alle drei von einem Warnruf erschreckt, der zusammen mit dem Klatschen vieler Paddel und dem Geräusch von Stimmen vom Wasser herüberdrang.

»Babalatchi!« rief Dain und hob Nina auf, während er sich selbst aufrichtete.

»Ada, Ada!« kam die Antwort von dem keuchenden Staatsmann, der den Pfad heraufeilte und nun zu ihnen trat. »Lauf zu meinem Kanu«, rief er Dain aufgeregt zu, ohne auf Almayer zu achten. »Lauf! Wir müssen fort. Das Weib hat ihnen alles gesagt!«

»Was für ein Weib?« fragte Dain und blickte Nina an. In diesem Augenblick gab es für ihn auf der ganzen Welt nur eine einzige Frau.

»Die Hündin mit den weißen Zähnen; die siebenmal verfluchte Sklavin Bulangis. Sie hat vor Abdullas Tor gerufen, bis ganz Sambir wach wurde. Jetzt kommen die weißen Offiziere, von ihr und Reshid geführt. Wenn du leben willst, dann sieh mich nicht lange an, sondern lauf!«

»Woher weißt du das?« fragte Almayer.

»O Tuan! Kommt es darauf an, woher ich das weiß? Ich habe zwar nur ein Auge, aber ich sah Licht in Abdullas Haus und in seinem Kampong, als wir vorüberpaddelten. Ich habe Ohren, und während wir am Ufer lagen, hörte ich, wie die Boten zum Haus der weißen Männer geschickt wurden.«

»Wirst du nun ohne diese Frau abfahren, die meine Tochter ist?« sagte Almayer zu Dain, während Babalatchi ungeduldig mit dem Fuß stampfte und murmelte: »Lauf! Lauf sofort!«

»Nein«, erwiderte Dain fest, »ich werde nicht fahren; ich werde diese Frau um keines Menschen willen verlassen.«

»Dann töte mich und fliehe«, schluchzte Nina.

Er drückte sie fest an sich, sah sie zärtlich an und flüsterte: »Wir werden uns niemals trennen, o Nina!«

»Ich werde hier nicht länger mehr warten«, unterbrach Babalatchi ärgerlich. »Dies ist eine große Torheit. Keine Frau ist das Leben eines Mannes wert. Ich bin ein alter Mann und weiß es.«

Er nahm seinen Stab, wandte sich, um zu gehen, und sah Dain an, als wolle er ihm eine letzte Gelegenheit geben zu fliehen. Aber Dains Gesicht war in Ninas schwarzen Flechten verborgen, und er sah diesen letzten auffordernden Blick nicht.

Babalatchi verschwand in der Dunkelheit. Kurz nach seinem Weggang hörten sie, wie das Kriegskanu unter dem Rauschen der vielen, gleichzeitig eintauchenden Paddel die Lände verließ. Fast im selben Augenblick kam Ali vom Ufer her, zwei Paddel über der Schulter.

»Unser Kanu ist weiter stromauf versteckt, Tuan Almayer«, sagte er, »im dichten Gebüsch, wo der Wald bis ans Wasser geht. Ich habe es dorthin gebracht, weil ich von Babalatchis Bootsleuten hörte, daß die weißen Männer kommen.«

»Warte dort auf mich«, befahl Almayer, »halte das Kanu aber versteckt.«

Er lauschte schweigend Alis Schritten und wandte sich dann an Nina.

»Nina«, sagte er traurig, »hast du kein Mitleid mit mir?«

Es erfolgte keine Antwort. Sie wandte nicht einmal den Kopf, den sie an Dains Brust gelehnt hielt.

Er machte eine Bewegung, als wolle er sie verlassen, hielt dann aber inne. In der schwachen Glut des verlöschenden Feuers sah er die beiden reglosen Gestalten. Der Rücken der Frau mit dem langen schwarzen Haar, das über ihr weißes Gewand fiel, war ihm zugekehrt, und Dains ruhiges Gesicht sah ihn über ihren Kopf hinweg an.

»Ich kann nicht«, murmelte er vor sich hin. Nach längerer Pause fing er wieder an zu reden, aber leiser und mit unsicherer Stimme: »Es wäre eine Schande. Ich bin ein Weißer.« An dieser Stelle brach er völlig zusammen und fuhr mit tränenerstickter Stimme fort: »Ich bin ein weißer Mann und aus guter Familie. Aus sehr guter Familie«, wiederholte er bitterlich weinend. »Es wäre eine Schande ... überall auf der Insel ... der einzige Weiße an der Ostküste. Nein, das darf nicht sein ... wenn weiße Männer meine Tochter mit diesem Malaien träfen ... meine Tochter!« schluchzte er laut und verzweifelt.

Nach einer Weile faßte er sich und sagte deutlich:

»Ich werde dir niemals verzeihen, Nina – niemals! Wenn du jetzt zu mir zurückkämest, würde die Erinnerung an diese Nacht mein ganzes Leben vergiften. Ich werde versuchen, zu vergessen. Ich habe keine Tochter. Es war einmal eine halbblütige Frau in meinem Haus, aber sie verläßt mich. Dich, Dain, oder wie du nun schon heißt, dich und jene Frau da werde ich selbst zu der Insel in der Flußmündung bringen. Folgt mir.«

Er ging voran am Ufer hin bis zum Wald. Ali antwortete seinem Zuruf, sie drängten sich durch das dichte Gebüsch und kletterten dann in das Kanu, das unter den überhängenden Zweigen verborgen war. Dain legte Nina auf den Boden, setzte sich nieder und bettete ihren Kopf auf seine Knie. Almayer und Ali ergriffen jeder ein Paddel. Als sie im Begriff waren, sich abzustoßen, zischte Ali warnend. Alle lauschten.

In der großen Stille, die dem Ausbruch des Gewitters voranging, hörten sie das regelmäßige Knarren von Riemen in ihren Dollen. Das Geräusch näherte sich gleichmäßig, und Dain konnte durch das Gezweig hindurch den schwachen Umriß eines großen weißen Bootes erblicken. Eine Frauenstimme sagte leise: »Dort ist der Platz, wo ihr an Land gehen könnt, weiße Männer; noch ein wenig weiter – dort!«

Das Boot glitt in dem schmalen Wasserlauf so nahe an ihnen vorüber, daß die Blätter der langen Riemen das Kanu beinahe berührten.

»Das reicht! Fertigmachen zum Aussteigen! Er ist allein und unbewaffnet!« befahl eine feste Stimme auf holländisch.

Jemand anderes flüsterte: »Ich glaube, ich kann die Glut eines Feuers durch die Büsche schimmern sehen«, dann glitt das Boot an ihnen vorüber und wurde sogleich von der Dunkelheit verschluckt.

»Jetzt«, flüsterte Ali eifrig, »laßt uns abstoßen und losfahren.«

Das kleine Kanu schwang in die Strömung hinaus, und wäh-

rend es den kräftigen Paddelschlägen gehorchend vorwärtsschnellte, wurde ein zorniger Schrei vernehmbar.
»Er ist nicht am Feuer. Schwärmt aus, Leute, und sucht ihn!«
Bläuliche Lichter flammten grell an verschiedenen Stellen der Rodung auf, und eine schrille Frauenstimme rief in rasendem Zorn und Schmerz: »Zu spät! Oh, ihr unvernünftigen weißen Männer! Er ist geflohen!«

XII

»Dies ist der Ort«, sagte Dain und deutete mit dem Paddel auf eine kleine Insel, die etwa eine Meile voraus lag, »dies ist der Ort, wohin ein Boot der Prau kommen soll, wenn die Sonne ganz hoch steht; so hat es Babalatchi versprochen. Dort wollen wir das Boot erwarten.«

Almayer, der steuerte, nickte wortlos und gab dem Bug des Kanus mit einer leichten Bewegung seines Paddels die gewünschte Richtung.

Sie verließen eben den südlichen Mündungsarm des Pantai; er blinkte als ein gerades und langes Gewässer hinter ihnen zwischen zwei Mauern von dichtem Grün, die mit zunehmender Entfernung immer näher aneinander rückten, bis sie sich zuletzt vereinigten und gemeinsam in weiter Ferne versanken. Die Sonne, die über dem unbewegten Wasser der Meerenge aufging, bezeichnete ihren Weg durch eine Lichtbahn, die auf der Oberfläche des Meeres dahinglitt und den Fluß hinaufreichte, eine Botschaft von Licht und Leben an die düsteren Wälder der Küste; und auf diesem glitzernden Sonnenpfad schwamm das schwarze Kanu gegen die Insel hin, die in Sonnenschein gebadet dalag und, vom gelben Sand ihres Strandes umschlossen, wie eine goldene Scheibe auf dem polierten Stahl des spiegelglatten Meeres schimmerte. Nach Norden und Süden hin erhoben sich andere Inseln, prächtig erstrahlend in Grün und Gelb, und die düsteren Striche der Mangrovenbüsche auf der eigentlichen Küste endeten im Süden bei den rötlichen Klippen von Tanjong Mirrah, die steil und schattenlos unter dem klaren Licht des frühen Morgens in die See hinaustraten.

Der Boden des Kanus knirschte im Sand, als das kleine Fahrzeug auf Strand lief. Ali sprang an Land und hielt das Boot fest, während Dain mit Nina in den Armen ausstieg, erschöpft von den Ereignissen und der langen nächtlichen Reise. Almayer verließ das Boot als letzter und schob es zusammen mit Ali noch ein wenig höher auf den Strand. Dann legte sich Ali, vom Paddeln ermüdet, im Schatten des Kanus nieder und schlief unverzüglich ein. Almayer setzte sich auf den Bootsrand und sah, die Arme über der Brust verschränkt, nach Süden auf das Meer hinaus.

Nachdem er Nina sorgsam im Schatten der Büsche gebettet hatte, die in der Mitte des Inselchens wuchsen, warf Dain sich neben ihr nieder und beobachtete mit stiller Sorge, wie die Tränen unter ihren geschlossenen Augenlidern herabtropften und sich in dem feinen Sand verloren, auf dem sie beide Gesicht an Gesicht lagen. Diese Tränen und dieser Kummer waren für ihn ein tiefes und beunruhigendes Geheimnis. Warum grämte sie sich, nun, da die Gefahr vorüber war? Er zweifelte an ihrer Liebe ebensowenig wie an seinem eigenen Dasein, aber als er ihr innig ins Gesicht blickte, ihre Tränen, ihren geöffneten Mund, ja ihren Atem beobachtete, spürte er voller Bangigkeit etwas in ihr, das er nicht begriff. Zweifellos besaß sie die Weisheit vollkommener Wesen. Er seufzte. Er empfand, daß etwas Unsichtbares zwischen ihnen stand, etwas, das ihm erlaubte, sich ihr bis zu einem gewissen Punkt zu nähern, aber nicht weiter. Kein Verlangen, keine Sehnsucht, keine Anstrengung des Willens, kein noch so langes Leben würde dieses unbestimmte Gefühl der Verschiedenheit auslöschen können. Ehrfürchtig und stolz zugleich gelangte er zu dem Schluß, daß dies ihre eigenste, unvergleichliche Vollkommenheit sei. Sie war die Seine und war dennoch wie eine Frau aus einer anderen Welt. Die Seine! Die Seine! Dieser herrliche Gedanke erfüllte ihn mit Wonne, und doch schmerzten ihn ihre Tränen.

Mit einer Locke ihres eigenen Haares, die er scheu und ehrerbietig in die Hand nahm, versuchte er ungeschickt und zärtlich die Tränen zu trocknen, die an ihren Wimpern zitterten. Sein Lohn war ein flüchtiges Lächeln, das ihr Gesicht für einen Augenblick erhellte, aber bald schon tropften die Tränen schneller als zuvor, und er konnte es nicht länger ertragen. Er stand auf und ging zu Almayer hinüber, der immer noch in die Betrachtung der See versunken war. Es war sehr lange her, seit er die See gesehen hatte – jene See, die überall hinführt, alles bringt und so vieles mit sich fort nimmt. Er hatte beinahe vergessen, weshalb er hier war, und traumverloren sah er sein ganzes vergangenes Leben auf der glatten, endlosen Fläche hingebreitet, die vor seinen Augen glitzerte.

Dains Hand auf seiner Schulter rief ihn jäh aus einem Land zurück, das wirklich sehr fern war. Er wandte sich um, doch schien er eher dorthin zu schauen, wo Dain stand, als auf den Mann selbst. Unter diesem abwesenden Blick wurde Dain unbehaglich zu Mute.

»Was willst du?« fragte Almayer.

»Sie weint«, murmelte Dain.

»Sie weint! Warum?« fragte Almayer gleichgültig.

»Das wollte ich dich fragen. Meine Fürstin lächelt, wenn sie den Mann sieht, den sie liebt. Was da jetzt weint, ist die weiße Frau. Du mußt also wissen, warum sie weint.«

Almayer zuckte die Achseln und wandte sich wieder dem Meer zu.

»Geh, Tuan Putih«, drängte Dain, »geh zu ihr; ihre Tränen sind mir schrecklicher als der Zorn der Götter.«

»So? Du wirst sie noch öfter sehen. Sie sagte mir ja, sie könne ohne dich nicht leben«, antwortete Almayer ohne die geringste Spur eines Ausdruckes auf dem Gesicht, »es obliegt dir also, schnell zu ihr zu gehen, sonst stirbt sie vielleicht unterdessen.« Er stimmte ein lautes, unangenehmes Lachen an, und Dain musterte ihn ein wenig beängstigt; dann stand er aber auf und ging langsam zu Nina hinüber, und dabei blickte er zur Sonne auf.

»Ihr wollt also abfahren, wenn die Sonne im Mittag steht?« fragte er.

»Ja, Tuan. Dann fahren wir«, antwortete Dain.

»Da habe ich nicht mehr lange zu warten«, murmelte Almayer, »es ist sehr wichtig für mich, daß ich euch abfahren sehe, euch beide. Außerordentlich wichtig«, wiederholte er, unterbrach sich dann, blieb stehen und sah Dain starr an.

Dann setzte er sich wieder in Bewegung, und Dain hielt sich hinter ihm. Almayer trat neben seine Tochter und sah eine Weile auf sie hinab. Sie öffnete nicht die Augen, doch als sie Schritte vernahm, murmelte sie leise schluchzend: »Dain.«

Almayer zögerte etwas, ließ sich dann aber neben ihr auf dem Sand nieder. Sie, die keine Antwort gehört und keine Berührung verspürt hatte, öffnete die Augen – erblickte den Vater und richtete sich in jähem Schrecken auf.

»O Vater!« murmelte sie schwach, und in diesem Wort lagen Bedauern und Furcht und keimende Hoffnung.

»Ich werde dir niemals verzeihen, Nina«, sagte Almayer unbewegt. »Du hast mir das Herz aus dem Leib gerissen, während ich nur an dein Glück dachte. Du hast mich getäuscht. Deine Augen, die für mich die Wahrheit selbst waren, haben mich mit jedem Blick belogen – wie lange schon? Das weißt du am besten. Wenn du mir die Wange streicheltest, zähltest du die Minuten bis zum Sonnenuntergang, der das Zeichen war, mit diesem Mann dort zusammenzutreffen.«

Er verstummte, und beide saßen schweigend nebeneinander, sahen sich nicht an, sondern blickten auf die unendliche See hinaus. Almayers Worte hatten Ninas Tränen getrocknet, und während sie vor sich auf die endlose blaue Fläche starrte, die durchsichtig, still und ruhig leuchtete wie der Himmel selbst, wurden ihre Augen hart. Auch er schaute auf das Meer, aber aus seinen Zügen war jeder Ausdruck gewichen, und in seinen Augen schien das Leben erloschen zu sein. Sein Gesicht war leer, ohne jedes Zeichen von Erregung, Gefühl, Vernunft oder auch nur Bewußtsein seiner selbst. Leidenschaft, Bedauern, Kummer, Hoffnung, Zorn – alles war dahin, ausgelöscht von der Hand des Schicksals, als sei nach diesem letzten Schlag alles endgültig vorüber und als bestehe keine Notwendigkeit mehr, etwas aufzuzeichnen. Die wenigen Menschen, die Almayer während der kurzen Spanne der ihm noch verbleibenden Tage sahen, waren stets beeindruckt von dem Anblick jenes Gesichtes, das nichts von dem zu wissen schien, was darunter vorging: es glich der kahlen Mauer eines Gefängnisses, welches Sünde, Reue, Qual und vergeudetes Leben hinter der kalten Gleichgültigkeit von Stein und Mörtel verschließt.

»Was ist da auch zu verzeihen?« fragte Nina, ohne sich unmittelbar an Almayer zu wenden, sondern mehr, als stelle sie sich diese Frage selbst. »Darf ich denn nicht mein eigenes Leben führen, so wie du das deine geführt hast? Der Weg, den du für mich gewählt hattest, ist mir ohne eigene Schuld verschlossen worden.«

»Das hast du mir nie erzählt«, murmelte Almayer.

»Du hast mich nie danach gefragt«, antwortete sie, »und deshalb glaubte ich, du wärest wie die anderen und machtest dir nichts daraus. Ich trug die Erinnerung an meine Demütigung allein, und warum hätte ich dir sagen sollen, daß ich eben darum erniedrigt wurde, weil ich deine Tochter bin? Ich wußte wohl, daß du mich nicht rächen konntest.«

»Und doch dachte ich an nichts anderes«, unterbrach Almayer, »und ich wollte die wenigen Tage deiner Leiden durch Jahre des Glückes aufwiegen. Und dazu wußte ich nur einen Weg.«

»Ah, aber das war nicht mein Weg!« erwiderte sie. »Konntest du mir Glück geben ohne Leben? Leben!« wiederholte sie sehr

nachdrücklich, und das Wort hallte über das Meer hin. »Ein Leben, das Macht und Liebe bedeutet«, sagte sie dann leiser.
»Das!« sagte Almayer und zeigte mit dem Finger auf Dain, der in der Nähe stand und sie mit neugierigem Staunen betrachtete.
»Ja, das!« erwiderte sie und sah ihren Vater voll an, wobei sie zum erstenmal mit leichtem Erschrecken die unnatürliche Starre seiner Züge bemerkte.
»Lieber hätte ich dich mit eigener Hand erdrosselt«, sagte Almayer mit einer Stimme, deren Ausdruckslosigkeit so sehr im Gegensatz zu der verzweifelten Bitterkeit seiner Gefühle stand, daß es sogar ihn selbst überraschte. Er fragte sich, wer da rede, und nachdem er langsam um sich geblickt hatte, als erwarte er, jemanden zu sehen, richtete er seine Augen wieder auf die See.
»Du sagst das, weil du den Sinn meiner Worte nicht verstehst«, versetzte sie traurig. »Zwischen dir und meiner Mutter hat es niemals Liebe gegeben. Als ich nach Sambir zurückkehrte, sah ich, daß der Ort, von dem ich glaubte, er werde meinem Herzen eine Zuflucht gewähren, voll war von Überdruß und Haß – von gegenseitiger Verachtung. Ich habe deiner Stimme und ihrer Stimme zugehört. Da sah ich ein, daß du mich nicht begreifen konntest; denn war ich nicht ein Teil von jener Frau? Von jener Frau, die das Bedauern und die Schmach deines Lebens ausmachte? Ich mußte eine Wahl treffen – ich zögerte. Warum nur warst du so blind? Warum sahst du nicht, wie ich mich vor deinen Augen quälte? Aber als er kam, verschwand aller Zweifel, und ich sah nur noch das Licht des blauen und wolkenlosen Himmels –«
»Ich will dir das übrige erzählen«, unterbrach Almayer: »Als jener Mann kam, erblickte auch ich die Bläue und den Sonnenschein des Himmels. Aus diesem Himmel ist ein Blitz herniedergesaust, und damit ist alles um mich herum für immer

still und dunkel geworden. Ich werde dir niemals verzeihen, Nina; und morgen werde ich dich vergessen! Ich werde dir niemals verzeihen«, wiederholte er mit mechanischer Hartnäckigkeit, während sie mit gebeugtem Kopf dasaß, als fürchte sie sich, ihren Vater anzublicken.

Es schien ihm von höchster Wichtigkeit, ihr klarzumachen, daß er niemals verzeihen wolle. Er war überzeugt davon, daß sein Vertrauen in sie das Fundament seiner Hoffnungen gewesen war, die Ursache seines Mutes, seiner Entschlossenheit zu leben und zu kämpfen, um ihretwillen zu siegen. Nun war dieses Vertrauen dahin, von ihren eigenen Händen zerstört; grausam, verräterisch im Dunklen zerstört, gerade im Augenblick des Erfolges. In dem furchtbaren Schiffbruch seiner Liebe und aller seiner Empfindungen, im chaotischen Durcheinander seiner Gedanken, in der unklaren Empfindung körperlichen Schmerzes, der ihn einhüllte und so schneidend war wie der Schlag einer Peitschenschnur, die sich von den Schultern bis zu den Füßen ringelt, blieb ihm nur ein einziger klarer, entschiedener Vorsatz – ihr nicht zu verzeihen; nur ein heftiges Verlangen – sie zu vergessen. Und das mußte ihr – und ihm selbst – klargemacht werden durch unablässige Wiederholung. So stellte er sich seine Pflicht gegen sich selbst – gegen seine Rasse – gegen seine achtbaren Bekannten vor – dem gesamten Universum gegenüber, das durch diese schreckliche Katastrophe in seinem Leben erschüttert und aus den Fugen geraten war. Er sah das deutlich und hielt sich deshalb für einen durch nichts zu erschütternden Mann. Er hatte sich stets etwas auf seine unerbittliche Festigkeit eingebildet. Und doch fürchtete er sich. Nina war sein ein und alles gewesen. Wie, wenn das Andenken an seine Liebe zu ihr den Sinn für seine Würde schwächte? Sie war eine bemerkenswerte Frau, das konnte er sehen; die ganze verborgene Größe seines eigenen Charakters – an die er ehrlich glaubte – war in diese schmächtige, mädchenhafte Gestalt übergegangen. Große Dinge konnten getan werden! Wie, wenn er sie plötzlich ans Herz ziehen, seine Scham, seinen Schmerz, seine Wut vergessen und ihr folgen würde! Wie, wenn er, wenn schon nicht seine Hautfarbe, so doch seinen Sinn änderte und ihr das Leben zwischen den beiden geliebten Menschen erleichterte, die sie vor jedem Unheil behüten würden! Sein Herz sehnte sich nach ihr. Wie, wenn er sagte, daß seine Liebe größer sei als ...

»Ich werde dir niemals verzeihen, Nina!« rief er und sprang, von seinem Traum erschreckt, wie toll in die Höhe.

Es war das letztemal in seinem Leben, daß man ihn die Stimme erheben hörte. Von da an sprach er nur noch in eintönigem Flüstern, wie ein Instrument, dessen Saiten sämtlich bis auf eine unter einem heftigen Schlag klirrend zersprungen sind.

Sie stand auf und sah ihn an. Gerade die Heftigkeit seines Ausbruches beruhigte sie, da sie in ihr die intuitive Überzeugung befestigte, daß er sie liebe, und sie preßte die kläglichen Reste jener Liebe mit der gewissenlosen Gier der Frauen an die Brust, die sich verzweifelt auch noch an die letzten Fetzen und Überbleibsel der Liebe klammern, jeder Art von Liebe, als an ein Ding, das ihnen von rechtswegen gehört und geradezu ihren Lebensatem bedeutet. Sie legte beide Hände auf Almayers Schultern und sagte, indem sie ihn halb zärtlich, halb neckend ansah: »So redest du, weil du mich liebst.«

Almayer schüttelte den Kopf.

»Doch«, bestand sie sanft auf ihrer Ansicht; dann fügte sie nach kurzem Schweigen hinzu: »Und du wirst mich niemals vergessen.«

Almayer fröstelte. Etwas Grausameres hätte sie ihm nicht sagen können.

»Das Boot kommt jetzt«, sagte Dain und wies mit ausgestrecktem Arm auf einen schwarzen Punkt, der zwischen der Küste und der Insel auf dem Wasser schwamm.

Nun blickten sie alle hin und blieben schweigend stehen, bis das kleine Kanu behutsam auf den Strand lief, ein Mann ausstieg und auf sie zukam. Er blieb in einiger Entfernung zögernd stehen.
»Was gibt es?« fragte Dain.
»Wir haben Befehl, einen Mann und eine Frau heimlich in der Nacht von dieser Insel abzuholen. Die Frau sehe ich. Wer von euch ist der Mann?«
»Komm, Freude meiner Augen«, sagte Dain zu Nina, »Wir gehen jetzt, und deine Stimme soll nun einzig für meine Ohren bestimmt sein. Du hast die letzten Worte mit dem Tuan Putih, deinem Vater, gesprochen. Komm.«
Sie zauderte, sah Almayer an, der den Blick fest aufs Meer gerichtet hielt, berührte dann seine Stirn mit den Lippen und eine Träne – eine ihrer Tränen – tropfte auf seine Wange und rollte über sein unbewegtes Gesicht.
»Lebe wohl«, flüsterte sie und blieb unentschlossen stehen, bis er sie plötzlich Dain in die Arme stieß.
»Wenn du auch nur das geringste Mitleid mit mir hast«, murmelte Almayer, als wiederhole er einen auswendig gelernten Satz, »dann schaff das Weib weg.«
Er stand hoch aufgerichtet, die Schultern zurückgenommen, den Kopf erhoben, und sah ihnen nach, als sie eng aneinandergeschmiegt den Strand hinunter zum Kanu gingen. Er betrachtete die Linie ihrer Fußspuren im Sand. Er verfolgte ihre Gestalten, die in der rohen Grelle der Mittagssonne dahingingen, in jenem Licht, das so vibrierend und heftig ist wie der triumphierende Klang gellender Hörner. Er betrachtete die braunen Schultern und den roten Sarong um die Hüften des Mannes; die hohe schlanke, blendend weiße Gestalt, die an seinem Arm hing. Er sah das weiße Gewand und darüber die Flechten des langen, schwarzen Haares. Er sah, wie sie das Boot bestiegen, wie das Kanu nun in der Ferne kleiner wurde, sah es mit Zorn,

Verzweiflung und Reue im Herzen, und auf seine Züge trat ein Ausdruck des Friedens, wie er auf dem gemeißelten Standbild des Vergessens liegt. Es war ihm, als werde er zerrissen, doch Ali, der – nun erwacht – nahe bei seinem Herrn stand, sah auf dessen Zügen nur die Leere und Ausdruckslosigkeit, die einzig auf dem Antlitz des still und ohne Hoffnung lebenden Blinden zu sehen ist.

Das Kanu verschwand, und Almayer stand reglos, die Augen auf das Kielwasser geheftet. Unter der schützend an die Stirn gelegten Hand beobachtete Ali neugierig die Küste. Als die Sonne sich senkte, sprang im Norden die Seebrise auf und kräuselte mit ihrem Atem die gläserne Oberfläche des Wassers.

»Dapat!« rief Ali jubelnd. »Ich habe sie, Herr! Ich habe die Prau! Nicht da! Mehr nach Tanah Mirrah. Aha! Da! Siehst du?«

Almayer folgte Alis Zeigefinger lange Zeit vergeblich mit den Augen. Endlich erblickte er einen dreieckigen, gelben Fleck vor dem rötlichen Hintergrund der Klippen von Tanjong Mirrah. Es war das Segel der Prau, das vom Sonnenlicht getroffen wurde und wie ein lustiger Farbklecks vor dem Hintergrund des dunklen Kap stand. Das gelbe Dreieck kroch langsam von Klippe zu Klippe, bis es von der letzten Spitze des Landes freikam und eine flüchtige Minute lang auf dem Blau des offenen Meeres leuchtete. Dann ging die Prau auf Südkurs; das Segel geriet aus dem Licht, und gleich darauf verschwand auch das Schiff selbst im Schatten der steilen Klippe, die geduldig und einsam über der verlassenen See wachte.

Almayer rührte sich nicht. Um das Inselchen war die Luft angefüllt vom Raunen des Wassers. Die schaumgekrönten kleinen Wellen kamen furchtlos und freudig und mit der Leichtigkeit jungen Lebens den Strand herauf und starben schnell, widerstandslos und anmutig in dem geschwungenen Streifen von durchsichtigem Schaum auf dem gelben Sand. Am Himmel trieben weiße Wolken eilig nach Süden, als wollten sie jemand einholen. Ali schien besorgt.

»Herr«, sagte er schüchtern, »Zeit nach Hause. Viel paddeln. Alles bereit, Sir.«

»Warte«, flüsterte Almayer.

Nun, da sie fort war, war es seine Pflicht zu vergessen, und er hatte die merkwürdige Vorstellung, daß dies systematisch und ordnungsgemäß zu geschehen habe. Zu Alis großem Kummer ließ er sich auf Hände und Knie nieder, kroch über den Strand und verwischte behutsam alle Spuren von Ninas Schritten. Er häufte kleine Sandhügelchen auf und ließ hinter sich eine Reihe von Miniaturgräbern, die bis zum Wasser führte. Nachdem er den letzten Abdruck von Ninas Sandale begraben hatte, erhob er sich, wandte das Gesicht gegen das Kap, wo er die Prau zuletzt erblickt hatte, und mühte sich noch einmal, laut den festen Entschluß kundzutun, niemals zu verzeihen. Ali, der ihn besorgt beobachtete, sah wohl, wie sich seine Lippen bewegten, hörte aber nichts. Almayer stampfte mit dem Fuß auf. Er war ein Mann von Prinzipien, fest wie ein Fels. Mochte sie gehen. Er hatte nie eine Tochter gehabt. Er würde vergessen. Er vergaß ja schon.

Ali trat wieder auf ihn zu und bestand auf sofortiger Abfahrt, und diesmal willigte er ein, und sie gingen zu ihrem Kanu, Almayer voran. Bei all seiner Festigkeit wirkte er recht abgefallen und schwach, wie er da die Füße mühsam durch den Sand schleppte; und neben ihm – für Ali unsichtbar – stelzte jener besonders böse Geist, dessen Auftrag es ist, das Gedächtnis der Menschen aufzurütteln, damit sie den Sinn des Lebens nicht vergessen. Er flüsterte in Almayers Ohr kindliches, viele Jahre altes Geschwätz. Almayer schien, den Kopf auf die Seite geneigt, seinem unsichtbaren Begleiter zu lauschen, doch glich sein Gesicht dem Gesicht eines Mannes, der hinterrücks erschlagen worden ist – es war ein Gesicht, von dem die Hand des jähen Todes unvermutet alle Gefühle und jeden Ausdruck gewischt hat.

In jener Nacht schliefen sie auf dem Fluß; nachdem sie ihr Kanu an den Büschen vertäut hatten, legten sie sich auf den Boden nebeneinander, in jener völligen Erschöpfung, die Hunger, Durst, alle Gefühle und jeden Gedanken in dem übermächtigen Verlangen nach tiefem Schlaf untergehen läßt, der wie die zeitweilige Auslöschung des ermüdeten Körpers ist. Am Tag darauf fuhren sie weiter und kämpften den ganzen Vormittag beharrlich gegen die Strömung, bis sie gegen Mittag die Siedlung erreichten und ihr kleines Fahrzeug am Steg von Lingard und Co. festmachten. Almayer ging geradenwegs zum Haus, gefolgt von Ali, der die Paddel auf der Schulter trug und Lust verspürte, etwas zu essen. Als sie durch den Vorhof gingen, kam ihnen alles sehr verlassen vor. Ali blickte in die Hütten der Dienstleute; alle waren leer. Auch im Hinterhof war weder Leben noch Bewegung. Im Küchenschuppen war das Feuer erloschen und die schwarze Asche kalt. Ein großer hagerer Mann kam verstohlen aus der Bananenpflanzung und eilte über den offenen Platz, wobei er aus großen erschreckten Augen über die Schulter zurückblickte. Irgendein herrenloser Vagabund; von diesen gab es viele in der Siedlung, und sie sahen in Almayer ihren Schutzpatron. Sie drückten sich auf seinem Grundstück herum und suchten sich dort etwas zu essen, in der Gewißheit, daß ihnen nichts Schlimmeres drohte als ein Hagel von Flüchen, wenn sie dem weißen Mann in den Weg gerieten, dem sie vertrauten und den sie leiden mochten und unter sich einen Narren nannten. Im Haus, das Almayer über die hintere Verandatreppe betrat, war das einzig Lebendige, was ihm vor Augen kam, der kleine hungrige Affe, um den sich seit zwei Tagen niemand mehr gekümmert hatte und der zu weinen und in der Affensprache zu jammern begann, als er des bekannten Gesichtes ansichtig wurde. Almayer beruhigte ihn mit einigen Worten und befahl Ali, Bananen zu bringen; während Ali sie holen ging, stand er im Eingang zur vorderen Veranda und betrachtete die chaotisch umherliegenden Möbelstücke. Schließlich richtete er den Tisch auf und setzte sich darauf, und der Affe ließ sich an seiner Kette vom Dachbalken herunter und kauerte auf Almayers Schulter. Als die Bananen kamen, frühstückten sie zusammen im vertrauensvollen Schweigen engster Freundschaft, beide hungrig, beide gierig essend, und verstreuten achtlos die Schalen. Ali ging murrend weg, um sich Reis zu kochen, denn alle zum Hausstand gehörenden Frauen waren verschwunden, wohin, wußte er nicht. Almayer schien sich nichts daraus zu machen, und nachdem er mit Essen fertig war, blieb er auf dem Tisch sitzen, ließ die Beine baumeln und starrte gedankenverloren auf den Fluß.

Nach einer Weile stand er auf und trat an die Tür zu dem Zimmer rechter Hand. Dies war das Büro. Das Büro von Lingard und Co. Er betrat es nur selten. Es gab nichts mehr zu tun, und er brauchte kein Büro. Die Tür war abgeschlossen, und er biß sich auf die Unterlippe, während er sich darauf zu besinnen versuchte, wo der Schlüssel sein könnte. Plötzlich fiel ihm ein: an einem Nagel im Zimmer der Frauen. Er trat zu dem Eingang, vor dem der rote Vorhang in reglosen Falten hing, und zögerte, bevor er ihn mit der Schulter beiseite schob, als stoße er ein festes Hindernis weg. Ein großes Viereck aus Sonnenlicht fiel durch das Fenster auf den Fußboden. Linkerhand erblickte er Mrs. Almayers große hölzerne Truhe, leer, mit geöffnetem Deckel; nahebei glitzerten Ninas Initialen N. A. in Messingnägeln auf dem Deckel ihres europäischen Kabinenkoffers. Einige von Ninas Kleidern hingen an hölzernen Pflöcken, steif und wie beleidigt, weil man sie zurückgelassen hatte. Es fiel ihm ein, daß er diese Pflöcke selbst gemacht hatte, und er stellte fest, daß es sehr gute Pflöcke waren. Wo war der Schlüssel? Er sah umher und erblickte ihn nahe der Tür, bei der er stand. Der Schlüssel war rot von Rost. Darüber ärgerte er sich sehr und staunte gleich darauf über dies Gefühl. Was machte das schon? Bald würde es keinen Schlüssel und keine Tür mehr geben – nichts! Er zögerte mit dem Schlüssel in der Hand und fragte sich, ob er auch wirklich wisse, was er zu tun im Begriff stand. Er trat wieder auf die Veranda hinaus und stand nachdenklich am Tisch. Der Affe sprang herab, packte eine Bananenschale und machte sich daran, sie sorgfältig in kleine Stücke zu reißen.

»Vergessen!« murmelte Almayer, und dieses Wort ließ ihn Ereignisse abrollen sehen, ein detailliertes Programm, das zu absolvieren war. Er wußte sehr gut, was jetzt zu geschehen hatte. Zunächst dies, dann das, und sodann würde das Vergessen sich mühelos einstellen. Ganz mühelos. Er hatte die fixe Idee, daß, wenn er vor seinem Tode nicht vergäße, er sich in alle Ewigkeit werde erinnern müssen. Gewisse Dinge mußten aus seinem Leben entfernt, aus Sichtweite verbannt, zerstört und vergessen werden. Lange Zeit stand er tief in Gedanken, bedachte die erschreckende Möglichkeit einer unzerstörbaren Erinnerung, empfand Furcht vor Tod und Ewigkeit.

»Ewigkeit!« sagte er laut, und der Klang dieses Wortes rief ihn aus seiner Versunkenheit zurück. Der Affe schreckte zusammen, ließ die Schale fallen und grinste ihn freundlich an. Almayer ging zur Tür des Büros und öffnete sie mühsam. Er betrat es in einer Staubwolke, die unter seinen Füßen aufstieg. Offene Bücher mit zerrissenen Seiten bedeckten den Fußboden; andere Bücher lagen schmierig und schwarz herum und sahen aus, als wären sie nie geöffnet worden. Rechnungsbücher. In diesen Büchern hatte er Tag um Tag das Anwachsen seines Vermögens festhalten wollen. Das war lange her. Sehr lange. Schon viele Jahre hatte es auf die blau und rot liniierten Seiten nichts mehr einzutragen gegeben! In der Mitte des Zimmers lag der Schreibtisch mit einem gebrochenen Bein schräg auf der Seite, wie der Rumpf eines gestrandeten Schiffes; die meisten der Schubladen waren herausgefallen und enthüllten Stöße von Papier, das schmutzig und vergilbt war. Der Drehstuhl stand an seinem Platz, aber Almayer entdeckte, daß der Zapfen sich nicht mehr rührte. Einerlei. Er ließ ab, und seine Augen wanderten langsam von einem Gegenstand zum nächsten. Alle diese Dinge hatten dazumal viel Geld gekostet, der Tisch, das Papier, die zerfetzten Bücher und die zerbrochenen Regale, die sämtlich unter einer dicken Staubschicht lagen. Fürwahr, der Staub und die Gebeine eines toten, gescheiterten Geschäftes. Er sah alle diese Dinge an, alles, was nach so vielen Jahren der Arbeit, der Mühe, der Erschöpfung und jener Entmutigung noch übrig war, die er so viele Male bezwungen hatte. Und wofür das alles? Er dachte trauernd an sein vergangenes Leben, bis er deutlich zwischen all diesem Ruin, dieser Vergeudung, eine klare Kinderstimme hörte. Er fuhr tief erschreckt zusammen und begann fieberhaft, das verstreute Papier auf dem Fußboden zusammenzuraffen; er zerbrach die Stühle, zersplitterte die Schubladen, indem er sie gegen den Tisch schlug, und häufte all dies Gerümpel in einer Ecke des Zimmers auf.

Er trat eilig hinaus, schlug die Tür hinter sich zu, drehte den Schlüssel herum, zog ihn ab, rannte zum Geländer der Veranda, holte weit aus und warf den Schlüssel in den Fluß. Nachdem dies erledigt war, trat er langsam zum Tisch, rief den Affen herunter, löste die Kette und barg das Tier unter gutem Zureden in seiner Jacke. Dann setzte er sich wieder auf den Tisch und sah starr auf die Tür des Zimmers, das er gerade verlassen hatte. Er lauschte aufmerksam. Er hörte trockenes scharfes Knacken wie von zersplitterndem Holz; ein Rauschen, wie das Rauschen der Schwingen eines Vogels, wenn er sich plötzlich erhebt, und dann sah er einen dünnen Rauchfaden durch das

Schlüsselloch dringen. Der Affe wurde unruhig unter der Jacke. Ali erschien mit hervorquellenden Augen.

»Herr! Haus brennt!« schrie er.

Almayer stand auf und verweilte am Tisch. Er konnte von der Siedlung her die erschreckten und überraschten Schreie hören. Ali rang die Hände und jammerte laut.

»Hör mit diesem Lärm auf, du Narr!« sagte Almayer ruhig, »nimm meine Hängematte und die Decken und bring sie ins andere Haus hinüber. Los, schnell.«

Der Qualm drang durch die Türritzen, und Ali, die Hängematte in den Armen, sprang mit einem Satz die Verandatreppe hinunter.

»Es brennt gut«, murmelte Almayer vor sich hin. »Sei ruhig, Jack«, fügte er hinzu, als der Affe verzweifelt versuchte, sich aus seinem Gefängnis zu befreien.

Die Tür splitterte von oben bis unten, und eine Wolke von Feuer und Qualm trieb Almayer vom Tisch weg zum Geländer der Veranda. Er verharrte dort, bis ein großes Brausen über ihm klar erkennen ließ, daß das Dach in Flammen stand. Dann rannte er die Treppe der Veranda hinunter und hustete, halb erstickt vom Qualm, der ihn mit bläulichen, sich um seinen Kopf kräuselnden Schwaden verfolgte.

Von der anderen Seite des Grabens her, der Almayers Hof von der Siedlung trennte, betrachteten die Einwohner von Sambir das brennende Haus des weißen Mannes. In der unbewegten Luft loderten die Flammen hoch auf, ziegelrot und violett im starken Sonnenlicht. Die dünne Rauchsäule stieg schnurgerade auf, bis sie sich im klaren Blau des Himmels verlor, und in dem großen, leeren Raum zwischen den beiden Häusern konnten die interessierten Zuschauer die hohe Gestalt des Tuan Putih sehen, der mit gesenktem Kopf und schlurfenden Füßen langsam vom Feuer weg und dem Schutz von ›Almayers Wahn‹ zustrebte.

Auf diese Art zog Almayer in sein neues Haus um. Er ergriff Besitz von dieser neuen Ruine, und in der nie versiegenden Torheit seines Herzens machte er sich daran, in Angst und Pein auf jenes Vergessen zu warten, das sich so zögernd einstellte. Er hatte alles getan, was ihm möglich war. Auch die letzte Spur von Ninas Dasein war zerstört worden; und nun fragte er sich bei jedem Sonnenaufgang, ob das ersehnte Vergessen noch vor Sonnenuntergang, ob es überhaupt noch vor dem Tod kommen werde? Er wollte nur lange genug leben, um vergessen zu können, und die Hartnäckigkeit seiner Erinnerung erfüllte ihn mit Furcht und Schrecken vor dem Tod; denn sollte dieser kommen, ehe er das Ziel seines Lebens erreicht hätte, dann würde er sich in alle Ewigkeit erinnern müssen! Er sehnte sich auch nach Einsamkeit. Er wollte allein sein. Aber er war es nicht. Im Halbdunkel der Zimmer mit ihren geschlossenen Fensterläden, im grellen Sonnenlicht auf der Veranda, wo immer er ging, wohin er sich wandte, überall sah er die zierliche Gestalt eines kleinen Mädchens mit hübschem olivfarbenem Gesicht, mit langem schwarzem Haar; das kleine rosa Kleid glitt ihr von der Schulter, und sie sah ihn aus großen Augen mit dem zärtlichen Vertrauen eines verwöhnten Kindes an. Ali sah nichts, aber auch er war sich der Anwesenheit eines Kindes im Hause bewußt. In langen Gesprächen an den abendlichen Feuern in der Siedlung pflegte er seinen intimen Freunden von Almayers merkwürdigem Treiben zu berichten. Sein Herr war in seinem hohen Alter zum Zauberer geworden. Ali sagte, daß er ihn oft, nachdem Tuan Putih sich zur Nacht zurückgezogen habe, mit irgend jemand in seinem Zimmer reden hören könne. Ali glaubte, daß es sich dabei um einen Geist in Gestalt eines Kindes handelte. Daß sein Herr zu einem Kind sprach, erkannte er an gewissen Worten und Wendungen, deren der Herr sich bediente. Der Herr sprach ein wenig Malaiisch, meistens aber Englisch, das er, Ali, verstand.

Der Herr sprach manchmal zärtlich zu dem Kind, manchmal beweinte er es, lachte es aus, schimpfte mit ihm, bat es wegzugehen, verfluchte es. Es war ein böser, ein trotziger Geist. Ali glaubte, daß sein Herr ihn unvorsichtigerweise beschworen habe und ihn nicht mehr loswerden könne. Sein Herr war sehr tapfer; er fürchtete sich nicht, diesen Geist ins Gesicht hinein zu verfluchen, einmal hatte er auch mit ihm gekämpft. Ali hatte großen Lärm gehört, ein Herumlaufen in den Zimmern und ein Ächzen. Sein Herr hatte geächzt. Geister ächzen nicht. Sein Herr war tapfer, aber töricht. Einem Geist kann man nicht wehtun. Ali hatte erwartet, seinen Herrn am nächsten Morgen tot zu finden, doch war dieser schon sehr früh aufgestanden, hatte viel älter ausgesehen als tags zuvor und den ganzen Tag nichts gegessen.

Soweit äußerte sich Ali in der Siedlung. Kapitän Ford gegenüber war er viel mitteilsamer, aus dem guten Grund, weil Kapitän Ford die Börse hatte und die Anweisungen gab. Bei jedem der monatlichen Besuche Fords in Sambir mußte Ali sich an Bord begeben und über den Bewohner von ›Almayers Wahn‹ berichten. Ford hatte bei seinem ersten Besuch in Sambir nach Ninas Weggang Almayers Angelegenheiten in die Hand genommen. Viel Mühe hatte das nicht bereitet. Der Lagerschuppen für die Waren war leer, die Boote waren verschwunden; verschiedene um Transportmittel verlegene Bürger von Sambir hatten sie sich – im allgemeinen des Nachts – angeeignet. Während eines großen Hochwassers löste sich der Steg von Lingard und Co. vom Ufer und trieb den Fluß hinunter, vermutlich auf der Suche nach einer heitereren Umgebung; selbst die Gänse – »die einzigen Gänse an der Ostküste« – machten sich davon, da sie die unbekannten Gefahren der Wildnis der Trostlosigkeit der alten Heimat vorzogen. Mit der Zeit wuchs Gras über der geschwärzten Stelle, auf der das alte Haus gestanden hatte, und nichts mehr bezeichnete den Ort jenes Wohnhauses, das Almayers jungen Hoffnungen, seinem törichten Traum von einer glänzenden Zukunft, seinem Erwachen und seiner Verzweiflung Schutz geboten hatte.

Ford besuchte Almayer nicht oft, denn Almayer zu besuchen, war keine angenehme Aufgabe. Anfänglich pflegte Almayer noch teilnahmslos zu antworten, wenn der alte Seemann sich lärmend nach seinem Befinden erkundigte; er bemühte sich sogar um die Unterhaltung, indem er nach Neuigkeiten fragte, in einem Ton allerdings, der es völlig klarmachte, daß Neuigkeiten von dieser Welt für ihn keinerlei Interesse hatten. Nach und nach wurde er immer stiller, nicht verdrossen, aber so, als verlerne er es, zu sprechen. Er pflegte sich auch in den dunkelsten Räumen des Hauses zu verstecken, wo Ford ihn dann aufstöbern mußte, wobei er sich von den tapsenden Schritten des Affen leiten ließ, der vor ihm hersprang. Der Affe war immer da, um Ford in Empfang zu nehmen und ihn anzumelden. Das kleine Tier schien seinen Herrn völlig zu beherrschen, und wenn es dessen Anwesenheit auf der Veranda wünschte, zog es ihn so lange an der Jacke, bis Almayer gehorsam in den Sonnenschein hinaustrat, dem er so abgeneigt zu sein schien.

Eines Morgens fand Ford ihn auf dem Boden der Veranda sitzen, mit dem Rücken gegen die Wand, die Beine steif von sich gestreckt, die Arme schlaff herabhängend. Sein ausdrucksloses Gesicht, die weit geöffneten Augen mit den unbeweglichen Pupillen und die Starrheit seiner Haltung gaben ihm das Aussehen einer riesengroßen männlichen Puppe, die zerbrochen und beiseite geworfen worden ist. Als Ford die Treppe heraufkam, wandte Almayer langsam den Kopf.

»Ford«, murmelte er vom Fußboden her, »ich kann nicht vergessen.«

»So?« fragte Ford harmlos und versuchte zu scherzen. »Ich

wünschte, es ginge mir ebenso. Ich verliere mein Gedächtnis – vermutlich das Alter; erst gestern hat mein Bootsmann –«

Er verstummte, denn Almayer war aufgestanden, schwankte und stützte sich auf den Arm seines Freundes.

»Sieh da! Heute geht es dir ja besser. Bald wirst du wieder ganz auf dem Posten sein«, sagte Ford munter und fühlte sich dabei recht beklommen.

Almayer ließ seinen Arm los und stand sehr gerade, mit aufgerichtetem Kopf, die Schultern zurückgenommen, und blickte steinern auf die unzähligen Sonnen, die sich in den Wellen des Flusses spiegelten. Seine Jacke und seine weite Hose schlotterten im Wind um seine dürren Glieder.

»Laß sie gehen!« krächzte er. »Laß sie gehen. Morgen werde ich vergessen. Ich bin ein durch nichts zu erschütternder Mann ... unerschütterlich wie ein ... Felsen ... unerschütterlich ...«

Ford sah ihm ins Gesicht – und floh. Der Kapitän war selbst ein kaum zu erschütternder Mann – wie jene, die mit ihm auf See gewesen waren, bezeugen konnten – aber Almayers Unerschütterlichkeit war für seine eigene Standhaftigkeit denn doch zuviel.

Als der Dampfer das nächstemal in Sambir eintraf, kam Ali schon früh mit einer Beschwerde an Bord. Er klagte bei Ford darüber, daß der Chinese Jim-Eng Almayers Haus bezogen habe und tatsächlich während des letzten Monats darin gewohnt habe.

»Und beide rauchen«, setzte Ali hinzu.

»Puh! Meinst du Opium?«

Ali nickte, und Ford versank in Nachdenken; dann murmelte er vor sich hin: »Armer Teufel! Aber je schneller, desto besser.« Am Nachmittag ging er zum Haus hinüber.

»Was machen Sie denn hier?« fragte er Jim-Eng, den er auf der Veranda umherschlendernd antraf.

Jim-Eng erklärte sich in schlechtem Malaiisch; er sprach mit der eintönigen, teilnahmslosen Stimme des ziemlich weit fortgeschrittenen Opiumrauchers und sagte, daß sein Haus alt sei, das Dach undicht und der Fußboden morsch. Da er seit Jahren mit Almayer gut befreundet sei, habe er sein Geld, sein Opium und zwei Pfeifen mitgenommen und sei in dieses große Haus gezogen.

»Es gibt hier genug Platz. Er raucht, und ich wohne hier. Er wird nicht lange rauchen«, endete er.

»Wo ist er jetzt?« fragte Ford.

»Drinnen. Er schläft«, antwortete Jim-Eng matt.

Ford blickte durch den Eingang. Im trüben Licht des Zimmers konnte er Almayer rücklings auf dem Boden liegen sehen, den Kopf auf einer hölzernen Stütze, den langen weißen Bart über die Brust ausgebreitet; er sah die gelbe Gesichtshaut, die halbgeschlossenen Lider, die nur das Weiße des Auges erkennen ließen ...

Er schüttelte sich und wandte sich ab. Im Fortgehen bemerkte er einen langen, blaßrosa Seidenstreifen mit einigen chinesischen Buchstaben darauf, den Jim-Eng gerade an einem der Pfosten befestigt hatte.

»Was ist denn das?« fragte er.

»Das«, sagte Jim-Eng mit seiner tonlosen Stimme, »das ist der Name des Hauses. Ganz wie bei meinem Haus. Sehr guter Name.«

Ford blickte ihn ein Weilchen an und ging dann weg. Er wußte nicht, was dieses irre Gekritzel aus chinesischen Buchstaben auf der rosa Seide bedeutete. Hätte er Jim-Eng gefragt, so hätte der geduldige Chinese ihn mit angemessenem Stolz darüber aufgeklärt, daß die Inschrift »Haus des himmlischen Entzückens« bedeutete.

Am Abend des gleichen Tages machte Babalatchi einen Besuch bei Kapitän Ford. Die Kajüte des Kapitäns führte aufs Deck hinaus, und Babalatchi saß auf der hohen Türschwelle, während Ford drinnen auf dem Sofa seine Pfeife rauchte. Der Dampfer sollte am nächsten Morgen auslaufen, und der alte Staatsmann war wie gewöhnlich zu einem kleinen Abschiedsplausch gekommen.

»Vergangenen Monat hatten wir Nachrichten aus Bali«, bemerkte Babalatchi. »Dem alten Raja ist ein Enkel geboren, und es herrscht große Freude.«

Ford richtete sich interessiert auf.

»Ja«, sagte Babalatchi in Beantwortung des fragenden Blickes von Ford. »Ich habe es ihm gesagt. Das war, ehe er angefangen hat zu rauchen.«

»Na und?« fragte Ford.

»Ich bin gerade noch mit dem Leben davongekommen«, versetzte Babalatchi würdevoll, »denn der weiße Mann ist sehr schwach und fiel hin, als er sich auf mich stürzte.« Dann, nach einer Pause, »sie ist ganz toll vor Freude.«

»Meinst du Mrs. Almayer?«

»Ja, sie wohnt im Hause unseres Raja. Sie wird auch nicht so bald sterben. Solche Frauen leben lange«, sagte Babalatchi mit leichtem Bedauern in der Stimme. »Sie hat Dollars und hat sie vergraben, wir wissen aber, wo. Wir haben mit diesen Leuten viel Ärger gehabt. Wir mußten eine Buße zahlen und uns die Drohungen der weißen Männer anhören, und jetzt müssen wir vorsichtig sein.« Er seufzte und schwieg dann eine Weile. Dann sagte er energisch:

»Es wird Krieg geben. Man spürt ihn schon auf der Insel. Werde ich noch lange genug leben, um es zu sehen? ... Ah, Tuan!« fuhr er ruhiger fort, »die alten Zeiten waren doch die besten. Selbst ich segelte damals mit Männern aus Lanun und enterte nachts schlafende Schiffe mit weißen Segeln. Das war, bevor der englische Raja in Kuching herrschte. Damals kämpften wir untereinander und waren glücklich. Wenn wir jetzt gegen euch kämpfen, können wir nur sterben!«

Er stand auf, um zu gehen. »Tuan«, sagte er, »du erinnerst dich an das Mädchen, das Bulangi gehörte? An sie, die all diesen Ärger verursacht hat?«

»Ja«, sagte Ford, »was ist mit ihr?«

»Sie wurde immer dünner und konnte nicht mehr arbeiten. Da hat Bulangi, dieser Dieb und Schweinefresser, sie mir für 50 Dollars verkauft. Ich steckte sie zu meinen Frauen, um sie wieder fett zu machen. Ich wollte den Klang ihres Lachens hören, aber sie muß behext gewesen sein, und ... sie ist vor zwei Tagen gestorben. Nein, Tuan. Warum sagst du schlechte Worte? Ich bin alt – das ist wahr –, aber warum sollte ich mir nicht den Anblick eines jungen Gesichtes und den Klang einer jungen Stimme in meinem Hause wünschen?« Er verstummte und setzte dann mit traurigem Lachen hinzu: »Ich bin wie ein weißer Mann und rede zuviel von Dingen, über die Männer nicht miteinander sprechen.«

Und er ging und sah dabei sehr traurig aus.

Die Menge drängte sich in einem Halbkreis vor der Treppe zu ›Almayers Wahn‹, schwankte stumm hin und her und öffnete sich vor einer Gruppe von weiß gewandeten, turbantragenden Männern, die durch das Gras auf das Haus zuschritten. An der Spitze ging Abdulla, gestützt von Reshid und gefolgt von allen Arabern Sambirs. Als sie die Gasse betraten, welche die respektvolle Menge öffnete, hörte man unterdrücktes Stimmengemurmel, in dem einzig das Wort »Mati« deutlich verständlich war. Abdulla blieb stehen und blickte sich langsam um.

»Ist er tot?« fragte er.

»Mögest du leben!« rief die Menge einstimmig, und darauf folgte atemlose Stille.

Abdulla machte ein paar Schritte und fand sich zum letztenmal von Angesicht zu Angesicht seinem alten Feind gegen-

über. Was er auch immer gewesen sein mochte, jetzt war er nicht mehr gefährlich, wie er da steif und leblos im zarten Licht des frühen Tages lag. Der einzige weiße Mann an der Ostküste war tot, und seine Seele, von den Fesseln seiner irdischen Torheit befreit, stand nun in der Gegenwart der Unendlichen Weisheit. Auf seinem Gesicht lag jener heitere Ausdruck, der auf die plötzliche Erlösung von Sorge und Schmerz folgt, und bezeugte stumm vor dem wolkenlosen Himmel, daß dem Mann, der da unter dem Blick gleichgültiger Augen lag, zu vergessen erlaubt gewesen war, ehe er starb.
Abdulla sah traurig auf diesen Ungläubigen, den er so lange bekämpft und so oft besiegt hatte. Das war der Lohn für den Gläubigen! Doch im Herzen des alten Arabers regte sich ein Bedauern darüber, daß dies alles aus seinem Leben gegangen war. Immer schneller blieben Freundschaften und Feindschaften, Erfolge und Fehlschläge hinter ihm zurück – alles, was ein Leben ausmacht; und vor ihm war nur das Ende. Gebet sollte die Tage füllen, die dem Rechtgläubigen noch zugemessen waren. Er nahm die Perlen der Gebetsschnur, die um seine Hüften hing, zwischen die Finger.
»Ich habe ihn heute morgen hier so gefunden«, sagte Ali leise und ehrfürchtig.
Abdulla warf noch einen kühlen Blick auf das heitere Antlitz. »Laß uns gehen«, sagte er zu Reshid gewandt.
Und als sie durch die Menge schritten, die vor ihnen zurückwich, klickten die Perlen in Abdullas Hand, und feierlich und fromm flüsterte er den Namen Allahs. Des Gnädigen! Des Barmherzigen!